消えた鍵の謎《なぞ》

1/12の冒険 2

マリアン・マローン
橋本恵 訳

ほるぷ出版

ミニチュアルームE-31、日本の部屋（26.7×78.4×27.3 cm）

ミニチュアルームE-27、1930年代のフランスの書斎（41×49.5×62 cm）

ミニチュアルームE-6、1700年代初めのイギリスの書斎（33×53.7×53.3 cm）

ミニチュアルームA-29、サウスカロライナの舞踏室（39.4×31×50 cm）

シカゴ美術館蔵　Photography © The Art Institute of Chicago

消えた鍵の謎

12分の1の冒険 2

マリアン・マローン 著
橋本恵 訳

目次

機知と魅力をあたえてくれた、ザカリーとジョーナへ

STEALING MAGIC : A Sixty-Eight Rooms Adventure
by Marianne Malone

Published by arrangement with the author,
c/o Brandt & Hochman Literary Agents, Inc., New York, U.S.A.
through Tuttle-Mori Agency, Inc., Tokyo.

Japanese language edition published by HOLP SHUPPAN Publications, Ltd., Tokyo.
Printed in Japan.

カバー、本文イラスト：佐竹美保
日本語版装幀：城所 潤

1
ルーシー家の朝食

ルーシーは夜が明けないうちに、ふと目をさました。

ブラインドのすきまから差しこむいつもの街灯の光がなく、部屋は驚《おどろ》くほど暗くてぶきみだ。起きあがって、目をこすり――ふかふかした自分のベッドではなく、冷たくてかたい床《ゆか》の上に座《すわ》っていることに気がついた。ベッドから落ちたのかと思ったが、四歳《さい》をすぎてからは落ちたことなんてない。

だんだん目が慣れてきた。見慣れたものは、なにもない。自分の寝室《しんしつ》ですらない。頭上に不自然な光がともっていて、黒光りする周囲の壁《かべ》が見えるようになった。なに？　なにが起きてるの？　この部屋から出たい。部屋というより、箱のようだ。けれど立ちあがって一回転しても、出口が見つからない。

と――端《はし》のほうに、ドアがひとつ、あらわれた。なぜ、いままで見えなかったのだろう？

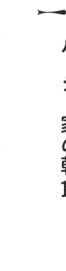

そのドアを勢いよく通りぬけたら、よく似た部屋に出た。黒光りする壁《かべ》と、頭上の奇妙《きみょう》な光をのぞけば、なにもない。広さは、微妙《びみょう》にちがう。たったいま通りぬけたドアは、消えてしまったようだ。ここは、どこ？　ルーシーは、胸の中でくりかえした。きっと、かならず、出口はある。

パニックになりつつ、出口のドアをさがしつづけた。すべての壁を隅《すみ》から隅までくりかえしさがしたあとで、ようやくドアがあらわれた。そのドアをくぐりぬけたら、床《ゆか》一面に白い紙が巻きちらされ、頭上からの異様な光を反射して輝《かがや》いている部屋に出た。紙を一枚ひろったら、手書きの文字が見えた。ジャックの文字のようだ。けれど、読める文章はひとつしかない――「ここから出して」。残りの文章もまちがいなく英語で書いてあるのだが、ひとつも読めない。最初は文字がはっきりと見えるのに、すぐにかすんで、ぼやけてしまうのだ。

別の紙をひろってみた。あっ、これは読める！　しかし「ここから出して」という文章を読んだとたん、残りの文字が読めなくなった。

その紙を投げすて、ほかの紙をひろっては読むのをくりかえした。いらいらし、すぐにでも部屋を飛びだしたかったが、これまでの部屋とちがって、出口のドアがあらわれない。頭の中は、「ここから出して！」という言葉でいっぱいだ。

とつぜん、頭上の光が弱くなり、ルーシーは恐怖《きょうふ》におそわれた。息がつまりそうな暗闇《くらやみ》に、あっという間《ま》に取りこまれる！　みぞおちから指先まで、不安がかけぬけた。墨《すみ》のような漆黒《しっこく》の闇に飲みこまれ――。

ハッとして起きあがったら、そこは自分のベッドだった。全身が熱く、呼吸が速い。深呼吸して、気をしずめようとした。ひざを胸に引きよせて、軽く身ぶるいする。

物が積まれた姉のつくえ越しに時計を見た。午前五時十五分。起きるには早すぎる。姉のクレアは平和そうな顔つきで、軽くいびきをかいて眠っている。こういうとき、ルーシーは姉と同じ部屋でよかったと思う。ブラインドから差しこむ街灯の光が反対側の壁に当たり、ポスターと掲示板《けいじばん》の上で筋《すじ》をなしている。

いつもの光景にほっとし、なぜこんなこわい夢を見たのだろうといぶかりながら、ベッドに横になった。きのうは、なにもかもがすてきで、刺激的《しげきてき》だったのに――。

もう一度眠ろうとしながら、昨晩のパーティーのようすを思いうかべた。ミスター・ベルの写真展のオープニングパーティーは、とても楽しかった。身を乗りだし、ベッドの下にしまってある宝の箱へと手をのばした。ふたをあけ、〈世紀の発見〉を初めて報じた二カ月前の新聞の切りぬきを取りだし、お気に入りの記事にまた目を通した。

オークトン私立小学校の六年生、ルーシー・スチュワートとジャック・タッカー（画家リディア・タッカーの息子）は、写真芸術の世界で重大な発見をした。シカゴ市内の収集家ならば、シカゴのアフリカ系アメリカ人社会の芸術家やその他の人々を撮影《さつえい》したシリーズが有名な写真家エドマンド・ベルの作品や、その彼《かれ》の作品が二十三年前に行方不明になり、前途《ぜんと》有望なキャリアが終わってしまったことを、おぼえているだろう。

ルーシーとジャックは友人の古美術商ミネルバ・マクビティーの手伝いをし、かなり昔に遺《い》品《ひん》の売り立てと競売で入手した品々の箱を整理するうちに、たまたま一冊のアルバムを発見した。ふたりはシカゴ美術館で警備員として働いていたエドマンド・ベルと出会い、行方不明になった写真の話を聞いたばかりだった。そこで、マクビティーの倉庫に埋《う》もれていた箱の中からアルバムを発見したときに、それがどれだけ重要な品か、さとったのだった。

「空前絶後の大発見だ」と、地元のある美術商はコメントした。「ミス・スチュワートとミスター・タッカーが、たまたま見つけた品の重要性を見のがさなかったことに、みんなで感謝してもいいくらいだ」

そのアルバムがじつは倉庫で見つかったのでないことは、もちろん記事になっていないし、ルーシーとジャックとミセス・マクビティーしか知らない。ルーシーたちは、真相を新聞記者たちに明かすわけにはいかなかった。一番の理由は、だれにも信じてもらえそうにないからだ。たまたま見つけた魔法《まほう》について、説明のしようがないではないか？

ジャックが見つけた鍵《かぎ》は、ミラノの公爵《こうしゃく》夫人のクリスティナが十六世紀に作らせた物だった。この鍵のおかげで、ルーシーはミニチュアサイズにちぢみ、ナルシッサ・ソーン夫人が半世紀以上前に作り、いまはシカゴ美術館に展示されている六十八のソーン・ミニチュアルームに入れた。さらにジャックがルーシーと手をつないでいるかぎり、ジャックにも魔法が効くことがわかり、ジャックとルーシーは魔法の力でタイムトラベルをした。そして十六世紀のフランスのあるミニチュアルームで、ふたりはミニサイズになったミスター・ベルのアルバムが、とても古い戸棚《とだな》の中にかくされているのを発見したのだった。

ルーシーにとって、魔法の鍵と、ミスター・ベルの行方不明だったアルバムを見つけたのは、人生最大のできごとだった。スリル満点なだけでなく、重大な責任もあったのだ。鍵の秘密は守らなければならないと、ルーシーとジャックは信じていた。そう、この強大な魔力を持つ鍵の秘密は、ぜったいに守らなければならないのだ。

一連のできごとのおかげで、自分の人生にもようやく驚《おどろ》くようなことが起きたのだ、とルーシーは実感していた。

新聞記事を箱にしまい、箱をベッドの下にもどした。枕《まくら》に頭をのせ、いま自分は、アルバムを発見した、あのミニチュアルームのベッドにいるのだと空想しながら、目をとじる。頭上高くにある、緑のシルクにおおわれた天蓋《てんがい》。つる草と鳥の模様《もよう》が描《えが》かれた壁紙《かべがみ》。なめらかなシーツを指でなでてみる。呼吸が、だんだんおそくなっていき――。

気がついたら、朝ご飯よ、と母親に起こされていた。

「うう……寝《ね》かせてよ」ルーシーの声は、枕に埋《う》もれてくぐもっていた。

「もう十時半よ！　あんまりおそくまで寝ていると、体によくないわ」

「寝不足なの」ルーシーがぼそぼそといったら、

「具合が悪いんじゃないといいけれど」と、母親は心配した。「朝食を食べてから、ようすを見るわね」と、キッチンにもどっていく。

ようやくおとずれた朝の静けさは、姉クレアの携帯《けいたい》電話のかんだかい耳ざわりな呼び出し音にやぶられた。クレアが部屋にかけこんできて、携帯電話をつかむと、ベッドに勢いよく座《すわ》り、あまったるい声で「もしもし」と電話に出る。

「ちょっと、お姉ちゃん、ほかの場所でしゃべってよ」ルーシーは文句《もんく》をいった。

「いや。そっちこそ、いいかげん起きなさいよ」

ルーシーは、いってもむだだとさとった。一日は、すでに始まっている。

のろのろと浴室に移動し、ドアをしめた。クレアの異様にあまったるい声も、ここまでは届かない。現実的でまじめなクレアが、新しいボーイフレンドと話すときは別人のようになるのは、なんだかふしぎだ。だれかと似ているような――。ルーシーは、十八世紀のフランスの部屋の外で出会ったフランス人のソフィーが、まつげをパチパチさせたのを思いだした。しかも相手の男性は、よりによって、あのジャックだった！

そのときのようすを思いだしたら、寝ぼけた頭がすっきりし、鏡に映った自分にほほえみかけた。夜中に感じた不安や心配が、少しやわらぐ。けれど、完全にはなくならない。

歯をみがき、髪《かみ》をとかした。

ルーシーがキッチンテーブルを通りすぎたとき、頭のてっぺんに父親がキスをした。「おはよう、お寝坊《ねぼう》さん」

キッチンは、焦《こ》げたバターのちょっぴり煙《けむ》たいにおいに満ちていた。ルーシー家の食事は、ふだんから手がこんでいるわけではない。母親が料理を芸術の一種とみなしているジャックの家とはちがう。それでも週末や特別な日などには、父親も母親も工夫をこらしてくれる。ルーシーの父親の得意料理はパンケーキ、母親の得意料理はクレープだ。今朝《けさ》は、母親が料理していた。パジャマにバスローブをはおったまま、コンロに向かい、黄金色の丸いクレープをフライパンで器用にひっくりかえして焼いている。テーブルの中央には、焼きあがったクレープが皿に何枚も重ねてあった。ルーシーはそれを一枚取り、繊細《せんさい》なレースのようなクレープにストロベリージャムを塗《ぬ》り、くるくると丸め、一口かんだ。クレープが、口の中でとけていく。

もう一口かじったそのとき、父親が声をかけてきた。

「きのうの夜、よほど疲《つか》れたんだな。こんなに寝坊《ねぼう》したことなんて、なかったじゃないか」

「夜中に目がさめちゃって……」ルーシーは、クレープをほおばったまま、こたえようとした。

「まあ、気分が悪いの？　こわい夢でも見た？」これは、母親だ。

ルーシーはこれみよがしに口をもごもごさせ、クレープを飲みこんでから、こたえた。「うん、ヘンな夢だった。暗い迷路みたいなところを、うろついてる夢」

そういいながら、ルーシーはふいにひらめいた。そうだ、あれは迷路なんかじゃない。ジャックの弁当箱――ジャックが弁当箱にしている、仕切りのついた、日本製のつやつやした黒い漆《うるし》の箱だ！　けれど、両親にそれはいえない。

「なんか、その……とじこめられたような気がして」

そのとき、寝室《しんしつ》のドアの向こうからクレアの笑い声がマンション中に響《ひび》き、夢の話をさえぎった。ルーシーと父親は同じ表情をうかべて顔を見あわせ、声をあげて笑いだした。

「ゲイブはボーイフレンドというわけか」と父親がいい、

「いい子みたいね」と、母親が応じる。

「ゲイブが電話をかけてくると、あたし、部屋から追いだされるんだよ。最近は、しょっちゅうなんだから」と、ルーシーは文句《もんく》をいった。

「それは地元の有名人に対して失礼ってもんだ。なあ？」と、父親がルーシーに朝刊をわたした。「見てごらん。昨夜のパーティーが記事になっている。カラー写真つきだ」

父親の言葉どおり、芸術欄《らん》の第一面に、昨夜のミスター・ベルの写真展のオープニングパーティーが四枚の写真とともに紹介《しょうかい》されていた。ルーシーとジャック、ミセス・マクビティーとエドマンド・ベルが、そろって満面の笑みで写った写真も一枚ある。

「うわっ、こんなに大きなイベントだったなんて、ウソみたい」

ルーシーは驚《おどろ》きをかくせなかった。さらに二枚、クレープにジャムを塗ってほおばりながら、紙面にのった自分の姿をしげしげとながめた。最高の一枚ではないけれど、悪くはない。となりには、自分とほぼ同じ背丈《せたけ》で、ビーズとラインストーンのついた小ぶりなハンドバッグをにぎりしめたミセス・マクビティーが写っていた。フラッシュを浴びて、ビーズが光っている――。

寝不足《ねぶそく》で頭がぼうっとし、うっかりしていた。そうだ、新しい宝物が、クロゼットのひきだしであたしを待ってるんだった！　ルーシーはあわてて、クレープをもう一枚、口の中につっこんだ。

「あんなにすてきなハンドバッグをプレゼントしてくれるなんて、ミネルバは本当に気前がいいわね、ルーシー」と、母親。「ハンドバッグ、どこにしまったの？」

「クロゼットの上段。靴下《くつした》といっしょのところ」

「バッグをつつむ、うすい紙をあげるわね」

ルーシーの頭では、すでにいろいろな考えがうずまいていた。中でも気になるのは、悪夢のことだ。新聞の写真をながめるうちによくなった気分のすぐ下で、なお不安がくすぶっていて、また火がついたのだ。ジャックに電話したほうがいい。

「ママ、クレープ、ごちそうさま」と、席を立った。

寝室《しんしつ》にもどったルーシーは、バックパックをかきまわして携帯電話《けいたいでんわ》をさがした。姉のクレアが携帯電話でおしゃべりしながら寝室を独占しているので、ルーシーは浴室にとじこもって身じたくをすることにした。そこからジャックに電話しようっと。だれにも聞かれたくないし——。

選んできた服を浴室の床《ゆか》にどさりと落とし、短縮ダイヤルでジャックに電話した。呼び出し音が鳴りつづけ、九回鳴ったところで、ようやくジャックが出た。

「よお、ルーシー」眠そうだけれど、明るい声だ。「いま、何時だ？」

「十一時すぎよ」

「スゲー！　きのうのパーティーは、サイコーだったたな」

「うん。あたしたち、朝刊にのってるよ」

「スゲー！」と、ジャックは同じ言葉をくりかえした。「朝刊を買ってきていいか、母さんにきいてみるよ」

「待って、ジャック。その前に話があるの。あたしね、こわい夢を見たんだ。ジャックの弁当箱の夢だと思う」

「はあ？　なんで弁当箱がこわいんだよ？」

「だって、弁当箱が巨大化《きょだいか》して、そこにとじこめられたんだもん。あたしは小さくなって、弁当箱にとじこめられたの。しかも、ジャックの手書きの文字がならんだ紙が、そこらじゅうに散らばってたんだから。ただし、ほとんど読めないんだけど。ここから出して、という言葉以外は」ジャックは無言のままだ。

「ねえ、この夢、どういう意味だと思う？」ルーシーはしびれをきらして、返事をうながした。

「そういわれてもなあ」最初の反応は、なんとも歯切れの悪いものだった。「ルーシーは、どう思う？」

「日本のミニチュアルームに弁当箱を置いてきたのが、気になってるんだと思う。危険すぎるのかも。手紙を入れて置いてきたのは、まずかったと思わない？」

「そんなこと、考えもしなかったなあ。でも、いわれてみれば……うん、ヤバいかも。おかしなヤツが手紙を見つけたりしたら、ヤバいよな」

「弁当箱を置いてきたときは、あたしたちみたいな人が見つけることしか考えてなかった。あたしたちみたいな子どもがってことよ。でも、だれが見つけたっておかしくないよね」

ふたりとも数秒間口をつぐみ、新しい難題が生じたことを理解した。ジャックが沈黙《ちんもく》をやぶる。

「今日の予定は？」

「まだ、決めてない」

「おれ、そっちに行くよ」

ルーシーが着替《きか》えてキッチンにもどったら、父親がコートをはおっているところだった。

「ミセス・マクビティーを、朝食を兼《か》ねたランチにお招きしたんだ。お宅まで、歩いて迎《むか》えに行ってくる。いっしょに行くかい？」

「ううん、家で待ってる。ジャックが来るの」

「あたしも、ゲイブが迎えに来るの」と、姉のクレアがいった。コーヒーを飲みながら、新聞を読んでいる。クレアは、最近になってコーヒーを飲むようになった。姉が背伸びをしているように見えて、ルーシーは妙《みょう》な気分だ。

「ねえねえ、この記事、だれか見た？」と、クレアが芸術欄《らん》にざっと目を通しながらたずねた。

「美術品どろぼうが出没《しゅつぼつ》してるんだって！」

ルーシーはクレアの肩《かた》ごしに、その記事を見ようとかがみこんだ。クレアが、最初の段落を読みあげる。


シカゴ市内の美術品収集家は、美術品盗難《とうなん》件数の急増に神経をとがらせている。頻発《ひんぱつ》する盗難事件は、高級品志向の単独犯によるものだと、警察は見ている。これまでの被害者《ひがいしゃ》によると、電化製品も、通常どろぼうがねらう現金や貴金属も、いっさい盗《ぬす》まれていない。かわりに一点だけ、たいていは小さな絵画や彫像《ちょうぞう》や骨董品《こっとうひん》が、盗《ぬす》まれている。シカゴ警察はまだ手がかりをつかんでおらず、美術品収集家たちに貴重品を守る手段をこうじるようにすすめている。

「ミセス・マクビティーは、知ってるのかな」と、ルーシー。

「ママが知ってるのは、クレープがたりないってことだけよ！　さあ、ルーシー、着替《きか》えてくるから、そのあいだ、頼《たの》むわね」

ママを見てると、クレープをひっくりかえすのなんて楽チンに見えるのに！　ルーシーはクレープをフライパンで裏返《うらがえ》しにする方法を教わっていたけれど、いまだに母親ほど上手《じょうず》に焼けない。フライパンを軽くゆすったら、クレープが少しずれた。よし、いまだ！　取っ手を両手で持ち、フライパンを動かすと、クレープが宙に浮《う》いて、回転し、見事に着地した。

「あら、やるじゃない」姉のクレアが、コーヒーカップ越しにいった。

「おほめにあずかりまして」ルーシーは、軽くおじぎをした。

完成したクレープは、すぐに皿にうつした。この仕事をまかされて、助かった。おかげで、ジャックを待つあいだ、クレープ焼きに集中していられる。さらに十数枚のクレープをきれいに焼いた。失敗したのは、二枚だけだ。

階下の正面玄関《げんかん》のブザーが鳴ったとき、ルーシーとクレアはインターホンのボタンに飛びつき、同時に「はい」とこたえていた。インターホンから流れてきたのは、ゲイブの声だった。

「あーあ」クレアがロックを解除すると同時に、ルーシーは不満をもらした。

「なにをそわそわしてるのよ？」クレアがたずねた。「ゲイブがいるあいだ、うるさくしないでよね。いい？」

ルーシーは返事をせずに、コンロにもどった。そんなことより、もっと大事なことが気にかかる。たとえば――なぜジャックは、こんなにおそいの？　無意識のうちにいらついて足踏《あしぶ》みしながら、残ったバターをフライパンで溶かし、色が少しずつ濃《こ》くなっていくのをながめた。

「やあ、ルーシー」と、ゲイブがキッチンに入ってきた。「元気？」

「うん」ルーシーは、フライパンを完ぺきな手つきで動かしたつもりだった。ところが今回は高く宙にあげすぎて、一回転半させてしまい、クレープは折りかさなってフライパンに落ちた。恥《は》ずかしくてほおを赤らめながら、流しのほうを向く。ちょうどそのとき、タイミングよく、母親がキッチンにもどってきた。

「おはよう、ゲイブ」

「おはようございます、ミセス・スチュワート」

「まあ、上手《じょうず》ねえ、ルーシー！　我が家のクレープ係を引退できそうだわ」母親は、いまにも流しに捨てられようとしている失敗作には気づかず、テーブルに置かれたできたてのクレープの山に目を見はっていた。

ようやく、階下の正面玄関《げんかん》のブザーがまた鳴った。ルーシーはインターホンに向かい、ボタンをたたくようにして押《お》した。

「おれだよ」

インターホンからジャックの声が流れてくる。ルーシーは、ジャックの短い返事を最後まで聞かずに、ロックを解除した。

「なんで、こんなにおそいのよ？」マンションの部屋まであがってきたジャックに、ルーシーは食ってかかった。

「起きたばかりだったんだ」ジャックは、無茶いうなよ、という顔でルーシーを見てから、焼きたてのクレープのにおいに気づき、まっすぐキッチンに向かって、全員に笑顔をふりまいた。

「おはよう、ジャック」と、母親があいさつした。「どうぞ、おかけなさいな」

「待ってよ。その前に、きのうの晩ミセス・マクビティーからもらった物を見て」と、ルーシーはジャックをキッチンから寝室《しんしつ》へと引っぱっていき、ドアをしめた。

「あたし、もう、パニック！　あの夢、なにかの予告かも。重要なことを告げられた気がする。でも、それがなにか、わかんない！」

ジャックは、いつものように落ちついていた。「で、おれに見せたい物って？」

「あっ、そうだった」ルーシーはクロゼットのひきだしの上段をあけた。靴下《くつした》にまじって、ビーズとラインストーンのついたハンドバッグが、光沢《こうたく》のない靴下とは対照的に光り輝《かがや》いていた。

「ね、きれいでしょ！」

ジャックは、つまらなさそうだ。「ただのバッグだろ」と、にべもない。

「アンティークなのよ。ミセス・マクビティーのお姉さんの物なんだって。でね、きのうの晩、家に歩いて帰るとちゅう、これがあたしの手の中で熱を持った気がしたの」

ジャックが小ぶりのバッグを手に取り、しげしげとながめた。「熱を持ったのは、一度だけ？いまはどうなんだ？　なにか感じるか？」と、バッグをルーシーにもどす。

ルーシーはそうっと受けとり、熱を感じとろうとした。バッグが手の中であたたかくなる？寝室のやわらかな照明を受けているとは思えないくらい、光り輝いてる？　ルーシーは首をふった。「ううん、なにも感じない……。やっぱり、気のせいね」

ドアの外から、みんながミセス・マクビティーにあいさつする声が聞こえてきた。

「ルーシー、今日、美術館に行こう。日本の部屋とおれの弁当箱をのぞくだけでもいいから」

「うん、そうだね。とりあえず、ミセス・マクビティーにあいさつしに行こう」

ルーシーはミセス・マクビティーを見たとたん、抱《だ》きついた。これだけの人数がテーブルをかこんでひしめくと、キッチンはかなりきゅうくつだ。いつもなら、こういった日曜の朝は楽しいのだけれど、いまのルーシーは、一刻《こく》も早く美術館にかけつけて、弁当箱を確認したくて、うずうずしていた。

みんなでクレープをたいらげ、新聞をまわし読みしていたときに、ジャックが美術品どろぼうの記事を見つけた。「ミセス・マクビティー、この記事、読みました？　貴重な美術品がやられてるみたいですよ」

「ああ、読んだよ。興味深いねえ」

「興味深いって？」これはルーシーだ。

「美術品どろぼうは、ごくありふれたどろぼうとは、ちがうからだよ」

「どういうことですか？」ルーシーが、さらにたずねた。

「美術品どろぼうは、盗《ぬす》む品にこだわりがあるんだよ。テレビの値段なら、だれにでもわかる。じゃあ、中国の明朝の壺《つぼ》は？　本物とニセモノの見分け方は？　美術品どろぼうは、専門知識があるか、あるいは専門知識を持っている者の下で働いてるんだねえ」

「心配じゃないんですか？」ジャックがたずねた。

「ぜんぜん。これまでねらわれたのは、有名な収集家ばかりさ。わたしは古書の収集家として しか知られてないし、うちの店にはセキュリティーシステムがある。わたしのことは、ご心配 なく！」

ようやく、食事の会もおひらきとなりそうだ。ルーシーは、勢いよく腰《こし》をあげた。「ジャッ クといっしょにシカゴ美術館に行って、そのあとジャックの家に寄ってくる」

「ママは、まだソーン・ミニチュアルームを見てないわ」と、ルーシーの母親が声をあげた。「ね え、ルーシー、いつかママを案内してくれるって約束したわよね。今日、これからはどう？」

ルーシーは内心ぎょっとしつつ、そしらぬ顔で、ことわる口実をさがした。が、ミセス・マ クビティーに先を越されてしまった。「もしよければ、わたしもお仲間に入れとくれ。おまえ さんは、どうする？ いっしょにどうだい？」

「答案を採点《さいてん》しなきゃならなくて」と、教師であるルーシーの父親は、ミセス・マクビティー の誘《さそ》いをことわった。「みんなで行ってくるといい。きっと楽しいぞ！」

ルーシーには、楽しいとはとても思えなかった。

2

偶然の出会い

ミセス・マクビティーがついてきたのは、いくつかの理由で結果的に助かった。第一に、ルーシーの母親がタクシーに乗るという、めったにないぜいたくをしようといいはったので、シカゴ美術館にかなり早く到着《とうちゃく》できる。第二に、ミセス・マクビティーはルーシーのかわりに母親の話相手になってくれる。

ルーシーは後部座席《ざせき》で、母親とミセス・マクビティーのあいだに押《お》しこまれた。ジャックは助手席に座《すわ》り、美術館までずっと運転手とおしゃべりをしていた。

美術館の正面の階段をのぼりながら、ジャックはルーシーに新たに仕入れた雑学を披露《ひろう》した。

「エチオピアでは、食事のときにフォークとナイフを使わないんだって。知ってたか？」

「なんの話？」

「ルーシーの家のクレープみたいに、ものすごくうすいパンで食べ物をつつむんだって」

「そんなこと、なんで知ってるのよ？」ルーシーはいらだちをかくそうとしながら、たずねた。

「さっきのタクシーの運転手がエチオピア人で、教えてくれたんだ。こういった雑学がいつ役立つか、わからないぜ」

「先に行ってて。バックパックをあずけたら、追いつくから」ルーシーはロビーで声をかけ、みんなが大階段をゆっくりとおりたところで追いついた。

「まあ、これなのね……有名なソーン・ミニチュアルームというのは」ルーシーの母親は、地下の11番ギャラリーの入り口でそういった。「ようやく、さわぎの大もとを見られるのね」

「なんてすばらしいんだろうと、びっくりすると思うよ」と、ミセス・マクビティー。

ギャラリーの入り口では、担当者が見学ツアーを率いていた。

「ナルシッサ・ソーン夫人は主に一九三〇年代に、まずヨーロッパとアジアのミニチュアルームを、つづいてアメリカのミニチュアルームを作りました。ヨーロッパコーナーにはE1からE31、アメリカコーナーにはA1からA37と番号がつけてあります。展示品の中には、ソーン夫人が世界中から集めたアンティークのミニチュアもあれば、熟練した職人をやとって特注したものもあります。ミニチュアルームは実物の十二分の一の大きさで作られており、すべて本物です。たとえば家具は本物の木、暖炉《だんろ》の炉棚《ろだな》は本物の大理石、燭台《しょくだい》は純金製です。ニセモノなのは、生き物や、いたみやすい物のみ。花々や植物、E1の部屋の暖炉《だんろ》の前に寝《ね》そべっている犬などは、ニセモノです」

ルーシーには知っていることばかりだったので、ツアー客からギャラリーの壁《かべ》のちょうど目の高さにはめこまれたミニチュアルームへと、視線をうつした。完全で、完ぺきで、たぶんまだつきとめていない秘密がつまっている、六十八のミニチュアワールドね――！

ミニチュアルームは、正面のガラス越しに、ルーシーを招きよせていた。鍵《かぎ》と、鍵の持つ魔《ま》法《ほう》をのぞいても、ルーシーにとってミニチュアルームは、三カ月前に社会科見学で初めて見たときと変わらず、やはり新鮮《しんせん》でわくわくする場所だった。腕《うで》に鳥肌《とりはだ》が立つ。

母親の反応を見たいけれど、いまはそれより弁当箱が気になる。ミニチュアルームをひとつひとつ順番に見ようとしている母親とミセス・マクビティーにはつきあわず、さっさと角をまがり、E31の日本の部屋に向かった。そのすぐあとを、ジャックが追う。

先にルーシーが弁当箱を見て、あっと声をあげそうになり、すぐに飲みこんだ。美しい日本の部屋には、ジャックの弁当箱がミニチュアサイズで置いてあった。でも、ジャックはつくえの上にふたをしめてきちんと置いたのに、位置がずれていた。しかも、ふたがななめになっている！

ルーシーは、ひそひそ声でいった。「やっぱり、なにかあったのね！」

「手紙がまだあるかどうか、見えないな」と、ジャックがのぞきこもうとした。「見えるか？」

「ううん」

「メンテナンスの担当者が掃除《そうじ》かなにかのために正面のガラスをあけて、うっかり動かしちゃったとか。手紙までは見てないかも」

「たしかめるのよ！」と、ルーシーはいいはった。

とぎれることのない客たちに盗《ぬす》み聞きされたくなくて、ふたりは小声でしゃべっていた。

ジャックがさらに小声でいった。「鍵はあるぞ。ふたつとも」ジャックは、つねにぬかりがない。今日も、魔法の鍵と、数カ月前にミスター・ベルからひそかに借りてコピーした美術館の鍵——すべてのミニチュアルームをつなぐ下枠《したわく》に面した、保守点検用の廊下《ろうか》に入れる鍵——を、持ってきたのだ。

「でも、どうやって入る？　ママがいるのよ」母親がすぐそばにいるのに、ミニチュアサイズになるなんて——。ルーシーは考えただけで、手のひらにじっとりと汗《あせ》をかいた。こんなことは、今日の予定に入っていない。

そのとき、母親が角をまがってあらわれた。

「ふたりとも、ここにいたのね。ルーシー、あなたのいうとおりだったわ！　あなたがなぜミニチュアルームの魔法《まほう》のとりこになったのか、ママにもようやくわかったわ！」

母親が〈魔法〉といったとたん、ミセス・マクビティーがルーシーに向かってにやりとした。

「本当に！　魔法だとも。ねえ、ルーシー？」

「ルーシー、ミネルバはあなたくらいの年ごろに、初めてこのミニチュアルームを見たんですって」

ルーシーはあいまいにほほえみ、うなずこうとした。そんな昔話など、いまは聞きたくない。それどころか、ミセス・マクビティーがはるか昔に魔法の力でミニチュアルームに入ったことは、母親よりもはるかにくわしく知っているのだ。

「ミセス・マクビティー、おもしろいものをお見せしますよ」とジャックが口をはさみ、ミセス・マクビティーの腕《うで》を取って、ルーシーと母親から引きはなした。

「ねえ、ルーシー、最初の部屋にもどりましょうよ。あなたの一番のお気に入りを見せてちょうだい」と、母親がいいだした。ルーシーにとってそれは、いま、一番避《さ》けたいことだ。ジャックが一刻《こく》も早くもどってきて、なんとかしてくれますように——と、ルーシーは祈《いの》るしかなかった。

ヨーロッパのミニチュアルームを順番に見てまわり、母親が細かい点をあげていった。すべて、ルーシーが知りつくしていることだ。ジャックがゴキブリ退治に使ったE16〈フランスの城の部屋〉にある燭台《しょくだい》。ルーシーがミスター・ベルのアルバムを見つけたE17の部屋にある、凝《こ》った彫刻《ちょうこく》のほどこされた戸棚《とだな》。ルーシーとジャックが十八世紀の衣装を見つけた、感じのよいE22〈フランスの寝室《しんしつ》〉。それぞれの部屋をのぞきこむたびに、「ママは冒険《ぼうけん》をなにも知らないのだ」と自分にいいきかせ、いいたいことをがまんしなければならない。

「いまのところ、ここが、わたしのお気に入りかしら。フランス革命の時代よ！」とママがいったのはE24、ソフィーの部屋だ。向かって座《すわ》ったことのあるひきだしの多いつくえを――ソフィーの日記を置いてきたつくえだ――見た瞬間《しゅんかん》、ルーシーは喜びがあふれそうになり、ぐっとこらえた。

「窓の向こうの景色もすてきね」と、母親が窓の外に見える立体模型《もけい》を指さす。ルーシーは、バルコニーのカーテン越しに十八世紀のフランスに目をこらし、模型がじつは息づいていると初めて発見した瞬間や、ジャックといっしょに十八世紀のフランスをおとずれ、ソフィーと出会ったときのことを、ひそかに思いだした。それをいま、外側からのぞきこんでいるなんて、なんてふしぎなのだろう！　弁当箱の中の手紙を取りもどすという仕事がなくても、ルーシーはこういったミニチュアルームをながめるだけで、ミニチュアルームでもっと冒険《ぼうけん》をしたいと思っていることを実感した。調べることが、まだたくさんある！

ジャックとミセス・マクビティーがとなりにもどってくるまでの時間が、ルーシーにはとても長く感じられたが、十分もかからなかっただろう。ミセス・マクビティーは、綿のハンカチを額《ひたい》にあてていた。

「まあ、ミネルバ、だいじょうぶ？」と、ルーシーの母親がたずねた。

「ヘレン、トイレに連れていってもらえないかい？ 少し座《すわ》らせてもらわないと」ミセス・マクビティーの声は弱々しい。

「それでいいの？ いますぐ、家までお送りしてもいいのよ」

「ううん、いいよ。軽い発作だから。トイレには、一休みできそうなベンチがある。発作がおさまるまでそばにいてくれれば、だいじょうぶさ」と、ミセス・マクビティーはルーシーの母親を安心させた。

「すべてお芝居《しばい》だぜ」ミセス・マクビティーとルーシーの母親がギャラリーを出ていくと、すぐにジャックが説明した。「ミセス・マクビティーに事情を打ちあけたんだ。時間のゆうよは十五分、最高で二十分だ！」

ルーシーとジャックは、壁《かべ》のくぼみへとすばやく引きかえした。そこにある鍵《かぎ》のかかったドアの向こうには、ヨーロッパコーナーの保守点検用の廊下《ろうか》がある。

11番ギャラリーのソーン・ミニチュアルームは、ふたつにわかれて展示されていた。ヨーロッパコーナーは外壁《がいへき》に沿ってならび、アメリカコーナーはギャラリーの中央でU字型の島をなしていて、どちらも裏側《うらがわ》には一般客は立ち入り禁止の廊下がのびている。日本の部屋で弁当箱を確認するには、ルーシーとジャックはヨーロッパコーナーの廊下に入り、端《はし》まで行くしかない。日本の部屋は、ヨーロッパコーナーの最後の部屋なのだ。

「鍵であけるわけにはいかないな。客が多すぎる」と、ジャック。

ルーシーは、あたりを見まわした。たしかに、ギャラリーはかなり混んでいる。

「そうね……。じゃあ、こうしない？　ミニサイズになるまで一、二秒しかかからないから、ジャックがここであたしの前に立って、鍵をわたしてよ。あたしがちぢんで、前にやったように、ドアのすきまからもぐる。あっという間《ま》のことだし、ジャックがさえぎってくれれば、だれにも見られないよ」

「よし、それでいこう」

「あっ、待って。あたし、どうやって日本の部屋まであがればいい？」ミニチュアルームは床《ゆか》から一メートル以上の高さがあり、十センチ強のミニサイズのルーシーには届かない。「階段を作ってるひまはないわよ！」以前、廊下《ろうか》に積んであったカタログで階段を作ったとき、かなり時間がかかったのを思いだし、ルーシーは不安になった。

「ジャジャーン！」と、ジャックがポケットから、前回の冒険《ぼうけん》のために毛糸とつまようじで作ったはしごを出した。「役に立つかと思ってさ！　ただし、早くのぼってくれよな」

ルーシーは計画に沿って話をつづけた。「こっちにもどってくるときは、ジャックをさがせばいいんだよね？」

「うん。まずはドアのすきまからのぞいて、だれもいないのをたしかめろよ。おれは、ここにいられないかもしれない。もしいなかったら、鍵《かぎ》はそこに置いといてくれ」と、ドアのすぐそばの床《ゆか》を指さした。「もどってきて、すぐにひろっておく」ジャックとちがってルーシーは、鍵を持ったらちぢんでしまう。少なくとも、秘密の廊下のすぐ近くでは。だから、鍵はジャックがひろうしかない。

名案だ！　短い持ち時間で、やりとげる自信がわいてきた。けれど、魔法《まほう》そのものには、不安がある。なんといっても、鍵の魔力を身をもって知ってから、まだ数カ月しかたっていない。もし、魔法の効果が切れたとしたら？

ルーシーとジャックは、壁《かべ》のくぼみのそばをうろついた。まわりにあやしまれないように気をつけながら、ジャックがさりげなく、お手製のはしごをルーシーのポケットに入れた。そうすれば、はしごもルーシーといっしょにちぢむ。鍵は、ジャックが片手ににぎりしめている。

ふたりは待った。まるでシカゴの住人が今日という日をえらんで、ソーン・ミニチュアルームにこぞって押《お》しかけたみたいだ。貴重な三分がすぎてようやく、人の流れがとぎれた。だれも、こっちを見ていない。

ジャックはルーシーの前に進みでて、ルーシーにすばやく魔法の鍵をにぎらせた。

ルーシーは鍵をきつくにぎりしめた。どうか、魔法が効きますように――。そう思った次の瞬間《しゅんかん》、そんな不安は消しとんでいた。忘《わす》れかけていた、あの体がちぢむときの感覚がもどってきた!

ほんの一瞬《いっしゅん》、髪《かみ》がそよ風に吹《ふ》かれ、ちぢんでいく体にあわせて服のサイズも変わり、襟《えり》も袖《そで》もなにもかもミニサイズになった。糸がちぢむかすかな音らしきものが聞こえる。魔力でちぢむと同時に、皮膚《ひふ》がわずかにひきつれ、筋肉が収縮する。ジャックとギャラリーが溶けあって、ぶきみにぼうっとふくらんでいく。

魔法の鍵が手のひらに触《ふ》れてから、わずか数秒後――。ルーシーは約十三センチにちぢみ、巨大《きょだい》なギャラリーに目の焦点《しょうてん》があうようになった。ミニサイズのルーシーはカーペットの上に腹ばいになり――カーペットのループ状の毛房《けぶさ》は、すねの半分まで届きそうだ――すばやくドアの下をくぐった。

広大な廊下《ろうか》は暗く、めまいがしそうだ。巨大な空間の中で、ルーシーはネズミほどの大きさしかない。巨大なドアに背中をつけてうずくまり、すべてのミニチュアルームをつなぐ下枠《したわく》を見あげた。ミニチュアルームに入るには、この下枠にのらなければならない。一息いれて落ちつきたかったが、休んでいるひまはない。

立ちあがり、元の大きさにもどれるように鍵《かぎ》を手ばなし、バランスをくずしそうになりながら大きくなった。服がきつくなってから大きくなるのがわかった。筋肉がちくちくした。下枠が、目と鼻の先までおりてきた気がする！　毛糸のはしごをポケットから取りだし、もつれた糸を手早くほどき、ジャックお手製の小さな針金製のフックを使って下枠に取りつけた。

魔法《まほう》の鍵をひろい、また小さくなった。

床《ゆか》すれすれの身長で見あげると、はしごが思っていたよりも高く感じられる。ルーシーは、くらくらしてきた。でも、やるしかない。

はしごをのぼりはじめた。ミニサイズの手を交互《こうご》に動かして、ロープのように太い毛糸をつかんでのぼっていく。全体重がようじにささえられているなんて、うそみたいだ！　下を見るな、と何度も自分にいいきかせながら、はしごをのぼりきった。下枠を走り、角をまがったら、ルーシーが粘着《ねんちゃく》テープで作ったクライミングのルートが壁《かべ》に残っているのが見えた。ジャックとふたりでエアダクトを通り、アメリカコーナーの廊下へ出られるように作ったものだ。

日本の部屋に着いたころには、息がきれていた。そのままかけこんで、手紙と弁当箱をつかんで出られますように、とルーシーは祈《いの》る思いだった。

そうすれば万事解決して、なんの心配もなくなる！

日本のミニチュアルームの裏側《うらがわ》に近づいた。細い通路からメインルームの左側のせまい部屋へと忍《しの》び足で入り、耳をすませた。

「ソーン夫人は、ヨーロッパを何度もおとずれたうえでミニチュアルームを作りましたが、アジアは行ったことがなかったので、中国と日本の部屋は文献《ぶんけん》を頼《たよ》りに作りました」

日本の部屋の真ん前に、見学ツアーのガイドがいるようね——。ガイドがいなくなるのを待つしかない。いったい、いつになることやら。ツアー客たちが移動する前に、母親とミセス・マクビティーがギャラリーにもどってきたらどうしよう、とルーシーは気が気でなかった。

どうしようもないので、いったん部屋から出た。少ししかない貴重な時間を、むだにはしたくない。幸いなことに、ここからわずか三つ先に、お気に入りの部屋がある。ルーシーは、がまんできなかった。下枠《したわく》をいらいらとうろつくより、ほんの数分、お気に入りの部屋を探検してくるほうがまし！

Ｅ27は〈一九三〇年代のフランスの書斎《しょさい》〉だ。なぜこの部屋が好《す》きなのか、ルーシーにはうまく説明できないが、天井《てんじょう》が高く、広々としていることと関係がありそうだ。そう、それと、バルコニー！　Ｅ27の部屋は、屋上庭園から入れるようになっている。屋上庭園は、現実の世界でも味わってみたいぜいたくだ。お金持ちのマンションには屋上庭園が多いのだろう。当然ながら、ルーシーの家にはない。Ｅ27の優雅《ゆうが》な庭は、高さのある石灰石の壁《かべ》でしきられ、壁の前には女性の彫像《ちょうぞう》が立っている。小さい長方形の芝生《しばふ》や、完全な球体に刈《か》りこまれた低木もある。

ガイドの声が遠くなった。

屋上庭園から、部屋の中をうかがった。いまは、このミニチュアルームをのぞきこんでいる客はいない。部屋に入ってみた。この部屋は外に通じるドアがふたつあるので、心地よいそよ風が部屋を吹《ふ》きぬけている。そよ風が吹くということは——外のパリは、本物の世界だ！　魔《ま》法《ほう》が効いてる！

部屋をざっと見わたした。家具は、豪華《ごうか》なシルクとサテンでおおわれていた。片側の壁には、幾何学模様《きかがくもよう》で描《えが》かれたパリの地図の壁掛《か》けが飾《かざ》ってある。ピカソの絵画みたいだ。近づいて、さわってみた。細かい縫《ぬ》い目を手に感じる。この壁掛けがちゃんとした手縫いだなんて。驚《おどろ》くほど細かい作業だったにちがいない。

ギャラリーに面した正面のガラスへ、複数の声が近づいてくる。ルーシーはとっさに隅《すみ》にあった布張りのイスの裏《うら》に飛びこんだ。そして、二組の客が説明書きを読み、バルコニーのドア越しにエッフェル塔《とう》をちらっとながめ、声をあげながら通りすぎるまで、ずっとしゃがんでいた。

人の流れがとぎれたので、一九三〇年代のパリの陽光をあびようと、部屋を走ってつっきった。バルコニーは、屋上庭園とはつながっていなかった。テーブルとイスをならべられるくらい、広い。ガラス天板のテーブルには、ふたつの金色のゴブレットと光沢《こうたく》のある緑色の皿が置いてあった。ふたつのオレンジ色のプランターでは、明るい色のヒャクニチソウが咲きほこっている。ギャラリーの客からは見えないが、バルコニーからはらせん階段がのびていて、マンションと通りのあいだの、囲いつきの小さな庭へとおりていた。建物の外にこんなふうに取りつけられたらせん階段を、ルーシーは見たことがなかった。周囲の建物を観察し、E27の部屋があるマンションとくらべてみた。顔をあげたら、ここより上の階はなかった。ここは六階らしい。

ギャラリーの客から見られるおそれのない場所に立って、壮大《そうだい》な光景をながめた。一本の広い大通り。その向こうには、エッフェル塔《とう》。眼下の通りには、おおぜいの通行人と、にぎやかな広場が見える。なにかの祭りの最中らしい。さまざまな国旗《こっき》がはためき、笑い声や叫《さけ》び声とはりあうように音楽が聞こえる。

もう一度、深く息を吸ってから、バルコニーを離《はな》れた。ああ、このままらせん階段をおりて、パリの街に行ってみたい！　けれど、すでに五分がすぎていた。ツアー客も、さすがにいなくなっているだろう。

いまはそれどころじゃない、とルーシーはE27を出て、E31へ走ってもどった。

ギャラリーからくぐもった複数の声が聞こえてきたが、ガイドがE31の部屋の正面にいないのはわかる。二名の声が、ひときわはっきりと聞こえてきた。ジャックの声と、女性の声だ。母親やミセス・マクビティーの声ではない。ミニチュアルームをそっとのぞきこみ、正面のガラスに目をこらした。なにかしゃべっているジャックの横顔が見える。

「なにをスケッチしてるんですか？」と、ジャックはたずねていた。だれに話しかけているのか、その相手までは見えないが、ルーシーは耳をそばだてた。

「この中国の部屋よ。ミニチュアルームを研究してるの」と、女性の声がこたえる。「どうかしら？」

「すごく上手《じょうず》です。細かいところを、よくとらえていますね」

中国の部屋は、日本の部屋のとなりだ。ルーシーは、ジャックがスケッチを話題にして、その女性を日本の部屋の正面ガラスに来ないようにしていることに気づいた。しかも、ルーシーが用事を終えるまで、だれも日本の部屋をのぞけない位置に立ってくれている。

ルーシーは日本の部屋に忍《しの》びこみ、漆塗《うるしぬ》りの低い書き物づくえに近づいて、弁当箱をあけた。手紙は、入れたときと同じく、折りたたまれた状態で残っていた。

ほっとして、ため息をつき、手紙をポケットにしまってから、日本間の奥にある枯山水《かれさんすい》の庭をもう一度ながめた。

ん？　なにかが、おかしい――。

庭に出てみた。驚《おどろ》いたことに、庭は静まりかえっていた。木の葉がこすれる音も、鳥のさえずりも聞こえない。空気がよどんでいる。草木は、いかにも作り物だ。空の隅《すみ》の塗料《とりょう》がはがれているのまで見える。

ルーシーは不安になった。魔法《まほう》の力が弱まった？　さっき、パリのバルコニーに出たせいで、魔法を使いすぎた？　それとも、この部屋はほかの部屋とちがって、過去の世界とつながっていないとか？

好奇心《こうきしん》を強くそそられたが、冒険《ぼうけん》はあとまわしだ。母親とミセス・マクビティーが、いつトイレからもどってきてもおかしくない。毛糸のはしごをのぼってから、少なくとも十分はたっている。急がないと！

ルーシーは、枯山水《かれさんすい》の庭を出た。と同時に、ジャックと話をしていた女性の金髪《きんぱつ》がちらっと見え、あわてて飛びのいた。見られた？　見られてない？

ジャックがその女性に、お気に入りの部屋はどこですか、とたずねる声がし、女性とジャックが離《はな》れていった。ルーシーは畳《たたみ》の部屋をあわててつっきり、とちゅうで弁当箱をひっつかみ、細い通路から裏《うら》へと出た。

せまい下枠《したわく》をけんめいに走り、はしごにたどりついた。このまま弁当箱を持ってはしごをおりるのは、スピードが出ないし、むずかしすぎる。ルーシーは弁当箱をつかんだまま、下枠からジャンプし、とちゅうで魔法《まほう》の鍵《かぎ》を床《ゆか》に投げた。鍵を手ばなしたとたん、魔法がとけて、ルーシーも鍵も元のサイズにもどり、ほぼ同時に着地した。はしごを下枠からはずし、魔法の鍵をひろい、またミニサイズになる。

ドアにたどりつき、すきまから外をのぞいた。だれもいない。先にミニサイズの弁当箱を、ドアの下のすきまに押《お》しこんだ。元のサイズの弁当箱は大きすぎて、ポケットに入れては持ちはこべない。そんなものをどこから持ってきたのかと、母親に見とがめられてしまう。つづいて、ギャラリーを見わたせるところまで、自分もすきまに体をすべりこませた。

ところが、かんじんのジャックの姿が見えない。マットレスのように厚みのある靴《くつ》がつぎつぎと、とぎれることなく通りすぎていく。

待ちくたびれてきたころ、ようやくすきまをくぐって、出ることができた。ジャックだけが気づいて回収できるよう、ドアのすぐそばに鍵を置く。

ものの数秒で体が元のサイズにもどり、ミニサイズの弁当箱をひろってポケットに入れた。リップ・グロスのスティックをしまったみたいに、ポケットがふくらむ。

ルーシーは角をまがりながら、冒険《ぼうけん》をしてきたことが顔にあらわれているにちがいないと思っていた。ジャックは、ミニチュアルームをスケッチしていた印象的な女性とまだしゃべっていた。その女性はすらりとしていて、姿勢がとてもよく、色のうすい髪《かみ》をきっちりと後ろに束《たば》ねている。ブランドのメガネをかけ、先のとがった靴をはき、ファッション誌《し》のモデルのようだ。

ルーシーは、ジャックがひとりでいてくれればいいのにと思っていた。ドアのそばに置いてきた魔法《まほう》の鍵《かぎ》が、気になってしかたない！　できるだけ早く、鍵をポケットにしまってほしい！

「ああ、ルーシー、そこにいたのか」と、ジャック。「こちらは、ドーラ。ソーン・ミニチュアルームを研究してるんだって。ドーラ、おれの友だちのルーシーです」ルーシーが思いつめたように見ているので、ジャックはピンときた。「ちょっと失礼」と、鍵を取りにもどっていく。

「はじめまして、ルーシー」と、その女性がほほえんだ。「ジャックから聞いたわ。あなたたち、学校のレポートで、ソーン・ミニチュアルームをテーマにしたんですってね」

「なんか、ミニチュアルームのとりこになっちゃって」

「あら、お仲間発見だわ！」と、女性が声をあげて笑う。

「スケッチ、きれいですね」ルーシーは、スケッチに見とれていた。

「この数週間、ずっと描《か》いてきたの」と、女性がルーシーに向かってスケッチブックをぱらぱらとめくった。最後のページには、中国の部屋がとちゅうまで描いてあった。部屋を仕切っている、木製の細かい彫刻《ちょうこく》のついたてが、エンピツでていねいに描《えが》かれている。奥の壁《かべ》に飾《かざ》られた先祖の肖像画《しょうぞうが》の細かい表情まで、とらえてあった。

「本当に、すばらしいです」ルーシーは、すばらしいなどという言葉では足りないように思った。それくらい、見事なスケッチだった。

「どうもありがとう」

「画家さんなんですか?」

「いいえ。インテリアデザイナーよ。シカゴ美術館付属の美術大学のデザイン学科で、修士号をめざして勉強中。インテリアの歴史研究のために、ソーン・ミニチュアルームを題材にさせてもらってるの」

「それって、ソーン夫人が願っていたことですよね」ルーシーは、記録保管所で調べたことを思いだした。

「まさに、そうね」

ルーシーは、完ぺきに摸写《もしゃ》されたスケッチをめくりつづけた。そのとき、

「ああ、ここにいたのね」

という声に顔をあげたら、母親とミセス・マクビティーが近づいてくるところだった。

「ジャックは、どこ?」と、母親がたずねる。

「ここです」と、ジャックが反対側の角からあらわれた。さりげなくポケットをたたいて、鍵は無事にしまったと合図しながら、ちらっとルーシーを見る。合図に気づいたのは、ルーシーだけだ。

「見て、ママ」と、ルーシーはスケッチブックを母親とミセス・マクビティーに見せた。

女性が手をさしだして、あいさつする。「ドーラ・ポメロイです。はじめまして」

「ヘレン・スチュワートです」と、ルーシーの母親が握手《あくしゅ》しながらこたえた。「こちらは、ミネルバ・マクビティー」

ミセス・マクビティーも、握手しようと手をさしだした。「以前、どこかでお目にかかりませんでしたかねえ？」

「いいえ、初めてだと思います」と、ドーラ。

「お会いしていますとも。一度見た顔は、ぜったい忘《わす》れないんですよ」ミセス・マクビティーは、なおもいった。

ミセス・マクビティーが出会った可能性のある場所をつぎつぎといいだす前に、ルーシーは話をさえぎった。こうなると、大人はきりがない。

「あたしも、こんなふうに絵を描《か》きたいなあ」ルーシーは、夢見るような口調でいった。

「絵の描き方なら、だれでも学べるわ。あなた、レッスンを受けたことは？」

「学校の美術の授業だけです。Aをもらいましたけど、そんなに上手《じょうず》なわけじゃありません。ジャックのほうが上手です」

「母親が画家なんです。うまくなかったら、おかしいですよね」と、ジャック。

「あなたの名前は、たしか……タッカーよね？」

「はい、そうです」

「お母さまって、画家のリディア・タッカーさん？」

「はい。母のこと、知ってるんですか？」母親の名前を知っている人がいると、ジャックはいつも驚《おどろ》いている。いいかげん、慣れなさいよ、とルーシーは思った。

「お母さまの作品を町で見たことがあるわ。あのトリックアートのだまし絵は、すばらしかった！」ドーラの口調には、熱がこもっていた。

「えっと、その、ありがとうございます」ジャックの口調は、ぎこちなかった。「ルーシーに、絵のレッスンをしてもらえませんか？」

「個人レッスンは、たまに引きうけるけど」ドーラが応じる。

「お願い、ママ」と、ルーシーは母親に頼《たの》みこんだ。「あたし、ミニチュアルームの描き方を勉強したい！」

「じゃあ、考えてみるわ。名刺《めいし》はお持ちかしら、ミス・ポメロイ？」

ドーラはバッグをかきまわし、名刺を一枚取りだして、ルーシーの母親にわたした。「電話をいただけますか？」

ルーシーは、母親の手の中の名刺《めいし》をのぞきこんだ。そこには「ドーラ・ポメロイ、インテリアデザイナー」と印刷してあった。

3

匿名の返事

「手紙は？　取ってきた？　おれの弁当箱、日本の部屋からなくなってたぞ。どこにある？」

大人三人と距離《きょり》があくと、ジャックがルーシーにたずねた。

「手紙はポケットの中よ。弁当箱は、ここ」と、ルーシーはポケットからミニサイズの弁当箱を取りだした。「はい、ジャックが持ってて。元のサイズでは運べなかったの。どこにもしまっておけないんだもん」

ジャックはそれをカーゴパンツのあちこちにある大きなポケットのひとつにしまい、フラップを止めた。

ルーシーはジャックとともにさらに三十分ほどギャラリーですごし、手荷物あずかり所でバックパックを受けとってから、母親にいった。「ジャックの家で宿題をしようと思って。いい、ママ？」

ジャックのすぐあとを歩いていたルーシーは、美術館の正面ドアを通過した瞬間《しゅんかん》、ジャックのサイドポケットが、電子レンジで作るポップコーンのように、とつぜんふくらみだしたことに気づいた。ジャックがぎょっとし、ルーシーの母親や、ほかのだれかに見られていないかと、すばやくようすをうかがう。なにが起きているのか、ルーシーはすぐにわかった。弁当箱が元のサイズにもどり、ジャックのポケットを押《お》しやぶっているのだ！

幸いなことに、ルーシーの母親はジャックのポケットの反対側を歩いていた。ルーシーのとなりにいたミセス・マクビティーがこの奇妙《きみょう》な現象に気づき、すかさずルーシーの母親の腕《うで》を取った。「うっ、へ、ヘレン、また……発作だよ。家まで……送って……もらえないかい？」

うわっ、アカデミー賞ものの演技だわ！　ルーシーは、ひそかに感謝した。

「もちろんよ、ミネルバ」ルーシーの母親はそっちにすっかり気を取られ、ミセス・マクビティーが美術館の正面階段をおりる手助けをしている。

ジャックとルーシーは、大人たちからすこし離《はな》れた。

「ふう、ヤバかったな」ジャックが、ひそひそ声でいった。

「こうなるって、わかってたのにね！　気がまわらなかった」と、ルーシーはジャックを、正面階段のとちゅうにある ブロンズ製の巨大《きょだい》なライオン像の裏《うら》に引っぱりこんだ。「美術館に一晩泊《と》まったときも、同じことがあったじゃない。おぼえてる？　廊下《ろうか》からトイレに走りこもうとしたときよ。トイレに着く前に、元のサイズになっちゃった！」

ジャックが、びりびりに裂《さ》けたポケットから、弁当箱を取りだした。

「ミニチュアルームにある品で、元々大きかった物がミニサイズでいられるのは、ミニチュアルームの中か近くだけってことよね」

「うん、そうだな」ジャックが弁当箱をさしだし、ルーシーがバックパックにしまう。「セーレムの魔女《まじょ》裁判時代のA1に行ったときのこと、おぼえてるか？　トマス・ウィルコックスの部屋だけど」

「あっ、わかった、メイフラワー号の模型《もけい》ね！」

「記録保管所の書類によると、あの模型は古美術商から手に入れたんだよな？　ミニチュアの美術商じゃなくて。だからおれたちは、トマスのメイフラワー号が元々はミニサイズじゃなかったってわかったんだ……」ジャックは間《ま》をおいて、つけくわえた。「あのミニチュアルームで、魔法で小さくなった物は、いくつぐらいあるんだろう？」

ルーシーの母親とミセス・マクビティーはタクシーに乗り、ルーシーとジャックはバスでジャックの家に向かった。バスに乗ったふたりは、奥の空席にならんで腰《こし》かけた。「あっ、そうそう」バスが発車するのと同時に、ルーシーが口をひらいた。「E31の見学ツアー客がいなくなるのを待っているあいだ、あたし、別の部屋をのぞいてきたんだ」

「どの部屋？」

「E27。〈一九三〇年代のフランスの書斎《しょさい》〉。そこは本物だったわよ、ジャック！　ソフィーやトマスの部屋と同じように」

「スゲー！　たしかかよ？」

「うん。バルコニーが庭になってて、下の通りの人たちが見えたから。お祭りかなにかの最中だったわよ。ああ、もう一回、行きたいな」

「じゃあ、おれたち、フランス語を勉強しないとな」

「ママが大喜びしそう」ルーシーの母親はオークトン校でフランス語を教えていて、ルーシーにもしょっちゅうフランス語を勉強させようとするのだ。

「手紙を見てみようぜ」

ルーシーは、服の後ろのポケットから手紙を取りだして、ジャックといっしょにのぞきこみ——驚《おどろ》きのあまり、顔を見あわせた。

手紙をひらいたふたりがまず目にしたのは、ジャックの手書きのメモとふたりの署名だった。

この手紙を見ている人へ
シカゴ在住の小学六年生、ルーシー・スチュワートとジャック・タッカーは、魔法《まほう》の鍵《かぎ》を使ってミニチュアルームに入りこんだ。魔法の源はミラノの公爵《こうしゃく》夫人クリスティナ（E1参照）だと、ぼくらは考えている。これを読んでいる以上、あなたも魔法を体験しているわけだね。ぼくらの前にも、魔法を体験している人がいたんだよ。幸運を祈《いの》る！

ジャック・タッカー
ルーシー・スチュワート

その下に、だれかからのメッセージがつけくわえてあった！

ジョークでないとしたら、なにか書きたして。

奇妙《きみょう》な文字だ。

「なんか、苦労《くろう》して小さく書きましたって感じよね？」

「うん。ふつうサイズのエンピツで書いたみたいだな。ほら、線の太さがばらばらだろ」と、ジャックがメモを分析《ぶんせき》する。「これはジョークですって、書くといいかも」

「それで万事解決ってわけにはいかないでしょ。だれが書いたにせよ、あたしたちがミニチュアルームに入ったのがばれてることに、変わりはないんだし」

答えがひとりでに紙にうかんでくるかのように、ふたりとも穴があくほど手紙を見つめた。

バスが停留所に停まるたびに、降車口に向かう客に、ひじで乱暴にこづかれる。

「でも、体がちぢむことまでは、ばれてないよね。あたしたちが小さな文字を書いて、それをなにかの方法で正面のガラスから入れた、って思われる可能性もあるわけよね」

「だれが書いたのか、つきとめる必要があるな」

「それは、むずかしいわよ。それに、だれが書いたにせよ、こっちの正体はバレバレよ！　サインしちゃったし」

ルーシーはふいに背筋《せすじ》が寒くなり、バスに乗りあわせた乗客や、外の通りを歩いているおおぜいの通行人を見た。この中に、匿名《とくめい》の返事を書いた人物がいても、おかしくない——。

手紙をたたみ、にぎりしめた。心臓がドキドキしはじめる。

ジャックがいった。「このメッセージ、いつ書かれたんだろう？　関わっているのが、ひとりでないとしたら？」

「えっ、ひとりかと思ってたけど」

「まあな。でも、おれたちは二人組だろ。ミセス・マクビティーも、お姉さんと組んでミニチュアルームに入ったんだよな」

「うん……。これ、なにかの作戦かも。しかけたのは、あたしたちがミニチュアルームに手紙を入れた方法をつきとめようとしている美術館の関係者。あるいは、あたしたちと同じように……謎《なぞ》の答えを知りたい人とか」

宿題に集中するのは、おそろしくむずかしかった。歴史の最後の問題を解いてすぐ、ジャックは教科書を勢いよくとじた。

「よし！　リストを作ろうぜ。魔法《まほう》について知ってることを、全部書きだすんだ」

ルーシーは、らせんとじのメモ帳をバックパックから取りだした。宿題用のものより小さい、学校以外のことに使っているノートだ。新しいページをひらき、筆記用具を持つ。

十分ほどで、くわしいリストができあがった。

・魔法《まほう》の源は、十六世紀、ミラノ公爵《こうしゃく》夫人クリスティナが自分のために作った鍵《かぎ》。
・体がちぢむのは、女性が鍵をにぎったときのみ。
・体がちぢむのは、ソーン・ミニチュアルームから一定の距離《きょり》にいるあいだのみ。対象物が大きいほど（人間とか）、体が元のサイズにもどりはじめる地点までの距離が短くなる。小さい対象物は（弁当箱とか）、元のサイズにもどりはじめる地点までの距離が長い（美術館の正面玄関《げんかん》付近まで行ける場合もあり）。
・ちぢんだ女性が魔法の鍵を手ばなした場合も、体は元のサイズにもどる。
・体がちぢんだ女性は、鍵をポケットかどこかにしまっておかなければならない。
・体がちぢみ、ミニチュアルーム（か、ミニチュアルームの外の過去の世界）に入ったら、その女性は鍵をにぎっていなくても小さいままでいられる。
・男性も、体がちぢむ女性と手をつないでいれば、同じように小さくなれる。
・一部のミニチュアルームは、作り物ではなく〈本物〉。〈本物〉の部屋は、過去の世界への出入り口になっていると思われる。
・過去の世界の時刻《じこく》は、ミニチュアルームのパノラマとして描《えが》かれた時刻にしたがう。そして現代の人間が過去の世界に入った時点から、その時間が流れだす（と思われる）。過去の世界の時間の速さは、現代の時間の速さと同じ。魔法のこの部分のしくみは、まだよくわからない。

・ソーン夫人か、夫人のやとった職人たちが、魔法について知っていたかどうかは不明だが、たぶん知っていたと思われる。

・過去の世界の物体（たとえば、フランスの城のダイニングの窓から飛びこんできた矢）は、ミニチュアルームに入ると消失する。ただし、ソーン夫人があえてミニチュアルームに置いた骨《こっ》董品《とうひん》は消失しない。

「ほかには？」と、ルーシーがたずねた。

「きっと、そのうち、思いつくさ」と、ジャックが伸びをする。

「コメントを書きたした可能性のある人物も、リストにするべきじゃない？」

「ミスター・ベル」ジャックが、あっさりといった。

「本気で、そう思ってる？」ルーシーが、疑うようにたずねる。

「可能性はあるだろ。ミニチュアルームの鍵を持ってるんだから」

「持っていた、でしょ」と、ルーシーはジャックの言葉を訂正《ていせい》した。ルーシーとジャックがミスター・ベルの紛失中《ふんしつちゅう》だった作品を発見したあと、ミスター・ベルは美術館の警備員の職を辞《じ》し、先月から写真家として活動している。

「まあな。でも、美術館を辞《や》める直前に書いた可能性はある」

「ミスター・ベルはあたしたちを知ってるのよ。気になったら、直接いってきたと思わない？」

「そうかもしれないし、そうじゃないかもしれない。ま、どっちみち、可能性はかなり低いけどな」

「じゃあ、記録所の学芸員は？　あたしたちのレポートを手伝ってくれた人とか？」

ルーシーの言葉に、ジャックはうなずいて、つけくわえた。

「ほかの警備員やメンテナンス担当者という線もある」

そのとき、ルーシーははっとした。

「ねえ、ジャック、ミスター・ベルのお嬢《じょう》さんが、きのうの晩のオープニングパーティーでなんていったか、おぼえてる？」

「キャロライン・ベルがいったことって……なにについて？」

「バックパックをどこでどうなくしたのか、という話。わたしたち三人にはまだまだ話すことがあるようねって、いってたじゃない。ジャックったら、あたしを軽くひじでつついたこと、おぼえてないの？　キャロラインと会ってみるべきじゃない？」

「会って、どうするんだよ？　おれたちの手紙についてなにか知りませんかって、たずねるのかよ？」

「ううん。手紙の話はしないわよ。そうじゃなくて、信用できる相手かどうか、見きわめるの。記憶《きおく》やミニチュアルームについて、もっと知りたがっているかどうか、見きわめるのよ。もしかしたら、力になってくれるかも」

「なるほど！　リスト入り確定だな」

キャロラインの名前を書きながら、ルーシーは別のことを思いついた。「ねえ、ひょっとしたら、弁当箱に手紙をもどした人物が、手紙がなくなっていることに気づいて、あたしたちをさがしにくるかも」

「それもそうだな」ジャックが、真顔でうなずいた。「もどしておいたほうがいい。火曜日にもどそう。午前授業だろ」

ふたりはジャックの部屋の床《ゆか》に座《すわ》りこみ、手紙からリストへ、また手紙へと視線をうつしながら、無言で考えた。その沈黙《ちんもく》は、玄関《げんかん》ドアの鍵《かぎ》があく音でやぶられた。

「ただいま」ジャックの母親のリディアが、広々としたL字型の空間に入ってきた。

「おかえり、母さん」ジャックが立ちあがった。「ここにいるよ」

ジャックとルーシーは、キッチンに向かった。

「いらっしゃい、ルーシー」リディアは買い物袋をおろし、郵便物をながめているところだった。息子のジャックに、ほほえみかける。「きのうの郵便。取ってくるのを忘《わす》れてたわ。それと、今朝《けさ》の朝刊。芸術欄《らん》に、わたしたちがのっているんですってね」と、朝刊をキッチンテーブルにひろげ、写真をさがしてめくっていった。「あっ、あった。まあ、あなたたちの写真写りのいいこと！」別の記事に目を通し、声の調子が変わった。「まあ……記事になるとは思っていたけど。友だちから聞いていたから。美術品どろぼうなんて、ねえ！」

「あっ、それ、あたしも見ました」と、ルーシー。

「母さん、ほかに知ってることは？」

「記事以外のことは、あまり。うわさだと、数週間前からつづいているって。手がかりは、ないんですって」リディアは、郵便物の開封《かいふう》に取りかかった。「あなたたち、今日はどうしてたの？」

「うちのママを、ソーン・ミニチュアルームの見学に連れていきました」ルーシーがこたえた。

「うん、それでさ、ルーシーに絵のレッスンをしてくれそうな人に会ったんだ」と、ジャックがつけくわえる。

「まあ、そうなの？　どなた？」

「ドーラ・ポメロイさんです。インテリアデザイナーの」

「母さんのことを知ってるって、いってたよ」

「ああ、何度か会ったことがあるわ。わたしの絵を買ってくれたお客さんの中に、インテリアをまかせた人がいたの。彼女《かのじょ》、評判はすごくいいわよ。個人的には、よく知らないけど」リディアはまだ郵便物をあけていて、「見て、これ」と、一枚のハガキをジャックに見せた。「シカゴ美術館のパーティーの招待状。お客をひとり、連れていってもいいんですって」

「ちゃんとした服装で来いって？」ジャックは、あきらかにイヤそうだ。

「ええ。パーティーだから盛装《せいそう》よ。ふたりとも連れていってあげられるわよ、きっと」

「うわあ、行きたい！」ルーシーはジャックを見て思った。絶好《ぜっこう》のチャンスだってことが、なんでわからないの？　閉館後の美術館に入れるのに！

こうして、ルーシーには楽しみがふたつに増えた。絵のレッスンと、美術館での夕べだ！

「初めてのレッスンは、日曜日。きのうの晩、ママがドーラからメールをもらったんだ……」

ルーシーは、とりとめもなくしゃべっていた。

火曜日の午後。肌《はだ》寒いが、よく晴れている。ルーシーとジャックは一段とばしで、美術館の正面階段を足早にのぼっていた。

「ここで待ちあわせよ。必要な道具は、ドーラが持ってきてくれるんだって」

ジャックは、ふーん、という顔で聞きながらしていた。「バックパックをあずける金は、ある？」

「うん」と、ルーシーはポケットから一ドル紙幣《しへい》を取りだした。ふたりとも、玄関《げんかん》を入ってすぐのところにあるベンチに、それぞれバックパックを置く。「これも持ってきたわ」と、ルーシーは自分のバックパックから、ななめがけにできるキャンバス地の小さなバッグを取りだした。「これは館内に持ちこめるでしょ。弁当箱を入れておけるよ」

「グッドアイデアだ！」ジャックがバックパックから弁当箱を出して、ふたをあけ、手紙がちゃんと入っていることをルーシーに見せた。「はい、これ。こいつも頼《たの》む」と、丸めたミニサイズの毛糸のはしごを手わたす。

ルーシーは、それもバッグにしまった。「鍵《かぎ》は、どこ？」

ジャックは、ここさ、とパーカーのポケットを軽くたたいた。

手荷物あずかり所は長い列ができていたが、進みは早かった。

「今日は、やけに混んでるね」ルーシーは、大理石の階段をおりながらいった。残念ながら市内すべての学校が午前授業というわけではなく、美術館は社会科見学の生徒たちであふれかえっているようだ。

地下の11番ギャラリーで、ルーシーとジャックはミニチュアルームなどそっちのけで、壁《かべ》のくぼみのまわりをうろついた。ルーシーは自然にふるまおうとしていたが、意識すればするほど、悪いことをしているように見える気がしてならない。通りかかった警備員に、ジャックともども、じろじろと見られた。

「もう、サイアク」ルーシーは、小声でこぼした。

「ミニチュアルームを見ようぜ」と、ジャック。

ふたりはヨーロッパコーナーの壁づたいに歩き、E6〈一七〇〇年代初めのイギリスの書《しょ》斎《さい》〉の前に立った。壁のくぼみのすぐとなりにあるミニチュアルームだ。

「ヘンね。なにか、たりないわ」

「ん？　どういうこと？」

「つくえの上に、小さな地球儀《ちきゅうぎ》があるでしょ？」

「うん。で？」

「ふたつあるはずなのよ。つくえの両脇《りょうわき》に」

「たしかなのか？」

「うん。ひとつたりないってわかったのはね、地球儀《ちきゅうぎ》がふたつもあるのはおかしいなって、前から思ってたから」

「部屋の別の場所にあるのかな？」

ルーシーとジャックは、一分ほど、ミニチュアルームに目をこらした。

「ううん。やっぱり、ないわ。あとでカタログを――」

そのとき、「早く！」とジャックがルーシーの左手をつかみ、壁《かべ》のくぼみへと引っぱっていった。だれかが通りかかるまで、三、四秒しかない。

ジャックがルーシーの右手に鍵《かぎ》を押《お》しつけ、ルーシーが鍵をにぎりしめた。次の瞬間《しゅんかん》、そよ風がふたりをつつみ、ルーシーの三つ編《あ》みの髪《かみ》をゆらし――壁のくぼみが広がって、巨大《きょだい》な洞窟《どうくつ》となり――。

ふたりとも巨大なカーペットの上に四つんばいになり、ドアのすきまをくぐりぬけた。保守点検用の廊下《ろうか》に出ると、ジャックはボクサーのようにぴょんぴょんとジャンプした。

「やった、やったぜ！　どれだけスゲーか、忘《わす》れてた！」

「うん。でも、はしごを吊《つ》るすために、また大きくならないと」

「ルーシーひとりで、できるだろ。おれはこのままミニサイズで、ルーシーが運んでくれよ」

「わかったわよ」ルーシーは、ジャックのお抱《かか》え運転手になった気分だった。

鍵を手ばなし、元の大きさにもどった。ミニサイズのジャックが、自分の体とおなじくらい大きい鍵を持ちあげ、その重さに一瞬《いっしゅん》よろめく。

「いい、鍵を持ったまま運ばせるんだとしたら、鍵がぜったいあたしに触《ふ》れないようにしてよね！」と、ルーシーは注意した。「ジャックを持ったまま、ちぢみたくないもん！」

ジャックが鍵を持ったまま、両手を前につきだした。昔風の、腕《うで》のまがらない人形みたいだ。

ルーシーは、親指と人差し指で、ジャックの腰《こし》をそうっとつまんだ。ジャックの脚《あし》が、ぶらぶらする。

「早くしてくれ！」ジャックが細い声で命令した。「そう長く、鍵を持てない！」

ルーシーはジャックの体をゆらしながら、暗い廊下を走っていき、E31の日本の部屋で、ジャックを下枠《したわく》におろした。

「ふうっ、重かった！」と、ジャックが鍵を手ばなす。

ルーシーは下枠にはしごを吊るしてから、鍵をひろい、バッグと弁当箱とともにちぢんだ。

もちろん手紙もだ。ジャックのように下枠にいられたらいいのに、と思いながら、長いはしごをのぼりはじめる。

「正面のガラス窓の向こうに、おおぜいいる」はしごをのぼりきったルーシーに、ジャックがいった。「いま、確認してきた」

「はい、これ」と、ルーシーは弁当箱をさしだした。「ふたりで行くこと、ないよね」長いはしごをのぼったあとで、一休みできてほっとする。腰《こし》をおろし、ジャックが弁当箱を持って、枠《わく》のすきまから入りこむのをながめた。ジャックはメインルームの脇《わき》のせまい部屋に入り、人の流れがとぎれるのを待った。

「ふう、ヤバかった」と、ジャックが弁当箱を漆塗《うるしぬ》りの書き物づくえの上に置いて、もどってきた。「あやうくだれかに見られそうになって、庭に飛びおりたんだ。そうしたら、庭がヘンでさ」ジャックは、よく観察していた。「前回とは、感じがちがうんだ。前回は、本物の庭だったよな。それが、今回はニセモノだったんだ」

「そうそう、日曜日にあたしが行ったときも、そうだった！　すぐに気づいたよ」

「なぜかな？」

「あたしにわかるのは、E27にはまちがいなく魔法《まほう》が効いてるってことだけ。少なくとも日曜日には、そうだった。行ってみようよ」

下枠づたいに中国の部屋とドイツの居間を素通りし、ルーシーはジャックをE27へと案内した。美しい屋上庭園に足を踏《ふ》み入れたとたん、ふたりはすぐさま、日曜日のルーシーと同じことを感じた。ここは、本物の世界だ！

「うわっ。マジで、スゲー！」屋上庭園をかこんでいる高い壁《かべ》の窓から、ジャックが遠くをながめた。

「ジャック、気をつけて！　そこにいると、ギャラリーから見えるわよ」その通りだった。E27の部屋はドアがふたつあり――屋上庭園に出るドアと、バルコニーに出るドアだ――ギャラリーの客は、どちらのドアものぞける。パリの景色だけでなく、ジャックも見えてしまうのだ。ジャックがふりかえったそのとき、正面のガラス窓に客の顔があらわれた。ジャックはぎりぎりのタイミングで、外から見えない位置に飛びのいた。

ルーシーもそこに移動した。「ね？　すてきでしょ？」

「えぇっと、この部屋はいつの時代だったたっけ？」

「カタログによると、一九三七年。なにか大きなイベントのあった年よ」ルーシーは、壁の裏《うら》からようすをうかがった。「よし、行こう！」

ルーシーにつづいてジャックも、部屋の中に飛びこんだ。「ソフィーの部屋とは、ぜんぜんちがうな」高い天井《てんじょう》と、すっきりとしたシンプルな線を、うっとりとながめる。

「長くは、いられないわよ。今日は美術館がかなり混んでるから。バルコニーに出ようよ」ルーシーはジャックを連れて、右側のドアから外に出た。ギャラリーから見えない位置で止まると、ルーシーが初めてここに来たときと同じように、通りから音楽とざわめきが聞こえてきた。

ルーシーは、ジャックを見た。

「探検したい？」

「決まってるだろ！」

4 ルイーザ

バルコニーの外のらせん階段をつたって、ぐるぐると六回まわり、一番下までおりた。そこは屋上庭園とよく似た、幾何学的《きかがくてき》なデザインの庭だった。きちょうめんに刈《か》りこまれた低木のとなりに白の美しい彫像《ちょうぞう》が数体ならび、長方形に区画された四つの芝生《しばふ》のあいだは通り道になっている。凝《こ》った飾《かざ》りのある錬鉄製《れんてつせい》の門は、歩道に面していた。

ジャックがその門をあけて、顔をつきだし、歩道のようすをたしかめる。

ルーシーは、庭の壁《かべ》の釘《くぎ》から、鍵《かぎ》が一本ぶらさがっていることに気づいた。庭からしめだされることのないよう、その鍵をポケットに入れてから、歩道のジャックのところへ向かった。

錬鉄製の重い門が、背後でガチャンと重い音を立ててしまった。

これが、一九三七年のパリか——。ルーシーは目を丸くして、あたりを見まわした。広い大通りに面してならぶ、六階建ての白い石造りの建物。通りの両側に沿って立つ、完ぺきな直

方体に刈《か》りこまれたスズカケノキ。葉っぱの生えた、巨大《きょだい》なアイスキャンディーみたいね——。数ブロック先には、群を抜く高さのエッフェル塔《とう》が見える。

きれいに着飾《きかざ》り、見たこともないような小さな犬をミニバスケットに入れた女性が、通りすぎた。次の女性は、ショッピングカートを引きながら通りすぎた。カートからは、細長いフランスパンが飛びだしている。髪型《かみがた》と服装と車の形をのぞけば、ルーシーの母親が持っている本の写真にそっくりだ。

女性はそろってワンピースかスカートで、ハイヒールをはき、髪をきれいにウエーブさせていた。男性はたいていスーツ姿で、革靴《かわぐつ》をはいている。見たところ、ジーンズやスニーカーをはいている者はいない。街角にはあちこちにカフェがあり、客があふれ、その多くがタバコを吸っている。ルーシーは大きく息を吸いこんだ。コーヒーの強い香り、排《はい》ガス、さまざまな香水のにおい——。

昼すぎで、太陽が輝《かがや》いている。

「なあ、ここ、何月だと思う？」ジャックがたずねた。

「夏の初めよね？」ルーシーは、木々の緑がまだうすく、みずみずしいことに気づいた。「新聞かなにか、ない？」

ルーシーとジャックは、歩道を進んだ。ぶしつけな視線を送ってくる者もいたが、たいていの通行人は気にもとめていない。町中をぶらつき、道に迷わないよう、道路標識をたしかめた。十八世紀のパリでソフィーと出会ったとき、エッフェル塔はまだ建設されていなかった。けれどこの世界では、角をまがったとたん、ふたりの目の前に広々とした細長い広場があらわれた。そのはるか向こうに金属製の美しいエッフェル塔がそびえたち、何千人もの見物客が視界に飛びこんでくる。

「うわっ、ここにいるなんて……ウソみたい」

「おれもだ！　マジで、スゲー」

ルーシーは心の中で、目の前の光景と母親の本の写真とをくらべた。パリのこの光景は、トロカデロ庭園だ！　広場の中央に細長い長方形の人工池があり、かずかずの噴水《ふんすい》が華麗《かれい》に水を宙に噴《ふ》きあげている。庭園をくだった先にはセーヌ川にかかった橋があり、そこをわたればエッフェル塔――。本で見た写真と、すべて同じだ。

ただしいまは、トロカデロ庭園に、さまざまな様式の小さな建物がずらりとならんでいた。入り口や屋根に、世界各国の旗《はた》がはためいている。ルーシーは記憶《きおく》があやふやだったが、このような建物を本の写真で見たおぼえがなかった。中でも、庭園の端《はし》にあるふたつの建物がめだっていた。ほかの建物よりも大きく、向かいあって建っている。

「行ってみようよ」と、ルーシーはジャックを誘《さそ》った。

広い遊歩道をはさんで建つ異様なふたつの建物に、みんな興味があるらしい。ルーシーとジャックは遊歩道の奥まで進み、立ちどまってながめた。

「うわー！」ルーシーは、塔《とう》のようにそびえたつ高い建造物を見あげた。白い石造りの建物で、垂直線のみで設計されているため、よけいに高く見える。屋上には巨大《きょだい》なワシの彫像《ちょうぞう》が鎮座《ちんざ》し、実物そっくりのするどい目つきで、眼下の庭園をにらみつけていた。地上では何本もの旗《はた》ざおが建物を取りかこみ、各さおにナチスドイツの旗がかかげてある。空には太陽が輝《かがや》いているのに、ルーシーは背筋《せすじ》が寒くなった。

「ねえ、この時代……一九三七年について、なにか知ってる？」ルーシーはまたしても、ジャックが歴史マニアであることに感謝した。

「第二次世界大戦の前だな。たしか、直前だと思う。ドイツが台頭しつつある時代。だからこの建物が一番高いんだな、きっと」と、ジャックは遊歩道をはさんで反対側にある建物のほうを向いた。「あれを見ろよ」

ルーシーも、二番目に高い建物を見た。灰色の石造りの建物で、屋上に一組の男女の巨大な彫像《ちょうぞう》があった。その彫像は足を一歩大きく踏《ふ》みだしたポーズを取っていて、どちらも頭上になにかをかかげている。

「あの像、なにをかかげてるのか、知ってる？」ルーシーはジャックにたずねた。

「ソ連の国旗《こっき》にある鎌《かま》と槌《つち》。ほら、あっちに国旗がある」と、ジャックが入り口の脇《わき》にある旗ざおにかかげられた二枚の旗を指さした。「ロシアがソビエト連邦《れんぽう》と呼ばれた時代のものだな」

「こっちも、ぶきみね。このふたつ、競いあっているみたい」

「まあ、そうだろうな。ナチスドイツとソビエト連邦は、第二次世界大戦で敵どうしだったからな」

ルーシーは、この見る者を威嚇《いかく》するようなふたつの建物を見あげた。恐怖《きょうふ》がこみあげ、無意識のうちに一歩さがり――足を地面につける前に、なにかを踏んづけた。やわらかいものが、キャンと声をあげる。はっとし、つまずきそうになりながら、あわててふりかえったら、声の主は小さなダックスフントだった。

「フリーダ！」犬の綱《つな》を持った少女が、声をあげた。「おすわり！」犬が、おとなしく座《すわ》る。

「あの、ごめんなさい」ルーシーは、少女にあやまった。

「いいえ、こちらこそ。うちの子が足の下にいたのが、いけなかったんです」

「うわあ、かわいい！」ルーシーはかがんで、犬をなでた。

「あなたたち、アメリカから？」少女がたずねる。

「うん」と、ジャック。「おれはジャック。こっちはルーシー」

「わたしは、ルイーザ」見たところ、ルーシーとジャックと同じくらいの年齢《ねんれい》みたいだ。コットンの柄《がら》もののワンピースに、青いカーディガンをはおっている。カーディガンのボタンは、一番上しかとめていない。道を歩いている女性の多くも、そうだ。これが流行らしい。ふたつのしゃれたヘアピンで、髪《かみ》の毛を後ろにとめている。「アクセントからわかったの……それと、服装から」

ルーシーもジャックも、ジーンズとスニーカーをはいていた。ジャックのTシャツはフィールド自然史博物館の恐竜《きょうりゅう》〈スー〉のイラストつきで、歯をむきだしてにやりとする恐竜の顔が、パーカーからのぞいている。ルーシーの青いトレーナーには、オークトン校の校章がプリントされていた。「最近、アメリカでは、みんなこういう服を着ているの？」

「うん、シカゴでは。おれたち、シカゴから来たんだ」

「シカゴって……ギャングがいるんでしょ！」と、ルイーザ。

ルーシーは「まさか」といいそうになったが、ジャックが先にこたえた。「そうだよ。アル・

カポネがね」なんのことか、ルーシーにはわからなかったので、口をつぐんでいた。ジャックがつづける。「でも、FBIがかなり取りしまったんでね。いまは、ずいぶん安全になったよ」

「パリで、なにをしてるの？」

というルイーザの問いに、またしてもジャックがすばやくこたえた。「父さんが仕事でパリに出張してるんだ。おれたち、パリは二度目だよ」

ルーシーは、ひそかに思った。まあ、少なくとも、半分はホントね——。そして、ルイーザに声をかけた。「あなたは？」ルイーザの英語はすばらしく、フランス語なまりはない。犬に「おすわり！」と命じたときも、フランス語ではなく英語だった。

「わたしはドイツから来たの。数カ月前に家族でパリに引っ越したのよ」ここで、ルイーザは話題を変えた。「博覧会は、どう？」

「それが、まだよくわからなくて。なにがどうなってるの？」

犬のフリーダがクンクンと鼻を鳴らし、綱《つな》を引っぱりはじめたので、ルイーザはしゃべりながら池に沿って歩きだした。ルーシーとジャックもならんで歩いた。

「ここは、パリ万博の会場。主催者《しゅさいしゃ》によると、世界の進歩と未来をたたえるための催《もよお》しなんですって。各国がパビリオンを出してるの」と、ルイーザが庭園にずらりとならんだ建物を指さす。「各パビリオンでは、その国の新しいものが展示してあるわ」

「あっ、わかった。万博って、万国博覧会のことね」ルーシーは、その昔シカゴ万博のために作られた有名な建物について、父親から聞いたことがあった。

ジャックとルーシーはルイーザといっしょにトロカデロ庭園を歩きまわり、ポーランドとフィンランドとスペインのパビリオンに目をとめた。こういった国々のパビリオンはそれほど高くなく、ドイツとソ連の「入るな！」と命ずるような威圧感《いあつかん》のあるパビリオンとはちがい、見物客を歓迎《かんげい》している。

ルイーザはシカゴについて質問を重ねるとともに、パリと、ベルリンと、それぞれの都市の住人のちがいについて、ルーシーとジャックにいろいろと語った。

「じつをいうとね、ときどきパリになじめないなって思うことがあるの。パリの人たちは、ベルリンの人たちとぜんぜんちがうから」

「おれたちの学校なら、すんなりなじめるのにな」と、ジャック。「まさに十人十色だし」

「どういうこと？」

「クラスメートの出身は、まちまちなんだ。担任のビドル先生だって、アメリカ出身じゃないよ。先生のお母さんはナイジェリア出身、お父さんはイギリス出身なんだ」

「へーえ、おもしろそう！」

「ここの学校に通ってるの？」これはルーシーだ。

「ううん、パリはしばらくいるだけだから。でも兄といっしょに、個人レッスンを受けてるわ」

ルイーザはそういうと、セーヌ川のほうを見て指さした。「アメリカのパビリオンは、あっち。セーヌ川の近くよ」

「見に行こうよ」と、ルーシーはふたりを誘《さそ》った。

セーヌ川を行きかう観光客のボートをながめながら、川にかかった橋をわたった。ボートが立てた波に陽光が当たり、白い泡《あわ》にはねかえってきらめく。

橋をわたりきると右折し、イギリス、スウェーデン、チェコスロバキアのパビリオンの前を通った。アメリカのパビリオンは左右対称《たいしょう》の建物で、中央には窓がひとつある高い塔《とう》があり、屋上ではアメリカの国旗《こっき》が一枚はためいていた。見た目は、ごくふつうのオフィスみたいだ。見物客が長い列をなしている。そこにならんで見物するだけの時間がないのは、ルーシーもジャックもわかっていた。

「おれさ、前からしてみたかったことがあるんだ」と、ジャックがふいにいいだした。「エッフェル塔の真下に立ってみたい」

「いまがチャンスよ！」と、ルーシー。

三人は、エッフェル塔《とう》へと引きかえした。

「スッゲー！」エッフェル塔の中央の真下に立った瞬間《しゅんかん》、ジャックがいった。「じーっと見てると、目がまわる！」

四本の巨大《きょだい》な橋脚《きょうきゃく》がカーブしながら上にのび、鉄格子《てつごうし》のすきまから陽光がさしこんでいる。これほど大きく見えるとは、三人とも予想していなかった。

「きれいよね、ね？」というルイーザの言葉に、

「ホント、きれい」と、ルーシーはうなずき――ふと、男性の声を耳にした。なにをいっているか、ぜんぜんわからないのだが、自分たちに向かってしゃべっているようだ。声のするほうをふりかえったら、露天商《ろてんしょう》の男性が一メートルほど離《はな》れた場所から三人に声をかけ、軽く笑った。

「あの人、あたしたちにしゃべってるの？」ルーシーは、ルイーザにたずねた。

「えっ、ええ、まあ」ルイーザは、歯切れが悪い。

「なんていってるの？」

「アメリカ人かって。アメリカ人みたいなかっこうをしているなって」ルイーザが、露天商の

言葉を訳して伝えた。

ルーシーはバカにされた気がしたけれど、ジャックは笑いとばした。「大当たりだな」もう、エッフェル塔を見あげてはいない。「あの店、なにを売ってるんだ？」

気を引いたとわかった露天商が、ほほえみかける。三人は商品をながめることにした。パリと万博の絵ハガキをはじめ、さまざまなみやげ物を売っていた。

「見ろよ、これ」と、ジャックが小さな赤い模型《もけい》飛行機を指さした。プロペラが一枚の、数人しか乗れない、単発プロペラ機だ。「どこかで見たおぼえがあるな」

「ボンジュール、メザミ・アメリカン！」露天商が、親しみのこもった大声でいった。

すぐにルイーザが、ジャックのために訳した。「こんにちは、アメリカの友人のみなさん、ですって」

「ヴゼメ？　気に入った？」露天商がおもちゃの模型飛行機を手に取り、ジャックにさしだした。

「はい。ウイ」と、ジャックがフランス語をまじえてこたえる。

「セ・ラヴィヨン・ダメリア、ラ・ベル・アヴィアトリス・アメリカンヌ」

という露天商の言葉に、ジャックとルーシーはだまってルイーザを見た。

「アメリカ人の美しい飛行家アメリアの飛行機だよ、ですって」

「ああ、それで見おぼえがあったのか。アメリア・エアハートのベガ号だ！」

「プール・レ・ジュンザメリカン、アン・カドー！」

「若いアメリカのみなさんへ、プレゼントするよっていってるわ。この飛行機をあげるって！」

というルイーザの言葉に、ジャックが目を輝《かがや》かせる。

ルーシーがジャックを見た。「だめよ、ジャック」

「いいだろ。くれるっていってるんだから！」

「ジュ・ヴザン・プリ」と、露天商《ろてんしょう》が飛行機をジャックの手ににぎらせた。「ジャンシストゥ」

「いいからどうぞ、って」と、ルイーザが通訳した。

「なあ、かまわないだろ？」と、ジャックがルーシーにいう。

「べつに、いいけど」ルーシーはそういうと、露天商のほうを向いて、フランス語でお礼をいった。「メルシー・ボークー。ありがとうございます」

ジャックもそのフランス語の意味はわかったので、同じ言葉をくりかえした。

「ヴィーヴ・アメリア・エアハート！」と、露天商はルーシーに二本の小さな旗《はた》をわたした。

フランス国旗《こっき》とアメリカ国旗だ。ルーシーは露天商にほほえみかけ、二本の旗をふった。

ルイーザが説明する。「フランス人はアメリカ人が好《す》きなのよ……服装をのぞけば！」

ジャックは、わたされた模型《もけい》飛行機を見た。金属製で、細かいところまで手で塗《ぬ》ってある。「よくできてるよなあ、これ」

「ねえ、ジャック、そろそろもどらないと」

「わたしも、もどらないと。ママが心配するから」

三人は、引きかえして橋をわたった。

「家は近く？」庭園のとちゅうで、ジャックがルイーザにたずねた。

「ええ。すぐそこ」とルイーザが、庭園の向こうの美しい建物がならんだ場所を指さす。「すてきな家よ。でも、ベルリンの家が恋しいわ。ベルリンの学校も。ベルリンの友だちも」

「きれいな英語、どこで習ったの？」これはルーシーだ。

「ベルリンの学校で。アメリカ人の親戚《しんせき》もいるの。親戚はドイツ語をぜんぜん話さないので、遊びに来ると英語をしゃべらなくちゃならなくて」

「きみの英語は完ぺきだよ」と、ジャックがほめ、

「まあ、ありがとう！」ルイーザが満面に笑みをうかべた。

「ご家族は、どのくらいパリにいる予定なの？」ルーシーがたずねた。

「ベルリンにもどれるようになるまで」ルイーザの声は悲しげだった。

「もどれるようになるまでって、どういうこと？」ルーシーがさらにたずねる。

「いまは、もどれないの……あの人たちのせいで」と、ルイーザは肩《かた》ごしに、反対側にあるナチスドイツの巨大《きょだい》なパビリオンを指さした。

「ナチスのせいってこと？」ジャックがたずねる。

「ええ。いまはナチスが政権をにぎってるの。いまのドイツでは、パパは働けないのよ」

ナチ政権下のドイツでなにがあったか、ルーシーももちろん多少は知っているが、もっと勉強しておけばよかったと後悔《こうかい》した。「お父さんは、なにをしてるの？」

「外科医なんだけどね、ユダヤ人だからという理由で、医師免許を取りあげられたの。でも、すぐに解決してもどれるようになるって、パパはいってるわ」ルイーザは、あまりこの話をしたくないようだ。「わたし、もう帰らないと。あなたたち、またトロカデロ庭園に来る？」

ルーシーは「いいえ」とこたえようとしたが、ジャックのほうが早かった。「うん、もちろん。きっと、また会えるさ」

「もしフリーダと散歩中のわたしを見かけなかったら、家に来て。タッセ通りの七番地」と、ルイーザは自分の家のほうを指さした。「ほら、あそこ。端《はし》から二番目。玄関《げんかん》の呼び鈴《りん》に〈マイヤー〉って書いてあるわ。呼び鈴を鳴らして」と、ふたりにほほえみかける。「もう、行かなくちゃ。アビアント、ルーシー、ジャック」

ルーシーはルイーザのフランス語がわかったので、ほほえみかえした。「アビアント。またね！」

ルイーザは、ダックスフントのフリーダとともに走りさった。フリーダの長い耳がパタパタとはね、短い足が猛《もう》スピードで動く。足が四本ではなく、八本あるように見えた。

「感じのいい子ね」ルイーザに声が届かなくなると、ルーシーはすぐにいった。

「そろそろ、もどろうぜ。時間がたってる」

トロカデロ庭園を離《はな》れるとき、さっきは見すごしていた新聞販売所に気づいた。各種雑誌《ざっし》と新聞を売っていて、一番高く積まれた新聞には、最上段に『ル・タン』と新聞名が書いてある。

「おい、見ろよ」と、ジャックが新聞の日付けを指さした。

ルーシーは、その文字を読んだ――〈18、ジュアン、1937〉「ジュアンっていうのは、英語のジューン、六月よ。まちがいないわ」

「ワオ！　おれたち、七十年以上前にいるんだな」ジャックはなにかひらめき、ルーシーを見た。

「アメリア・エアハートは、ちょうどいま、世界一周の旅の最中だぞ！　一九三七年六月の初めに出発したんだ！」

「へーえ、そうなんだ！　でも……成功しなかったのよね？」

「うん。なんか、ふしぎだよな。そのことを知ってるのは、いま、全世界で、おれたちだけなんだぜ。たった数週間後には、アメリアが行方不明だと発表されて……」ジャックの声がとぎれ、視線が赤い模型《もけい》飛行機にそそがれた。「あのさ……」

「アメリアを助けるために、あたしたちになにかできないかってこと？」ルーシーも、さっきから同じことを考えていた。「アメリア・エアハートは、二十世紀を代表する人物のひとりよ。あたしたち、歴史を変えちゃうことになる！」

「大使館に行くとか、新聞社に電話するとかさ」

「どうやって説得するのよ？　アメリア・エアハートをぜったい止めてください、飛行機が墜《つい》落《らく》するんです、っていうの？　信じてくれる人がいると思う？」

「ありえないな」と、ジャックはみとめた。「ちくしょう、残念だ！」

ルーシーは、この難問に真剣《しんけん》に取りくんだ。「アメリア・エアハートは、どれだけ危険な冒《ぼう》険《けん》か、わかってた。自分から危険を選んだのよね」

「宇宙飛行士みたいだな」

「うん。もし本人が危険をかくごしていたのなら、きっとあたしたちも危険を受けいれるべきなのよ」いらだちがやわらぐわけではないが、あるていど納得はできた。

らせん階段にたどりつき、のぼりはじめた。頂上に近づいたとき、ルーシーはジャックに声をかけた。「このあとどうなるか、わかってるよね？」

「えっ？」

「模型飛行機のことよ。さっき、もらっちゃだめって、いったでしょ」バルコニーにあがったルーシーは、ぬかりなくカーテンのかげにかくれながら、切りだした。

「あっ、そうか！」と、ジャックが名残おしそうに飛行機を見た。「ちくしょう！　よくできた模型なのに」

「人影《ひとかげ》はないわ」

というルーシーの声を合図に、ふたりはバルコニーから部屋に入り、過去から現代にもどった。模型飛行機のベガ号は、屋上庭園に通じるドアを通りすぎたときに、ジャックの手からふっと消えた。「前に矢が消えたのと、同じだな」

ふたりとも、少しのあいだだまって下枠《したわく》に立っていた。やがてルーシーが口をひらいた。「ルイーザは、まだ生きているかもしれない……あたしたちのいる現代で。ミセス・マクビティーぐらいの年齢《ねんれい》になっているかも」

「だからそれは、戦争を生きのびられたらの話だろ」ジャックの声は不安そうで、とげとげしかった。

「どういうこと？」

「第二次世界大戦中、ナチスはパリを占領《せんりょう》したんだ。ユダヤ人にとってパリが安全な場所でないのは、まちがいない」

「ひどい……」ルーシーは、いまのジャックの言葉についてじっくりと考えた。

もし今回の過去への旅が、これまでのソーン・ミニチュアルームでの冒険《ぼうけん》と同じならば、ソフィー・ランコブやトマス・ウィルコックスのように、実在の人物と出会ったことになる。アメリア・エアハートのことは、自分にもジャックにもどうしようもないのは理解していた。アメリアの運命は、すでに決まっている。

けれど、ルイーザを助けるためには、なにかするべきだ——。

「ねえジャック、どうすればいいか、わかってるよね？」

5 レッスン

その晩の夕食時、ルーシーの頭の中ではさまざまな疑問がうずまいていた。一九三七年のパリのようすや、第二次世界大戦中にパリにいたユダヤ人がどうなったか、父親に教えてほしい。けれど両親は、近いうちに姉のクレアと出かける大学訪問《ほうもん》ツアーに夢中で、話を聞いてもらえなかった。

ルーシーのクラスメートの多くは、ピンク色の砂浜が広がるエキゾチックな島々や、リゾート地の一流ホテルといった場所で、豪華《ごうか》な春休みをすごす。悪くてもフロリダだ。けれどルーシーは、両親とクレアがいろいろな大学を見学してまわるあいだ、近所のジャックの家ですごすことになる。もしほかに予定がなかったら——本物の異世界での冒険《ぼうけん》がなかったら——損《そん》をした気分になっただろう。

その晩は、ルーシーが父親といっしょに皿を洗う当番だった。父親が洗った皿をふきながら、

ようやく父親とまともに話ができた。父親は高校で歴史を教えていて、ルーシーの質問に喜んでこたえてくれた。

「ユダヤ人が大量に虐殺《ぎゃくさつ》されたホロコーストと、ドイツに住んでいたユダヤ人の話は、学校で習っているね。だが多くのユダヤ人は、一九三〇年代にドイツを離《はな》れたんだ。とくに、さまざまな法律で自由や市民権を制限されるようになった一九三五年以降はね。ナチスは、ドイツ人のほうがユダヤ人よりもすぐれた人種だと信じていたんだ」

「どうかしてるわよ」すでに学校で習ったことばかりだが、ルーシーは信じられなかった。「パリは、どうなったの？」

「フランスはドイツに侵略《しんりゃく》され、一九四〇年に降伏《こうふく》した。第二次世界大戦のあいだ、パリはナチスに占拠《せんきょ》されていたんだ。四年後にアメリカ軍がやってきて、パリを解放するまではね」

「パリにいたユダヤ人は？　どうなったの？」ルーシーは、なおもたずねた。

「パリにいても、ドイツにいたとき同様に危険だった。うまくかくれられた者もいたが、おおぜいのユダヤ人が強制収容所に連行されたんだ。その大半は命をうばわれた」

ルーシーは、だんだん気持ちが悪くなってきた。いま戦争が起きていて、その戦争を止めるために行動しなければいけないような気がしてくる。

「だいじょうぶかい、ルーシー？」

ルーシーは深呼吸をした。

「う、うん。ただ……ぞっとしちゃって」

「そうだな。だからこそ、歴史を学ぶのは大切なんだ。第二次世界大戦といっても、遠い昔の話じゃない」

父親が同じことをいうのを前にも聞いたことがあったが、正直なところ、聞きながしていた。けれどいまは真剣《しんけん》に聞いて、そのとおりだと真剣に思った。

母親が祖母から受けついだ陶器《とうき》の皿をふきながら、考えた。もし、この自宅マンションを出ていかなければならなくなったら？　シカゴとオークトン校を離れ、強制収容所に送りこまれることになったら？　ルイーザとかわいいペットのことを思いだした。ルイーザたちを、そんな目にあわせるわけにはいかない！

せっけんの泡《あわ》が排水管《はいすいかん》へと消えていくのをながめながら、ルーシーの中で波がもりあがるように、ある思いがふくらんでいた。ミニチュアルームから過去の世界をおとずれるのは、ただのわくわくする冒険《ぼうけん》ではない。他人の生死がかかっている。あたしは、ルイーザを助けるために、全力をつくさなければならない！

ルーシーは寝室《しんしつ》に行って、ドアをしめ、携帯《けいたい》電話でジャックに連絡《れんらく》した。

「よお」ジャックの声が聞こえた。

「すぐに、危険を知らせなくちゃ」ルーシーは、あいさつもせずに切りだした。

「ああ、そうだよな。土曜日に行こうぜ」というと、ジャックは電話口で三回くしゃみをした。

「土曜日は、初めての絵のレッスンがあるの。あたし、そんなに長く待てそうにないよ。ねえ、うちのパパとママとクレアが金曜日から旅行に行くの、おぼえてる？　今度の金曜日は休みよね。復活祭の前の聖金曜日で、休日だよ」

「オッケー。じゃあ、金曜日だ」ここで、ジャックはまたくしゃみをした。「おれ、寝《ね》るよ」

「うん、じゃあね」ルーシーは電話を切ったが、頭の中の会話は切りあげられなかった。ルイーザになんていえばいい？　どのように警告したら、危ない状況《じょうきょう》だとわかってもらえる？


「ボンジュール。コマンタレ・ヴ？　ジュマペール・ルーシー。コマン・ヴザプレ・ヴ？」

ルーシーは、イヤホンから流れてくる女性の声をまねて発音した。ベッドに座《すわ》り、パリの絵本を見ながら、前に母親からもらったCDでフランス語の練習をしているところだ。三晩つづけてフランス語を練習し、なにかの役に立つかもしれないと、パリのイメージをふくらませている。

「ウ・エ・ル・パルク？　イル・フェ・ボー・オージュルディ」

「ちょっと、それ、まだやるの？」姉のクレアの声がした。

「はい、はい。聞くだけにします」と、ルーシーがこたえると同時に、クレアがベッドにもぐりこみ、明かりを消した。

ルーシーはイヤホンでフランス語を聞きながら、声を出さずに口だけ動かした。フランス語は、響《ひび》きが美しい。それが、ルーシーには意外だった。これまでフランス語は母親が学校で教えている教科にすぎず、まともに聞いたことがなかったのだ。

ルーシーは、フランス語をシャワーのように浴びながら、眠りについた。


金曜の朝、ルーシーは、ふだんのあわただしい朝の音にくわえ、ベッド脇《わき》のテーブルの上で鳴っている携帯電話の音で目をさました。

「よお……ルーシー」ジャックの声は、しわがれていた。

「うわっ、ひどい声！」

「うん。気分はもっとひどいよ。おれ、今日、美術館はむりだ」と、ジャックがくしゃみをした。

「熱があってさ。母さんが、美術館なんてだめだって。母さん、ルーシーのママに話があるって」

「ガーン！」ルーシーは意気消沈《しょうちん》した。ルイーザに警告するのは、しばらくおあずけか――。

「なあ、何時にうちに来ることになってた？」

「もうすぐだと思うけど」

そのとき、ルーシーの母親がせかせかと部屋に入ってきた。「さあ、ルーシー。さっさと起きて」

「ママ、ジャックが具合悪いんだって。熱があって、気分も悪いって」

「ええっ！」

ルーシーの母親はジャックの母親と相談してから、ミセス・マクビティーに短い電話を入れた。ミセス・マクビティーはいつも、困ったときは泊《と》まりにおいでと、ルーシー一家にいってくれている。すぐに話がまとまり、ルーシーは風邪《かぜ》をうつしかねないジャックとではなく、ミセス・マクビティーと週末をすごすことになった。

服を着て、歯をみがいた。荷造りは、すでに終わっている。ミセス・マクビティーは大好《だいす》きだけれど、ジャックの具合がよくならないかぎり、やけに長い春休みになってしまいそうだ。

一時間後――。ミセス・マクビティーは、にこやかに自宅の玄関《げんかん》をあけた。「いらっしゃい」心のなごむシナモンの香りが、ただよってくる。「さあ、お入り」ルーシーの母親がミセス・

マクビティーに、旅でまわる場所と連絡先《れんらくさき》のリストをわたした。「おやおや、ヘレン、なんの心配もいらないよ。ダンとクレアといっしょに、旅行を楽しんでおいで」

母親はルーシーをきつく抱《だ》きしめた。「いい子にしてるのよ。愛してるわ。毎晩、電話するわね」

「さあさ、お行き」と、ミセス・マクビティーはルーシーの母親を外に送りだした。

ルーシーはすっきりした気分で、ミセス・マクビティーの家に来ていた。一日中、ミセス・マクビティーの家にこもりきりでおかしくなりそうと、さっきまであせっていたが、だんだん落ちついてきたのだ。

ミセス・マクビティーの自宅マンションは、広々としていた。ひとり暮らしにしては広すぎるくらいで、おもしろい物があふれている。ミセス・マクビティーはボストン育ちで、大人になってからシカゴに移り、このマンションには五十年以上住んでいる。

「さあ、ゆっくりしてもらおうかねえ」

というミセス・マクビティーについて、ルーシーは廊下《ろうか》を進んだ。廊下には、凝《こ》った額縁《がくぶち》に飾《かざ》られた古い絵がずらりとならんでいた。来客用の寝室《しんしつ》は右からふたつめの部屋で、来客専用の浴室とつながっている——うわっ、サイコー!

「服はクロゼットにかけておくれ。このタンスも使ってかまわないよ」と、ミセス・マクビティーがタンスを指さした。「キッチンで待っているからね」

じつをいうとルーシーは、服をハンガーにかけるつもりなどなかった。でもズック製の袋に入れっぱなしにして、ミセス・マクビティーに失礼な態度をとるのは気が引けたので、タンスにしまった。ビーズとラインストーンのついたハンドバッグも、持ってきていた。ハンドバッグが特殊《とくしゅ》な光を放っているかどうか、寝《ね》る前にたしかめるのが習慣になっていたのだ。そのハンドバッグを一番上のひきだしにそっとしまい、洗面道具を浴室に置くと、ベッドに横たわった。当然ながらミセス・マクビティー宅は、ダウンの掛《か》け布団《ぶとん》と枕《まくら》だ。寝そべったまま、やわらかい羽毛《うもう》が自分の体にあわせて動くのを感じながら、両腕《りょううで》を広げた――なんか、クセになりそう！

起きあがり、マンションの中を通りぬけて、キッチンに向かった。床《ゆか》には、オリエンタル絨《じゅう》毯《たん》が何枚も敷《し》いてあった。多すぎて、ところどころ重なっている。リビングの片方の壁《かべ》には、大きな石製の暖炉《だんろ》があった。その向かいの壁には背の高い窓がならび、窓のすぐそばにはグランドピアノが一台あって、外をながめながら弾《ひ》けるようになっていた。さらに二脚《きゃく》のソファーと、クッションのきいたイスが複数あり、すべて横に読書用のランプがある。リビングはダイニングにつながっていて、細長いダイニングテーブルには、本が所せましと積みあげてあった。

「お座《すわ》り、ルーシー」キッチンにあらわれたルーシーに、ミセス・マクビティーが声をかけた。キッチンは古びた銅製のポット類と使いこんだ料理本がぎっしりとならんでいて、居心地がいい。「ミルクでもどうだい?」ダイニングテーブルの中央の皿には、べたべたするシナモン入りの蜂蜜《はちみつ》パンが大量にのっていた。

「はい、いただきます」

「ジャックが病気とは、残念だねえ」ミセス・マクビティーは冷えたミルクのコップをルーシーの前に置いてから、腰《こし》をおろした。「さあ、聞かせとくれ。最近の冒険《ぼうけん》は?」

なぜミセス・マクビティーが最近の冒険に気づいているのか、ルーシーにはわからなかったが、この前の土曜日からの出来事をすべて打ちあけるのは、とても自然なことのように思えた。なんといってもミセス・マクビティーは、子どものころ、お姉さんといっしょにミニチュアルームの魔法《まほう》を体験している。ルーシーたちが手に入れた、ソフィーのフランス語の日記を読んでくれたし、ミスター・ベルの行方不明になっていたアルバムをミセス・マクビティーの倉庫で見つけたという作り話に、口裏《くちうら》まであわせてくれたのだ。弁当箱に手紙を入れたことは、すでにジャックがミセス・マクビティーに話していた。ルーシーは、自分が見た夢と、その夢がすべてのきっかけとなったことを説明した。

「弁当箱に手紙を残すなんて、おまえさんたちは、ずいぶんと大胆《だいたん》なことをやらかしたんだねえ。もしわたしと姉が同じようなことをしたら、なにが起こったことやら！」

「もしかしたら、幼《おさな》いころのキャロライン・ベルが、見つけたかも。ううん、あたしとジャックが見つけたかも」

「なにが起きてもふしぎじゃないってことだねえ」

つづいてルーシーは、E27の部屋の外で、ルイーザ・マイヤーと出会ったことを打ちあけた。

「ヨーロッパを離《はな》れるよう、警告するべきだよ」ミセス・マクビティーも、ルーシーと同じ意見だった。「あれは、ひどい時代だった」

「あの時代のパリにもどっても、ルイーザを見つけられないんじゃないかって、あたし、心配で。見つけられても、説得できなかったら……」ルーシーは宙を見つめた。「あたしたち、まだ子どもだし」

「きっと、いい方法が見つかるさ。ああ、まちがいないとも。わたしに、いい考えがある」と、ミセス・マクビティーは席を立った。「ついでおいで」

ルーシーはミセス・マクビティーについてマンションの奥へと進み、来客用の部屋と書斎《しょさい》を通りすぎ、ミセス・マクビティーの部屋に入った。ミセス・マクビティーが、クロゼットのドアをあけた。それは、ルーシーが見たこともないような、とてつもなく広いクロゼットだった。ラックにきれいにかけられた何百着もの衣服が、広い空間を埋《う》めつくしている。

「昔は寝室《しんしつ》だったんだけど、クロゼットに改装したんだよ。そのわけは、見てのとおりさ」

「ミセス・マクビティー、こんなに大量の服、どこで手に入れたんですか？」

「わたしの服もあるし、きれいだから集めたものもあるよ」ミセス・マクビティーはクロゼットの壁《かべ》に沿って進み、一着の服をラックからはずした。「これは、わたしがおまえさんぐらいの年のときに着ていた服さ」と、襟《えり》が白く、サッシュつきで、袖《そで》がふくらんだ青いワンピースを持ちあげた。「おまえさんに似あうと思うよ。さあ、着てごらん」

ルーシーはワンピースをハンガーからはずし、Tシャツとジーンズの上からはおった。サイズはぴったりだけれど、外見は――？　鏡に映したら、まるで六歳《さい》の子どもだ！

「ふふっ、おもしろいだろう？」と、ミセス・マクビティー。「このワンピースを着た日のことは、いまだにおぼえてるよ。ほら、これはどうだい？」ミセス・マクビティーは、黄色いワンピースを手に取った。袖がふくらんでなくて、さっきとは襟の形がちがう。ポケットが縫《ぬ》いつけてあって、裾《すそ》のほうに一匹《ぴき》の黒いスコッチテリアのシルエットの刺繍《ししゅう》がある。

ルーシーは、鏡に映った自分の姿にうっとりした。このワンピースは、レトロ風でかっこいい！

「うん、これがいいねえ」と、ミセス・マクビティーがいった。「ルイーザをさがしに行くときに、これを着ておいき。きっと時代的にぴったりさ」

「名案です、ミセス・マクビティー。ありがとうございます！」

「運がよければ、ジャックにあう服もあるかもしれないねえ」と、ミセス・マクビティーはクロゼットの中をかきまわし、ジャックのふだん着のカーゴパンツとは型のちがう明るい色のズボンと、白いポロシャツと、緑色のVネックのセーターを取りだした。しかも、その服装にあう靴《くつ》まで見つけてきた。「これは、いとこの物だったんだよ。かっこいいだろう！」

「あのう、ジャックがこれを着るかどうか……」ルーシーの声は、疑わしげだった。「でも、サイズはぴったりだと思います」

ミセス・マクビティーは疲《つか》れを見せず、年代順にならべられたすべての服を、ルーシーといっしょに時間をかけて見ていった。ひきだしには、ありとあらゆるアクセサリーがあふれんばかりにしまってあった。宝石やスカーフ、七十年以上前のハンドバッグ類もある。おかげでその日は、やけに長い、たいくつな一日にならずにすんだ。

土曜日の朝――。ルーシーは、タクシーで美術館に向かった。ひとりでタクシーに乗れるなんて、サイコー！　ほどなく美術館に到着《とうちゃく》し、レッスンが終わったらまた電話しておくれ、というミセス・マクビティーの声を携帯《けいたい》電話で聞きながら、正面階段をのぼった。階段をのぼりきると、待ちあわせ場所に決めた、正面玄関《げんかん》を入ってすぐの案内所のそばへと、まっすぐ向かった。

レッスンの教師、ドーラ・ポメロイは、すでに待っていた。ルーシーは、ドーラの服装を観察した。黒のスキニージーンズに、青緑色のシルクのＴシャツ、ゴールドのボタンがたくさんついた明るい色のジャケットと、じつにおしゃれだ。美術館のＩＤカードとともに、何重にも巻いたパールとビーズのネックレスを、首からゆったりとさげている。つやのある白っぽい金《きん》髪《ぱつ》は、前回と同じようにポニーテールにしばってあった。メガネもあいかわらずおしゃれだが、この前とはちがうものだ。

いっぽうルーシーは、いつものジーンズ、ふだん着のオークトン校のＴシャツに、スウェットパーカーという服装で、自分がつまらない人間のように思えてきた。

「おはよう、ルーシー！」ドーラがほほえみ、腕《うで》時計で時間をたしかめた。「時間ぴったりね。

すばらしい！　じゃあ、始めましょうか？」

ドーラは時間にうるさいようだから、これからも時間厳守ね——と、ルーシーは心に刻《きざ》みつけた。

ドーラが入り口を通過しながら、警備員たちにＩＤカードを見せた。ルーシーは、そのあとにつづいた。

ドーラが、大階段のそばのベンチで足を止めた。「レッスンを始める前に、あなたのために持ってきたものをチェックしましょう」

ルーシーの目の前で、ドーラが革の大きなトートバッグから画材を取りだした。スケッチブックが一冊（すでにルーシーの名前が書いてある）、金属製の小さな筆箱と、灰色のやわらかい美術用の消しゴムがひとつずつ、エンピツに似ているけれど、じつは紙を棒《ぼう》状に丸めた、ぼかし専用の画材が一本。ドーラが、各画材の使い方を説明した。

春休みの最初の土曜日のせいか、美術館はあまり混んでいなかった。ふたりは、地下の11番ギャラリーに向かった。ギャラリーは、ルーシーがいままで見たことがないほどすいていた。

「あら、好都合《こうつごう》だわ」と、ドーラ。「だれのじゃまにもならずに、一カ所に長くいられるわね。お気に入りの部屋は、ある？」

「お気に入りを決めても、ほかの部屋を見たとたん、毎回そこがお気に入りになっちゃうんです」

「うんうん、わかる。わたしもよ！　じゃあ、基本から始めましょう。ひとつの物を描《えが》くのよ」

と、ドーラが壁《かべ》に沿って移動した。正面ガラスから中をのぞくには、かがまなければならない。

そして、E1の前で止まった。「この部屋から、なにか選んでみて」

ミラノの公爵《こうしゃく》夫人クリスティナの部屋だ！

「あら、ほかの部屋のほうがいいかしら？」

「ううん。ここで、いいです」ルーシーは、なんでもないふりをしようとした。手始めに選んだ部屋にすぎないではないか。それでも、よりによってこの部屋とは——。落ちつかない気分になった。

「あそこのつくえは、どう？　窓の近くの、美しい本が置いてあるつくえは？」

クリスティナの日記だ！　息をのみそうになったのを、なんとかこらえた。ルーシーとジャックはこの日記から、鍵《かぎ》の持つ魔法《まほう》についてすべて学んだのだ。そう、何世紀ものときをへだて、若き公爵夫人クリスティナの声をルーシーに聞かせるほどの威力《いりょく》のある、この魔法の日記から——。

平然と立ったまま、この部屋をスケッチするなんて、ルーシーにはできそうになかった。

「そうねえ、やっぱり……」と、ドーラが壁沿《かべ》いに少し移動した。「もっとシンプルな物から始めましょうか。ここにしましょう。E5」

ルーシーは、ほっとしながら移動した。E5は、一七〇〇年代初期のイギリスの田舎家のキッチンだ。「あたし、これなら描《か》けると思います」と、部屋の右側にある質素なつくえを指さした。小ぶりな青色の水さしと、ありふれた白い深皿が、それぞれひとつずつ置いてある。そのつくえのとなりの出窓は、花が咲きほこる美しい庭に面していて、近所の家々が見える。部屋の反対側の、あいているドアを見て、ルーシーは想像力をかきたてられた。このドアの向こうは、どこ？　本物の世界？　なんの動きもないように見えるけれど、魔法《まほう》の鍵《かぎ》でミニチュアルームに入りこんだら、ひょっとして――！

ルーシーがスケッチに取りかかると、ドーラも自分のスケッチブックを広げ、いっしょに描きはじめた。

ドーラはルーシーに、せいいっぱい努力して描くように指示した。そうすればルーシーの実力をたしかめて、アドバイスできるというのだ。

ルーシーは、描きおわった絵をドーラに見せた。

「なかなか、いいじゃない！　センスがあると思うわよ」

ルーシーは、満面に笑みをうかべた。

ふたりは三十分ほどE5の部屋を題材に、木製の質素なイスとろうそく立てを描き、ドーラがルーシーのスケッチにいろいろとアドバイスをした。

ルーシーは、ドーラのスケッチをながめた。「うわあ、すっごく上手《じょうず》！」

「練習のたまものよ。でもね、大好《だいす》きな物なら、すらすらと描けるものよ。このミニチュアルームが、わたしは大好きなの！」

「あたしも！」

ルーシーはドーラに親近感をおぼえ、そのことを意外に思っていた。このあたしが、ドーラみたいにエレガントな人と共通点があるなんて、ありうる？

ドーラはルーシーにいくつか部屋を選ばせ、ふたりでスケッチしながらおしゃべりをした。

ドーラはとても気さくで、ルーシーはリラックスしていた。いままで習ったどの先生よりも、ドーラといると気持ちがほぐれる。

ドーラはここのミニチュアルームを研究中で、ルーシーとジャックがビドル先生の宿題でレポートを書いたと知って、興奮《こうふん》した。ルーシーは、美術館の記録保管所で学んだことを、思いだせるかぎり話して聞かせた。

「あなたに、わたしの研究の助手になってもらわなくちゃ！」と、ドーラは声をあげて笑った。

「あなたを見ていると、昔の自分を思いだすわ！」

「ソーン・ミニチュアルームのどれかに似せて、部屋をデザインしたことがあるんですか？」

ルーシーは、E26の部屋の花瓶《かびん》をスケッチしながら、たずねた。

「ぜひやってみたいけれど、ソーン夫人が作ったミニチュアみたいに美しいアンティークが、最近はなかなか見つからなくて。見つけたとしても、高すぎて手が出ないわ」

「この部屋、あたしのお気に入りのひとつなんです」ルーシーは、ドーラとともにE27に近づきながらいった。

「これ、わたしも大好《だいす》きよ。バルコニーから見えるパリの景色がすてきよね」

「この部屋の時代背景について、パパに教わりました。かなりこわかったけど」

「でも、デザインは文句《もんく》なしにすばらしいわ。純粋《じゅんすい》なモダニズムよ」ここで、ドーラが話題を変えた。「もしよければ、明日もレッスンしてあげるわ。一点透視《とうし》図法について、教えてあげる。そうすれば、次のレッスンまで、ひとりで練習できるでしょ。どう？」

「あっ、はい」本日のレッスンは終わりという意味だとわかって、ルーシーはがっかりした。

ドーラはルーシーにつきそって階段をのぼり、美術館の外に出て、タクシーをひろうのを助けてくれた。タクシーならば、ミセス・マクビティー宅にすぐに着く。

タクシーの中で美術館の前の信号が青に変わるのを待ちながら、ルーシーは窓ごしに、ドーラが石の階段をかろやかにのぼって、美術館の中へ消えるのを見まもった。

6
告白

うわっ、紙やすりで木をこすったみたいな声！

ルーシーは電話で両親と話をし、ミセス・マクビティーの夕食のかたづけを手伝ったあと、すぐにジャックに電話して、そう思った。

「気分は、まあ、少しはよくなったぜ。夕食まで、ずーっと寝《ね》てたんだ」と、ジャック。「ほぼ平熱になった。きっと、あと一日で治るよ」

「よかった！　春休みのあいだずっと具合が悪いのかなって、心配してたんだ。明日、絵のレッスンのあと、そっちに行くね」

「あっ、そうそう、忘《わす》れるところだった。明日、彼女《かのじょ》も来るよ」ジャックが、後から思いついたかのようにいった。

「だれのこと？　ドーラ？」

「うん」

「なぜ、ドーラが？」ルーシーは、軽い嫉妬《しっと》を感じていた。

「壁画《へきが》のことで、母さんと話をしたいんだって。インテリアかなにかを任された、お金持ちの女性のマンションの件だってさ」

ジャックの説明に、ルーシーは気が楽になった。それどころか、ますます興奮《こうふん》してくる。ジャックの母親のリディアがくわわれば、ドーラの仕事ぶりについて、くわしく聞けるかも！こんな幸運に恵まれながら、まったく気づかないなんて、いつもながらジャックらしい。

「じゃあ、明日ね」ルーシーはそういって、電話を切った。

その晩はあれこれ考えすぎないよう、ヘッドホンでフランス語を聞きながら眠ることにした。その晩にかけた教材テープは食べ物と食事の話題ばかりで、「ジュ・ヴドレ・マンジェ・ユンヌ・ポム・シルヴプレ（リンゴをください）」「ラ・ヴィアンドゥ・エ・デリシューズ（肉はおいしいです）」といったフレーズを聞かされた。こんなフレーズが一九三七年のパリで役に立つのかとも思ったが、勉強しなければなにも始まらない。

うとうとしていたら、音で聞いていた単語が頭の中で絵となり、viande【ヴィアンドゥ（肉）】という単語の各文字が、ふわふわと流れていった。つづいて、pommes【ポム（リンゴ）】の各文字がピカピカのリンゴに姿を変え、ミュージカルのコーラスラインのように、ベッドの上で横一列になって飛びはね――。

まもなく、さまざまな部屋とつくえとエンピツが出てくる夢を見た。その夢には、みずみずしいリンゴもさらに登場した。ルーシーはリンゴをひとつつかもうとしたのだが、あと少しのところで、手が届かなかった。


ルーシーはレッスンの約束時間ぴったりに着くように心がけ、実際には数分前に到着《とうちゃく》した。玄関《げんかん》ホールに入ってくるおおぜいの人々の中で、背が高く、大股《おおまた》で歩いてくるドーラはめだっており、ルーシーは手をふった。

ドーラはきのうと同じように腕《うで》時計で時間をたしかめ、満足そうにほほえむと、ルーシーに声をかけた。「早いのね！」

「おくれるのは、いやだから」

「まあ、わたしもよ！　似た者どうしね」

ドーラはルーシーについてくるように合図し、階段をおりて、ソーン・ミニチュアルームへ向かった。そしてルーシーが練習用に描《か》いてきたスケッチをながめ、感想をいい、少しアドバイスをすると、きのうと同じようにスケッチしながらおしゃべりした。ドーラは、ルーシーの話のひとつひとつを、心から興味があるように聞いていた。

ふたりでしばらくスケッチしたあと――ルーシーは、天蓋《てんがい》つきのベッドのあるニューイングランドの寝室《しんしつ》をスケッチした――ドーラが、ある提案をした。

「ねえ、設備を見に行かない？　ミニチュアルームの裏側《うらがわ》にある廊下《ろうか》なんだけど。ミニチュアルームの構造について、研究のためにちょっと調べる必要があるの。あなたに見せても、問題ないと思うわ」

ルーシーは、興奮《こうふん》しているふりをした――その廊下ならば、すでに何度も見ているのだが。

「うわあ、おもしろそう」

「鍵《かぎ》は持ってるわ。記録保管所の友だちが、許可してくれたの」と、ドーラが釣《つ》りに使うルアーのように鍵を持ちあげる。

ミニチュアルームの裏側の廊下に入ったルーシーは、聞き慣れた音を耳にした。ドアがしまり、オートロックがかかる音だ。

ジャック以外の人とこの廊下に入るのは、変な気分だ。ルーシーは生まれて初めて見るふりをし、ドーラといっしょに最初の角をまがった。粘着《ねんちゃく》テープで作ったクライミングルートは、すぐそこだ。

ドーラがミニチュアルームの構造やソーン夫人が編《あ》みだした枠《わく》について、ルーシーにいろいろと説明した。「わたしもね、あなたと同じように、記録保管所でおもしろいことをたくさん学ばせてもらったわ。ソーン夫人は、じつに入念に、細かいところまで説明していた。ご本人と知り合いになれたら、いいのにね。でも、なんといっても驚《おどろ》いたのは、解明されていない事《こと》柄《がら》だわ」

「そうですよね」と、ルーシー。

「ソーン夫人が好《この》んでミニチュアを仕入れていた、パリの秘密の店のこと、読んだ?」

「はい。あたしもジャックも、ホントに興味しんしんです」

「そうよね! 好奇心《こうきしん》をくすぐられるわよね! じゃあ、鍵《かぎ》についての記録は見た?」

ルーシーは胃をしめつけられたが、なんとか正直にこたえられた。「いいえ。鍵についての書類は、なにも見てません」

「それは残念ね。夫人の職人のひとりが手に入れたという年代物の鍵について、あいまいな記述をいくつか見つけたの。夫人も職人も、とても重要なアイテムだと思っていたみたい。もしかしたら……」

とドーラがいいかけたとき、ふたりは粘着《ねんちゃく》テープの前を通りかかった。ルーシーは、さらに胃をしめつけられた。

「見て、これ」ドーラが立ちどまり、垂直に貼《は》られたふしぎな粘着テープをしげしげとながめた。「いったいなぜ、こんなものが、ここに？」

ルーシーは、だまっていた。

「ふむふむ……」ドーラは床《ゆか》から通風孔《こう》まで長々と貼られた三本の粘着テープを観察しながらつぶやくと、テープに触《ふ》れた。「この真ん中のテープは、べたつく面が外を向いてるわね」ふりかえり、青々とした瞳《ひとみ》でルーシーを見つめる。「これ、なんだと思う？」

さあ、とルーシーは肩《かた》をすくめた。

「メンテナンスの担当者に伝えるべきよね」ドーラは、ルーシーから目を離《はな》さない。

「あの……やめたほうがいいかも」ルーシーは、こらえきれずにいった。

「あら、なぜ？　正体は不明だけど、ここの物じゃないわ」ドーラのいいぶんは、もっともだった。

「ええっ、理由は……わからないけど……」ルーシーは、だまっていればよかったと思った。

「ちょっと、ルーシー」ドーラの声は、ルーシーが正直でないときに母親が使う声音とそっくりだった。「どうかしたの？」

ルーシーはどうこたえたらいいかわからず、うす暗い廊下《ろうか》に立ちつくした。ウソは、大の苦手《にがて》！　ここにジャックがいてくれれば、うまく、すらすらと、作り話をしてくれるのに――。「うん、なんでもないです」

ドーラは、粘着《ねんちゃく》テープをながめていた。「これ、やっぱり、はがさなきゃね。ほこりをかぶってるもの」指の爪《つめ》ではがそうとするが、はがれそうにない。「まあ、とにかく」と、はがしながらつづけた。「記録所で鍵《かぎ》のことを知ってから、気になってしかたがないのよ。なにか重要な意味を持つ鍵のような気がして。でも、鍵のことはだれも知らないみたい。もしかしたら、紛失《ふんしつ》したのかもね」

ルーシーは、顔がほてってくるのが自分でもわかった。これでは、額《ひたい》に「ウソをついています」と大きく書いてあるようなものだ。

ルーシーの不自然な態度に、ドーラが気づいた。「ねえ、ルーシー、レポートの下調べのとき、本当になにも見つけなかったの？」

ドーラに見つめられて、ルーシーはおしだまり、すくみあがった。

「どうなの、ルーシー？」

静まりかえった空間に、ジオラマの蛍光灯《けいこうとう》の音がやけに大きく響《ひび》く。

「話しても、信じてもらえないと思う」ルーシーは、しばらく間《ま》を置いてから切りだした。

「ためしに話してみて」と、ドーラがとびきりの笑顔でいう。

「あたし、その鍵について、少しは知ってます……」

ルーシーは少ししか明かさないつもりで、ゆっくりと話しはじめた。しかしドーラが強い関心をしめし、じっくりと聞いてくれるので、鍵や魔法《まほう》や体がちぢむことについて、気がついたらなにもかも打ちあけていた。ドーラはときどき「まあ」「ホント？」とコメントをはさんだが、話はさえぎらなかった。

ルーシーが話しおわると、ドーラは少し考えこんだ。「すごい話ね！　信じがたいし……信じるのもどうかと思うけど……でも、わたしは信じたいわ。自分の研究で、いろいろと学んだから。ソーン夫人は、魔法について、いくつか大きなヒントを残しているわよね」

ルーシーは、一言ではいいあらわせないほど、ほっとした。ホラ話をするおかしな子、なんて思われたら、耐《た》えられなかっただろう。

「あなたの秘密は、だれにもいわないわ」と、ドーラは断言した。

「あたしもジャックも、鍵はもどすつもりなんです。ただ、どこにもどしたらいいか、まだわからなくて」

「その鍵《かぎ》は、安全な場所にしまってあるといいんだけれど」

「それは、だいじょうぶ。ジャックが持ってます」ルーシーは、ジャックとふたりでミセス・マクビティーに秘密を打ちあけたときと同じように、元気を取りもどした。秘密をわかちあえる新たな相手ができて、うれしかった！

ドーラが、ルーシーにほほえみかけた。「わたしには打ちあけてもだいじょうぶだと思ってもらえて、うれしいわ」

ギャラリーにもどったルーシーは、違和感をおぼえていた。とても大切な秘密を――重大な秘密を――ドーラに明かしたいま、教師と先生のままでいられる？　ルーシーはおずおずと、今日はまだレッスンをつづけられるのかとたずねた。

ドーラは、腕《うで》時計を見た。「ええ、あと三十分、できるわよ。そのあとは、人と会う予定があるの」

「リディアと？」

「ええ。ジャックから聞いたの？」

「うん。今日の午後、あたしもジャックの家に行くことになってて」

「じゃあ、いっしょに行かない？」と、ドーラがルーシーを誘《さそ》った。「ふふっ、完ぺきね！」

「オッケーです」ルーシーは、自分のスケッチを見た。いまのところスケッチは、完ぺきとはほど遠い。

つきあいが長くなれば、あたしもいつかは、ドーラみたいに完ぺきになれるかも――。

「また会えて、本当にうれしいわ」

リディアはそういって、ドーラを――もちろんルーシーも――ロフトに迎《むか》えいれた。

「お客さまからトリックアートを提案されたとき、まっさきにあなたの作品を思いだしたんです」と、ドーラは興奮《こうふん》ぎみにいうと、自室の入り口に立っていたジャックに気づき、声をかけた。「このあいだはどうも。すてきなロフトね」と、あたりを見まわす。「まあ、ジャック、あなた専用の〝ミニハウス〟があるのね！」

ルーシーは、ジャックとリディアのロフトを初めて見た人の反応を見るのが、いつも楽しみだった。このロフトはもとは工場で、そこに住むにあたり、リディアが全面改装した。窓はどれもかなり高く、シカゴを一望できる。ロフトはL字型で、かたほうはリディアのアトリエ、もうかたほうは生活の場となっている。ジャックの二階建てのミニハウスがあるのは、生活の場のほうだ。ミニハウスにはドアがひとつ、窓が複数あって、ロフトを見わたせるようになっていて、ジャックが好《この》みの色で飾《かざ》りたてている。まさに、夢のようなお城だ。

「すごいでしょ？」と、ルーシーは会話に割りこみ、「中を案内してあげなさいよ」と、ジャックをうながした。ジャックがドーラを、一階のリビング、二階のベッドルームへと案内する。

ジャックのツアーが終わると、リディアがドーラにアイスティーをすすめ、大人ふたりは角をまがってリディアのアトリエへと消えた。

ジャックが、ダイニングテーブルにどっかと腰《こし》をおろした。「ふう、自分の部屋には、もどりたくないよ。さすがに、あきた」テーブルの上のケーキスタンドには、チョコレートケーキがのっていた。「食べる？」

「うん。うちのママも、ケーキをたくさん焼いてくれたらいいのになあ」

ジャックがケーキを大きくふたつ切りとって、それぞれ皿にのせた。

「この二日間、ドーラといっしょにいて、すっごく楽しかった！　きっとジャックも、ドーラが大好《だいす》きになるわよ」

「へーえ？　なんで？」

なぜわからないの？　とルーシーは思った。でも考えてみれば、ジャックはドーラのことをほとんど知らない。ルーシーは口の中でチョコレートを溶かしながら、ドーラに秘密をほぼすべて打ちあけてしまったこともいわなければならないのに気づき、のどが少し苦《くる》しくなった。

「あのね、とにかくドーラは、すごく信頼《しんらい》できるの」

「ドーラには、絵のレッスンを受けてるだけだろ」ジャックが、ケーキをさらに一口かじりながらいう。

「うん、でも話はするわよ。ドーラとは、似た者どうしなんだから」

ジャックが、疑わしそうな顔をした。「似た者どうしなんて、マジかよ？　まあ、感じはよさそうだけれど、ドーラはあの外見だぞ！」

ルーシーはちょっぴりプライドを傷つけられたが、外見がとても「似た者どうし」といえないことは、みとめざるをえなかった。「あたしもドーラも、ソーン・ミニチュアルームの大ファンよ」

「ソーン・ミニチュアルームのファンなら、おおぜいいるだろ。それに、どうして信頼できるなんていえるんだよ？」

「そういわれても……。とにかく、ドーラは信頼できるの」

ジャックは肩《かた》をすくめると、「来いよ。いいもの、見せてやる」と、イスから飛びおり、ルーシーを連れてミニハウスのリビングへ移動した。つねにオン状態のノート型パソコンをあけ、いくつかキーを打つ。すると、画面をのぞきこんでいるふたりを頭上からとらえた映像が、モニターに映しだされた。

「えっ、どうやったの？」

というルーシーの問いに、ジャックはドア枠《わく》の上に取りつけた、糸巻きよりも小さなカメラを指さした。カメラのようには見えない。実際、レンズと小型発信器だけだとジャックは説明した。

「おれ専用のセキュリティーシステムを設置したんだ。今朝《けさ》、あんまりひまで、美術品どろぼうのことを思いだしてさ。必要な部品は、手元にそろってたし」

「すごーい！」ルーシーは、カメラに向かってポーズを取った。

「無線なんだ。ロフトのどこにでも、取りつけられる。といっても、範囲《はんい》はあるていど決まってるけど」ジャックが、さらにキーをいくつか押《お》した。「うん、これで、ディスクに画像を記録できる」

「うわっ、すごい！　むずかしかった？」

「いや。この前の誕生日に、おじさんがカメラとソフトをプレゼントしてくれたんだ。いままで放っておいたんだけどさ。接続の方法や使い方は、ネットでさがせばわかったし」

風邪《かぜ》で家にとじこもっているあいだに、自力でこれだけのことをする方法を思いつけるのは、ルーシーの知っているかぎり、ジャックだけだ。

「ケーキの残りを食べよう。病気になると、腹がすくんだ」と、ジャックがパソコンのふたをしめた。

キッチンにもどると、ジャックはケーキを大きく一口食べた。「牛乳、飲む？」と、また立ちあがりながら、ルーシーにたずねる。

ルーシーは、うなずいた。

「ゲッ！」冷蔵庫の中をながめて、ジャックがいった。「一本もない。母さんに伝えてくるよ。買いに行かせてもらおう。たった三ブロック先に行くだけだし」

母親のリディアの許可が出たので、ふたりは食料品店へと徒歩《とほ》で向かった。その道すがら、ルーシーは罪悪感におそわれた。今朝、自分がしでかしてしまったことを、ジャックに告白しなければならないのだけれど、どういったらいいかわからない。歩道へと視線を落とした。

「あーあ、病気はイヤだ！　ロフトの外に出られて、サイコーだ！」ジャックは、機嫌《きげん》がいい。

ルーシーが無反応なので、声をかける。「なんだよ、急に静かになっちゃって」

「うん……。今朝、ドーラに連れられて、どこに行ったと思う？」

「さあ、見当もつかないな。どこだよ？」

「例の廊下《ろうか》」

「なにかあったのか？」

「うん、まあね」スケートボードに乗った人が猛《もう》スピードで走ってきて、ぶつかりそうになり、ジャックとルーシーはあわてて飛びのいた。

「おい、気をつけろ！」と、ジャックが注意してから、会話をつづけた。「まあねって、どういうことだよ？」

「粘着《ねんちゃく》テープのクライミングルートを見られたの」

「それで？」

「話したわ」

ジャックが立ちどまった。「どういうことだよ、話したって？」

「魔法《まほう》について、話したの」

「マジかよ！」

「怒らないでよ。魔法の鍵《かぎ》のことは、もう知ってたんだもん。記録保管所で読んだんだって。だれにもいわないって、約束してくれたよ」

「だから、ドーラは信頼《しんらい》できるっていってたのかよ？」

「信頼できるってば！」

「だといいけど。それにしても、なんてことをしてくれたんだ！　おれに相談もしないで！」

「悪いと思ってるけど、成り行きでそうなっちゃったのよ。なにかかくしてるって、バレちゃって……。あたしはウソをつけないって、知ってるでしょ！」

「だまってるのと、ウソをつくのは別だろ！」ジャックが、ぷいっと歩きはじめた。そうとう腹を立てている。

足音を立てて店に入り、シリアルコーナーを通過して、奥の日用品コーナーに向かうジャックに、ルーシーはついていくのがやっとだった。ジャックが、大容量サイズのミルクを一本つかんだ。「ジャック！」と、ルーシーが声をかけても、しかめ面《つら》で見かえしただけで、シリアルコーナーへと引きかえす。

数分にも思える数秒のあと、ジャックはため息をついた。音を立てて息を吐《は》きだすが、なにもいわない。

ルーシーは、さらにいった。「ごめんね。でも、悪いことじゃないかもしれないわよ」

「悪くても、悪くなくても、いっちまったものはしかたない」ジャックが種類豊富なシリアルに目を走らせながら、のろのろと進む。

「相談しないで打ちあけちゃって、ほんとにごめんね。二度としないって、約束する」

「わかった、わかったよ」ジャックがシリアルの箱のひとつに手をのばし、「ミルクを持ってくれ」と、ルーシーにミルクをわたした。

レジの列は長く、おかげでジャックは自宅にもどるまでに、機嫌《きげん》をなおす余裕ができた。

ルーシーは食料品店を出ると、ミセス・マクビティーの服のコレクションの話をして、またジャックの気を引くことにした。「だからね、今度ルイーザをさがしに行くときは、あたしもジャックも時代にあった服を着られるってわけ」自分用とジャック用の衣装の話をしたあとで、そうしめくくった。

「で、いつ行く？」すでにジャックの怒りのピークはすぎていた。「母さんが明日行かせてくれるとは思えないな。火曜日にしたほうがいい」

「うん、いいよ。なにせ、あたし、スケジュールがつまってるから」ルーシーは、皮肉《ひにく》をこめていった。「あーあ、いますぐ、ルイーザに注意しに行けたらいいのに。見つからないんじゃないかって、不安で」

ジャックのマンションに到着《とうちゃく》した。ジャックがすぐに家にもどるのをいやがったので、しばらく玄関《げんかん》の階段に座《すわ》って話をした。

「なあ、今回のことで、彼女《かのじょ》もリストに入れざるをえなくなったわけだよな」

「えっ、どういうこと？」

「ドーラも、ミニチュアルームに物を入れられるってわかっただろ」

「それはそうだけど――」といいかけたルーシーを、ジャックがさえぎった。

「おれ、ずっと考えてたんだけどさ……ミセス・マクビティーとドーラが知ってる以上、ルーシーがいったように、キャロライン・ベルと話をしたほうがいいんじゃないかな」

ルーシーは、ジャックがこの件を持ちだしてくれてよかったと思っていた。「うん、いいと思う。オープニングパーティーで会ったとき、もっと知りたがっているような印象を受けたし。火曜日に美術館に行く前に、会ってくれるか、きいてみようよ」

ジャックが、青く澄《す》んだ空を見あげた。「まだ中に入りたくないな。ほんと、外はいいよ。春休みにどこかの島でぜいたくにすごさなくたって、不幸じゃないってことだよなあ」

「あたしたち、パリに行くのよ！」と、ルーシー。

「しかも、重大な役目をはたすんだよな。他人の命を救うなんてさ！」ジャックは満面に笑みをうかべて、つけくわえた。

7

銀色の箱

「ドクター・キャロライン・ベル」と、ジャックがオフィスのドアにかかげられた名前を読んだ。「ここか」

ふたりは受付係にうながされ、オフィスに入った。そこには、医学書や卒業証書、父親のエドマンド・ベルと撮《と》った写真などが所せましとならんでいた。ルーシーは、母親の腕《うで》に抱《だ》かれた赤ちゃん時代のキャロラインのほほえましい写真も見つけ、自分たちが見つけた一枚であることに気づいた。

「こんにちは、ルーシー、ジャック」キャロライン・ベルが入ってきて、ふたりと握手《あくしゅ》し、デスクの前のイスに腰《こし》かけた。「また会えて、うれしいわ。どうぞ、座《すわ》って」笑顔があたたかい人だな、とルーシーは思った。「わたしに話したいというのは、なにかしら?」

ルーシーが切りだした。「この前のオープニングパーティーで、まだ話すことがあるようだっ

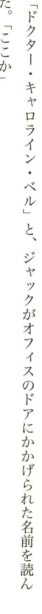

て、おっしゃってましたよね」

「ええ、それで？」

「あたしたちがどうやってバックパックを見つけたのか、知りたいんじゃないかなと思って……」キャロラインが気づいてくれるように祈《いの》りながら、ルーシーはそれとなくほのめかした。子ども時代にミニチュアルームに入ったことについて、ミセス・マクビティーと同じように記《き》憶《おく》があるはず。とても信じられないような記憶が、きっと――。

長年、E17の部屋の小さな戸《と》棚《だな》の中に残されていたキャロラインの持ち物を――キャロラインの教科書とエドマンド・ベルのアルバムが入ったバックパックを――見つけたことで、ルーシーとジャックはキャロラインもあの魔《ま》法《ほう》を体験したという、たしかな証《しょう》拠《こ》をつかんでいた。

キャロラインは、少しのあいだ、ふたりの顔をしげしげとながめた。「あなたたちに見てもらいたいものがあるの」と、イスを回転させ、背後の書棚からなにかを取りだす。それは、ふたに凝《こ》った彫《ちょう》刻《こく》がほどこされた、一辺が八センチほどの小さな銀の箱だった。

ルーシーはそれを受けとると、アンティークの専門家みたいに手の中でころがした。底には、なにかの文字と一頭のライオンのマークがあった。

「イギリスのものね」ルーシーは、自信たっぷりにいった。キャロラインが、驚《おどろ》いた顔をする。

「マークの読み方を、ミセス・マクビティーから教わったんです。これ、どこで手に入れたんですか？」

「それが、よくわからないの。記憶《きおく》にあるかぎり、ずっと手元にあるんだけどね」と、キャロラインは考えこむようにして箱を見つめた。「その箱がドールハウスにあって、わたしの手のひらで大きくなる夢なら、昔、見たことがあるわ」

「それ、夢じゃないですよ」と、ジャックが話に割りこんだ。

「えっ、どういうこと？」

「その箱、きっとマジで、手のひらで大きくなったんですよ。子どものころ、お父さんのエドマンドにしゃべった話は……体がちぢんで、ソーン・ミニチュアルームに入ったという話は、ぜんぶホントのことだったんだ」

「つまり、この小さな箱は、ミニチュアルームのどこかにあったってことです」と、ルーシーがつづけた。

またしても、沈黙《ちんもく》が流れた。キャロラインの視線は手の中の箱に向けられているが、その目はどこか遠くに向けられていた。

「子ども時代のわたしは想像力が人一倍豊かだったんだって、思ってた……」しばらくしてふたりを見たキャロラインの目は、涙《なみだ》があふれそうになっていた。「わたしは医者よ。科学者なの。そんなこと、信じられない」

「あたしたちも、信じられなかったんです」ルーシーが、やさしい声でいった。「でも、本当なんです。あたしたち、体がちぢんで、ミニチュアルームに入ったんです」

「そのミニチュアルームで、おれたちは……っていうか、ルーシーが、あなたのバックパックを見つけたんですよ」と、ジャックが説明し、

「天蓋《てんがい》つきのベッドがある部屋の、戸棚《とだな》の中で」と、ルーシーがつけくわえる。

キャロラインは、くすくすと軽く笑った。「天蓋つきのベッドには、夢中になったわ」さらに考えこんでから、つづけた。「それでも、すべて事実だったなんて、とても信じられないわ。なぜ、そんなことが？」

「クリスティナという名前のミラノの公爵《こうしゃく》夫人が、何世紀も前に魔法《まほう》の鍵《かぎ》を作らせたんです」と、ジャックが説明した。

キャロラインが、なにかを思いだしたような表情をうかべる。「そうそう！　おぼえてるわ。きれいな光る鍵ね！」

「クリスティナは、自分の姿をほとんど見られないようにするために、魔法の鍵を作らせた。

おれたちは、ミニチュアルームにあったクリスティナの日記から、そのことを知ったんです」ジャックが、さらに説明する。

「でも、まさか、そんな……！」

「なぜ、いままで、この小さな箱を持ちつづけたんですか？　きっと心の中では、子どものころの記憶《きおく》が事実だってわかってたんですよ」これは、ルーシーだ。

キャロラインが、ほほえむ。「まあ、人の心を読むのが上手《じょうず》なのね」

ルーシーはなんといったらいいかわからず、肩《かた》をすくめた。「あたしたちの友だちのミセス・マクビティーも、ずっと昔に同じ体験をしたんです」

キャロラインは、大きなため息をついた。「そろそろ落ちついて、仕事にもどらないと。もっと話しあう時間があればいいんだけど。よく考えないとね」立ちあがり、ドアへと向かう。「わたしや父のためにいろいろとしてくれて、あなたたちには本当に感謝してるわ。写真家に復帰してからの父は、いままでで一番幸せそうよ」

「たまたま、運がよかっただけです」と、ルーシー。

「あっ、ちょっと待って」キャロラインはデスクまでもどって、美しい小箱を取りあげ、少しのあいだ、手の中につつみこんだ。「この箱を取ってきた部屋を、いま、思いだしたわ。りっぱなダイニングルームだった。壁《かべ》はうすい緑色で、あちこちに白い飾《かざ》りがあって……」記憶がはっきりしてきて、いったん口をつぐむ。「そうそう、弓と矢を持った女性の、風変わりな白い彫像《ちょうぞう》があったっけ」

「あたし、どの部屋かわかります」ルーシーがいった。

「この箱をもどしてもらえないかしら？　元の場所に？」

「お安いご用です」と、ジャックがこたえる。

ルーシーとジャックは、キャロラインのオフィスを出た。廊下《ろうか》に出たところで、ジャックがいった。「キャロラインは、リストからはずしていいよな。あのコメントを残した張本人とは思えない」

「コメントを残した犯人の手がかりも、あたえてくれそうにないけどね」

「あの鍵《かぎ》を持ってくるのを忘《わす》れるなんて、マジかよ！」ジャックはそういいながら、ルーシーとともに、自宅マンションの近くでバスをおりた。

「まあ、どうせ、こっちにもどらなきゃならなかったんだし」と、ルーシーがなぐさめる。一ブロック歩いて、ジャックのマンションの玄関《げんかん》に着いた。「キャロラインと話せて、よかったね」

「うん。子どものころになにがあったのか、わかってほっとしたみたいだし。ミセス・マクビティーも、そうだったよな」

エレベーターでジャックの家の階へとあがったら、マンションのキッチンテーブルに母親リディアのメモが残してあった。人と会う約束があって、夕食までにはもどるそうだ。「鍵《かぎ》を取ってくる。美術館に行こうぜ！」

ルーシーはジャックを待つあいだに、ミセス・マクビティーから借りた着替《きが》えを、ようじのはしごといっしょに、キャンバス地のななめがけバッグにつめこんだ。ジャックはなぜか、鍵を取ってくるのに手間どっているようだ。

部屋から出てきたジャックは、青い顔をしていた。

「どうしたの、ジャック？」

「鍵がない！　しまっておいたところに、ないんだ！」

「どういうこと？」ルーシーは、ジャックの部屋に飛びこんだ。「見せて！」

ふたりは靴箱《くつばこ》をかきまわし、中身をすべて取りだした。が、魔法《まほう》の鍵はなかった。ひきだしというひきだし、ベッドの下、ベッドの中まで調べたが、どこにもない！

「思いだしてよ、ジャック。最後に見たのは、いつ？」

「この前の火曜日に使ったとき。そのあと、もどしたぞ。ちゃんともどした！」

「お母さんが新しい掃除《そうじ》の人を家に入れたとか、そういうことはなかった？」

「ない」ジャックは、途方《とほう》にくれている。

ふたりともしばらく無言で、頭をフル回転させた。

「そうだ、もうひとつ、可能性がある。この前、母さんが服をクリーニングに出したんだ。その中に、おれが火曜日に着ていた上着も入ってた。サルサソースをこぼしちまったんだ。鍵を靴箱にもどした自信はあるんだけど……もしかしたら……ひょっとしたら……」

「クリーニングって、どこ？」

「母さんは、いつもすぐそこの店に出してる」

「行ってみようよ！」

ルーシーは、エレベーターへと走りだした。すぐあとに、ジャックがつづく。

ふたりは通りへと飛びだし、角をまがって、クリーニング店のドアを勢いよくあけた。ジャックが、カウンターの呼び出しのベルを何度も鳴らす。店員を待つあいだに、ルーシーはレジ横の注意書きに目をとめた。赤い文字で〈ポケットの中の貴重品には、責任を負いかねます〉と記されている。

「はいはい、いま行きますよ！」コンベヤーにカーテンのように吊《つ》るされた大量のビニール製衣料袋の奥から、男の人の声がした。

ジャックが、声をはりあげる。「この前、母さんが服を持ちこんだんですけど、おれ、ポケットに忘《わす》れ物をしたみたいなんです」

ようやくビニール袋のカーテンがあき、男の店員が姿をあらわした。片手に大きなスパナを持っていて、不満そうな顔をしている。「チクショウ、また故障《こしょう》だ！」

「お願いします。上着のポケットを、どうしてもたしかめたいんです」

「半券は？」

「持ってません。でも、緊急《きんきゅう》事態なんです」

「大事な物をなくしちゃったんです」と、ルーシーも口をはさむ。

「半券がなけりゃ、どうしようもないね」

「お願いします！」ルーシーとジャックは、声をそろえた。

店員がため息をつく。「なくした物ってのは？」

「鍵《かぎ》です」と、ジャック。

「家の？　車の？」

「いえ、そうじゃなくて……。アンティークの鍵です」

店員は反応しなかったが、部屋の奥に消え――数分後、靴箱《くつばこ》の三倍は大きい箱を持ってもどってくると、その箱をカウンターにドンと置いた。

「鍵はすべて、この中だ。好《す》きに見てくれ。うちは、ポケットの中身はかならずたしかめてる。鍵は、全部この箱行きだ。といっても、かならずあると保証はできないよ」店員はそういうと、ビニール袋のカーテンの奥へ消えた。金属がぶつかる音がする。

「うわっ、鍵がどっさり！」ルーシーは、早くもやる気をなくしていた。

「さがそうぜ。おれたちの鍵はめだつし……もし、この中にあるならば」と、ジャックが鍵の山に片手をつっこむ。

鍵の形や大きさがこんなにばらばらだなんて、ルーシーは夢にも思っていなかった。しばらくすると、目がぼやけて、すべて同じように見えてくる。おめあての鍵は箱の中にないことは、すぐに明らかになった。

「あの、すみません」と、ジャックが声をはりあげた。「おれの上着のポケットを見せてもらえませんか？　鍵が、ここになかったんで」

店員がカウンターにもどってきて、身を乗りだした。「今日は、いろいろと大変なんだ。半券なしにおたくのジャケットを見つけられると思うなら、いいことを教えてやろう。ここには、服が山ほどあるんだ」

「見せてもらえませんか？」これは、ルーシーだ。

「カウンターの中は、立ち入り禁止だ！」

ルーシーの泣きそうな顔を見て、店員は少し態度をやわらげた。

「悪いがね、うちにはきびしい規則がある。店員はかならず、客の服のポケットをチェックするんだ。でもまあ、こんなこと、いいたくはないんだが、貴重品が所定の箱に行きつくとはかぎらない。不心得者《ふこころえもの》もいるからね」

「落とし物は拾い得ってことですか」と、ジャック。

「だから、そこに注意書きがあるだろ」店員はスパナで注意書きの赤い文字をさすと、「じゃあ、修理にもどらせてもらうよ」と、今度こそ店の奥に引っこんだ。

「サイアク！」ルーシーは、胸にこみあげてきたものをぐっと飲みこんだ。

「おれさ、ぜったい、ポケットに入れっぱなしになんか、してないと思う」ジャックは、ルーシーと自分自身にいいきかせるような口調になっていた。

ふたりは店の外に出て、ジャックの家へ、とぼとぼともどった。

エレベーターの中で、ルーシーが口をひらいた。「もう二度と小さくなれなくても、そのことは、たぶんがまんできると思う。でも、ルイーザにパリを出るように警告できないのは、ぜったいイヤ！　命がかかってるんだよ！」

「わかってる、わかってるって！　鍵《かぎ》をさがそうぜ」

「鍵がなくなったのは魔法《まほう》そのもののせい……ってことは、ない？」ロフトの中をくまなくさがしながら、ルーシーは思ったことを口にした。ロフトの中をさがすのは、これで三度目だ。「たとえば……鍵を長く手元に置きすぎたとか？」ルーシーは、ひそかにその可能性を心配していた。なんといっても魔法の鍵は、ルーシーとジャックの物ではない。

「その可能性はあるよな。そもそも、こういったことが起こりうるなんて、だれにもわからなかったわけだし」ジャックは母親のアトリエの中を、ルーシーはゴミ箱とキッチンの棚《たな》の中を、それぞれさがしまわった。

それから二時間、ふたりはあらゆるところをさがしたが、鍵は本当に消えてしまったとしか思えなかった。

ジャックとならんで息をきらしつつ、ミセス・マクビティー宅の玄関《げんかん》ドアの前に立ったとき、ルーシーは脇腹《わきばら》が痛かった。ふたりともバスを待たず、徒歩《とほ》で二十分の距離《きょり》を全速力で走ってきたのだ。

ルーシーは、ブザーを何度も押《お》した。

ミセス・マクビティーが玄関《げんかん》をあけ、あぜんとしてふたりを見つめた。「おやまあ！　どうしたんだい？」

「ないんです……鍵《かぎ》が……どうしても……見つからない……」ルーシーは息が苦《くる》しくて、しゃべるのがやっとだった。「ミセス・マクビティー……どうやって……ルイーザに……警告すればいい？」

「まあ、お座《すわ》り。ふたりとも。一息つきなさい」ミセス・マクビティーは、ふたりをリビングに通した。「さあて、ひとつずつ順番に、なにがあったか話してごらん」ルーシーとジャックはいままでのことをすべて語り、ミセス・マクビティーはじっくりと耳をかたむけた。

やがてミセス・マクビティーは、不安でしゃべらずにはいられないふたりの話をさえぎった。

「ふたりとも、落ちついて！　くよくよしたって、鍵は出てこないよ。筋《すじ》だてて考えて、ていねいに観察すれば、きっと手がかりが見つかって、答えにたどりつくさ」

「観察するって、なにを？」ルーシーの声は、おびえていた。

「なにもかもさ。おまえさんたちのレポートや、ミニチュアルーム、カタログ、記憶《きおく》をさかのぼるんだよ。わたしも、考えてみるから。そうしたら、見おとしていたささいなことが、思いもよらないことを教えてくれるかもしれない。まずは、当然だと決めてかかっていたことを疑ってごらん」と、ミセス・マクビティーは、やわらかいイスに暗い顔をして座っているふたりを見つめた。「万事休すってわけじゃない」

その晩、ベッドにもぐりこんだルーシーは、疲《つか》れきっていた。ミセス・マクビティーのアドバイスにしたがって、自分の人生を映画に見たて、最近のできごとをふりかえってみた。鍵がちらっと見えないかと期待しながら、一瞬《いっしゅん》一瞬を再現し、物事を別の角度からながめてみる。

しかし、鍵が二度と見つからない可能性を思い知らされただけだった。

ルイーザのことが、心配でならなかった。人の命を救うチャンスがあったのに、そのチャンスをふいにしたと思いながら、これから生きていける？　しかも、ルイーザの命だけではない。ルイーザの家族全員の命だ。

耳にイヤホンをつけ、フランス語の単語をくりかえして記憶していたら、あるフレーズに胸をしめつけられた。

それは「ジュ・ルグレットゥ」――「ごめんなさい」というフレーズだった。

何度も寝返《ねがえ》りを打った。

パリで見た、ぞっとするような建物の前に立っている夢を見た。ぶきみなワシの彫像《ちょうぞう》が屋根に鎮座《ちんざ》している、あの建物だ。その石造りのワシがとつぜん生命をふきこまれ、屋根からさっと舞いおり、追いかけてくる。ただしルーシーが逃《に》げまどう場所は、パリの路上ではなく、自分が住んでいるシカゴの近所だ。巨大《きょだい》な翼《つばさ》が頭上で宙を切る音がした。翼が起こした突風《とっぷう》に、足をすくわれそうになる。するどいかぎ爪《づめ》が肩《かた》をかすめ、シャツがやぶれ――。

ベッドに起きあがったルーシーは、額《ひたい》に冷や汗《あせ》をかいていた。

外は夜明けだ。

目がさめて、肉食の鳥のかぎ爪から逃《のが》れられたことにほっとし、ベッドをおりて、トイレに行った。もう一度眠りたかったが、気持ちを落ちつかせないと眠れそうにない。

ふと、ハンドバッグのことを思いだした。ひきだしから取りだして、そのままベッドにもどり、窓からさしこむ早朝のかすかな光がバッグに当たるよう、枕《まくら》と自分の位置を調整する。

ハンドバッグのビーズとラインストーンが、きらめいた。反射してできた七色の光を、軽い催眠術《さいみんじゅつ》にでもかかったように、うっとりとながめる。デパートで見たどのハンドバッグよりも、心をゆさぶられた。目がくらむほど、まばゆい。バッグを何度もひっくりかえし、全体を飾《かざ》っている繊細《せんさい》な花模様《もよう》をなぞった。

なにもかもていねいに観察しろ、とミセス・マクビティーがいったのは、このことが頭にあったから？

そのとき――感じた。今度は、まちがいない。ハンドバッグが、手の中で熱を持ちはじめている！　最初は指先だけだったが、だんだん手のひらに広がってきた。ああっ、感じる！　輝《かがや》きが、ましてくる！

目をそらさなかった。そらしたら、熱が消えてしまう気がする。熱はさめることなく、ハンドバッグはゆうに十分ほど、生命を宿しているように見えた。

まるで、ルーシーになにかを伝えようとしているかのように――。

このハンドバッグは、なにかの魔法《まほう》を秘めてる？　自分にはわからないなにかが、魔法を引きおこした？　それとも、冬眠していた動物みたいに目がさめた？　いま、いったいなぜ、こんなことが起きてるの？

やがてハンドバッグの熱がさめ、輝きが消えた。

ルーシーは外でさえずりはじめた鳥たちの声を聞きながら、あおむけに寝そべって、ハンドバッグをにぎりしめた。

ルーシーがハンドバッグをにぎったまま、ふたたび目をさましたのは、午前八時近くになってからだった。鳥のさえずりに代わって、キッチンから物音が聞こえる。

あわててはねおき、ハンドバッグを持ってミセス・マクビティーをさがしに行った。

「おや、おはよう。よく眠れたかい？」ミセス・マクビティーは、ボウルに卵を割りいれているところだった。

「こわい夢を見たんです。大きなワシに追いかけられる夢。それで目がさめちゃって。で、ひきだしから、これを取りだしたんです」と、ルーシーはハンドバッグを持ちあげて、ミセス・マクビティーに見せた。「そうしたら、このバッグ、あたしの手の中で熱を持ったんです！しかも、光ってた！」

「本当かい？」といいつつ、ミセス・マクビティーの声に疑いの響《ひび》きはなかった。

「まちがいないです。これをもらった晩も同じことを感じたんですけど、そのときは自信がなくて。気のせいかなって。でも今朝《けさ》は、長時間、熱を持ってたんです。これ、元々はどこにあったものなんですか、ミセス・マクビティー？」

「たしかなことは知らないんだよ。姉の宝物だったバッグでねえ。一度もさわらせてもらえなかったし、どこにあったものか、教えてくれなかった。姉が亡くなったとき、遺品《いひん》が入っていた箱の中にあった物でねえ。もう何年も入れっぱなしだったんだよ」ここで、ミセス・マクビティーは一瞬《いっしゅん》、眉間《みけん》にしわをよせた。「もしかしたら……」

「なんですか、ミセス・マクビティー？」

「可能性は大ありだねえ……姉はミニチュアルームからだまって取ってきて、ずっとだまっていたのかもしれない。ハンドバッグをポケットにすべりこませるのは、かんたんだった。姉とわたしは、交代で部屋に入ったからねえ。ミニチュアルームには持ちあげてもらわないと行けなかったから、ふたりいっしょには入ってないんだよ」

「どの部屋にあったものだと思います？」

「着替《きが》えておいで、ルーシー。朝食のあと、いっしょに調べてみようじゃないか」

ルーシーは着替えながら、心が軽くなるのを感じていた。あのバッグ、本当はどのくらい古いんだろう？　どのていどの魔力《まりょく》があるの？　朝食のオムレツを食べおわるころには、ハンドバッグがきっと答えを出してくれ、ルイーザの元にもみちびいてくれると、ひとりで納得していた。

ミセス・マクビティーもソーン・ミニチュアルームのカタログを持っていたので、ルーシーはミセス・マクビティーといっしょに、ハンドバッグとよく似た模様《もよう》やデザインをさがして、写真をめくっていった。ヨーロッパの部屋のページをめくりおわった時点で収穫《しゅうかく》はなく、ルーシーはがっかりしていた。

「おや、わたしには、意外でもなんでもないよ。アメリカ風のデザインだと、ずっと思っていたからねえ」と、ミセス・マクビティーがルーシーをはげます。

その言葉どおり、A29〈サウスカロライナの舞踏室《ぶとうしつ》〉のページをひらいた瞬間《しゅんかん》、ふたりともラグの模様と部屋の色づかいにはっとした。シルクのあわい緑とピンクと金色はビーズの色と同じだし、ラグの花模様と色づかいはハンドバッグにそっくりだ。ぴったり重なるわけではないが、この部屋ならば、ハンドバッグがあったとしても違和感はない。

「このカタログの写真が撮影《さつえい》されたのは、わたしと姉がミニチュアルームに入ったあと、だいぶたってからだよ」ミセス・マクビティーは、A29の写真を長いあいだ見つめていた。「うん、そうだ、この部屋だ。まちがいないね」

「ジャックに知らせないと。ハンドバッグを例の廊下《ろうか》に持っていって、どうなるか、たしかめなくちゃ！」

8

発見

その日の朝、ジャックはピアノのふりかえレッスンをしぶしぶ受け、そのあとも昼食が終わるまで外出させてもらえず、ミセス・マクビティー宅に着いたのは午後二時すぎになってからだった。

ルーシーとジャックは、シカゴ美術館へと急いだ。なにが起きるだろう、と興奮《こうふん》をおさえきれないルーシーに、ジャックが釘《くぎ》をさした――クリスティナの鍵《かぎ》がないから、魔力のない美術館の鍵を使って、ごくふつうの方法で忍《しの》びこむしかない。それには、うまくタイミングをはからないと。つかまる危険は、デカいぞ。

ルーシーは、落ちこまないようにした。

ふたりともあずける荷物がなかったので、すぐさま地下へとおりた。ビーズとラインストーンの小さなハンドバッグは、ルーシーのななめがけバッグにしまってある。

11番ギャラリーに入り、A29のミニチュアルームへとつきすすんだ。

十秒もたたないうちに、ルーシーはささやいた。「ハンドバッグが、あたたかくなってきた。熱を感じるの。生地ごしに！」バッグをそっとあけ、ジャックといっしょにのぞきこむ。

照明が当たっていないにもかかわらず、ハンドバッグは輝《かがや》いていた。ビーズとラインストーンが、ダイヤモンドのようにきらめいている！　ジャックでさえ、ハンドバッグが発している熱を感じた。ハンドバッグの光が反射して、バッグの中の物も光っているが、ハンドバッグの光より輝きはにぶい。

ルーシーはバッグをしめると、こっちを気にしている者がいないかどうかとあたりを見まわし、「こっちに来て」と、ジャックを横のせまい部屋へ連れていった。子ども用にコンピュータとイスがならべてある部屋だ。そこならからっぽなので、だれにも話を聞かれずにすむ。

「どうする？　あたし、こわくてさわれない。ここに来ても、まだあたたかいよ」

「じゃあ、おれがさわってみる」

「オッケー、でも早くしてね」と、ルーシーがバッグをあける。

ジャックはあたりを見まわすと、片手を入れ、一本の指で光り輝くビーズに触《ふ》れた。とくになにも起きないので、つかむように手のひら全体でつつみこむ。

「ヘンだな。手を近づけると熱を感じるのに、さわったら部屋の温度と同じだ」一分ほど、ハンドバッグに手を置いて、ようすを見た。「ルーシーがやってみろよ」

ルーシーは、おそるおそる人差し指を近づけ――さっと引っこめた。「熱い！　すごく熱いよ、ジャック」

「スゲー！　もう一度、やってみろよ」

ルーシーは同じことをくりかえし、さっきよりは長く人差し指で触れてみた。「熱は広がらない。熱いのは、さわっている指先だけね」なおも指を放さない。「クリスティナの日記のときと同じだわ」

「なにか聞こえるか？」

ルーシーは、クリスティナの日記の前に立ったときに聞こえたチリンチリンという魔法《まほう》の音が聞こえないかと、少しのあいだ、耳をすました。「ううん。なにも」

ふたりは一、二分座《すわ》ったまま、光り輝くハンドバッグがなにを告げようとしているのか、理解しようとした。

「ハンドバッグを、もっとよく見せてくれ」

「ジャックが取りだしてよ」

ジャックがバッグに手をつっこみ、ビーズとラインストーンのハンドバッグを取りだした。膝《ひざ》に置いたハンドバッグが光っているのを通りがかりの人に見られないよう、11番ギャラリーに背を向ける。

ハンドバッグには、ルビー色のラインストーンがついた小さな留《と》め金があった。それを押《お》したら、バッグがあいた。内側には、サテンの布が張ってあった。光線があふれだし、目がくらみそうになる。

「うわあ！」ジャックの顔が光線に照らされた瞬間《しゅんかん》、ルーシーはそれしか言葉が出なかった。

ジャックはハンドバッグに片手をつっこみ、しばらくようすを見ると、中を手さぐりしはじめた。光は、金色の布の下のある一点から四方八方に広がっているようだ。

「この中に、なにかあるな」布を指でなぞっている。「なにか、かたいものが」

「ホント？　表のビーズが手にあたってるだけってことは、ない？」

「いや。手ざわりがちがう。平べったいものだな。大きなコインみたいな」ジャックはポケットに手をのばし、アーミーナイフを取りだすと、ハサミを引きだした。

「ちょ、ちょっと、なにをするの？　ジャック！　切っちゃダメ！」ルーシーは、ぎょっとした。

「縫《ぬ》い目に沿って、糸をほどくだけだよ。あとで縫いあわせれば、いいだろ」

「バッグがだめになっちゃう!」ルーシーは、声を荒《あら》らげた。

「裏地《うらじ》の中に、なにかかくしてあるんだ。つきとめないと! だいじょうぶ、マジで気をつけるから」

ルーシーの頭の中を、さまざまな考えがよぎった。なにかかくしてある? それはなに? だれがかくしたの?

「わかったわ」ルーシーは、深いため息をついた。

ジャックが裏地をやぶらないように気をつけながら、縫い目の細い糸を器用に切っていく。二センチほど切ると、指を一本、すきまに入れて動かし――にやりとして、ルーシーを見た。

「なにがあるの?」

「まだ、わからない」ジャックは指が二本入るよう、さらに縫い目をいくつか切り、人差し指と中指で平たい金属片を一枚そっと取りだし、手のひらに落とした。二十五セント硬貨《こうか》よりわずかに大きい金属片で、点滅《てんめつ》している。ハンドバッグはゆっくりとかげっていき、輝《かがや》きが消えた。

「これ、なに?」ルーシーは驚愕《きょうがく》して、ジャックにたずねた。

クリスティナの鍵《かぎ》とは似ても似つかない金属片だ。凝《こ》った飾《かざ》りはない。安っぽい錫《すず》か銅でできていて、デザインはいたってシンプル。傷だらけで、すり減っていて、形はおおよそ四角形。

対角線上に文字と数字が刻《きざ》まれており、角のひとつに穴がひとつあいている。もし地面に落ちているのを偶然《ぐうぜん》見つけたら、だれも貴重品とは思わないだろう――光っているという事実をのぞけば。

「なんて書いてあるの？」金属がかなりけずれているので、文字が読みにくい。「チャ……かな。あとは数字。５８７……。文字がまだあるわね。ええっと……隷《れい》という字に……１８３５。なんだろ、これ？」

「さあ。ボロボロのペット許可証か、軍人の認識票っぽいけど」と、ジャックは首をふった。「とにかく、ためしにさわってみろよ、ルーシー」

ルーシーはまず、まわりに人気《ひとけ》がないことをたしかめた。ジャックが、ルーシーに金属片をわたす。ルーシーが触《ふ》れたとたん、摩訶《まか》ふしぎな金属片は輝《かがや》きをまし、魔法《まほう》の鍵《かぎ》と同じように指先から熱が広がった。ほぼ同時にTシャツの襟《えり》がゆるくなり、すっかりおなじみになったあの変化が始まり――。

ルーシーは三センチもちぢまないうちに金属片をジャックの手のひらにもどし、とつぜんの風に吹《ふ》かれて顔にかかった髪《かみ》をかきあげた。

ジャックは目の前で起こりかけたことに驚《おどろ》いたが、ショックから立ちなおると、すぐににやりとした。「これで、ルイーザに警告しに行けるようになったな！」

ルーシーは、心底ほっとした。「魔法の鍵と同じように、ジャックもちぢめるといいんだけど」

「やってみるしかないな」

ギャラリーにもどったら、客が増えはじめていた。ふたりは、ミニチュアルーム裏《うら》の廊下《ろうか》に入れるドアのそばに立った。

「なあ、気のせいかもしれないけど、あそこの警備員、こっちを見てないか？」と、ジャックがささやく。

ルーシーは、警備員のほうをちらっと見た。「念のため、少しのあいだ、こっちに行こうよ」と、ドアの前を離《はな》れ、アメリカのミニチュアルームコーナーに向かい、A1の部屋の正面に立った。セーレムの魔女裁判の時代の、マサチューセッツ州の部屋だ。

ルーシーが、はっとしていった。「ねえ、ジャックも気づいてる？　それとも、あたしだけ？」

「えっ、どうした？」

「トマスのメイフラワー号よ！　消えてる！」

「位置を変えたとか？」

ふたりとも目をこらしたが、メイフラワー号の模型《もけい》はどこにもなかった。

「最初は地球儀《ちきゅうぎ》。つづいてメイフラワー号よ」と、ルーシー。「ほかに、なにが消えてるんだろう？」

「ますます、おかしくなってきたな」

ギャラリーの中を、大家族がゆっくりと移動していく――。その家族がいなくなるのを待って、ルーシーはようやく、ジャックに合図してもどった。もう一度、周囲に人の気配がないのをすばやくたしかめてから、ジャックが金属片をルーシーの手のひらに置き、そこに自分の手を重ね、魔法《まほう》の金属片をたがいの手ではさむ。

ルーシーは、手のひらに熱を感じた。そよ風が吹《ふ》いてきて、変化が始まった。

しかし、違和感があった。寒い朝、ベッドから出たばかりのときのように、体がこわばっていた。顔をあげ、壁《かべ》のくぼみの天井《てんじょう》がどんどん遠ざかり、空のように広がっていくのをながめる。

と――とつぜん、動きが止まった！

ルーシーとジャックは、顔を見あわせた。ふたりとも変化が止まっていたが、いつもの十三センチまではちぢんでいない。三十センチはある。この大きさでは、ドアの下のすきまをくぐれないし、目立ちすぎる！

どうしたらいいか、ルーシーはすぐには思いつかなかったが、ひとつだけ、はっきりしていた――あたしたち、大きすぎる！

ルーシーは、頭にうかんだ唯一《ゆいいつ》の方法を取ることにした。そう、金属片を手放すのだ。ところがそのとき、エンストしたエンジンがまた動きだしたみたいに、周囲がぐるぐるとまわりながら大きくなっていき、身長が十三センチになった時点で止まった。ふたりはでこぼこのカーペットにつっこみ、ドアのすきまに飛びこんだ。

と同時に、ふたりの子どもが角をまがり、ドアの前を通りかかった。

「おい、いまの、見たか？」男の子の声がした。「どデカい虫が、あのドアの下をくぐったぞ」

「うわっ、ヤバかった！」と、ジャック。「こいつの魔法は、鍵《かぎ》ほど早くは効かないんだな」

「長いこと使われてなかったから……とか？」

「うん。かもな。おれたちがちぢむのを、だれかに見られたかな？」

「どうだろう？　だいじょうぶだとは思うけど」ルーシーは、不安そうな声でこたえた。「元の大きさにもどるのは、この廊下《ろうか》を進んでからにしようよ。念のために」

ミニサイズのルーシーとジャックは、E27〈ルイーザの部屋〉をめざして廊下を進み、角をふたつまがったところで、とつぜん立ちどまった。

背後で、ドアの鍵《かぎ》があく音がしたのだ！

「走れ！」ジャックが、ささやく。

ふたりは壁《かべ》の幅木《はばき》につかまりながら、おびえたネズミのようにあわてて走り、廊下《ろうか》のつきあたりにある日本の部屋の下に来るまで足を止めなかった。

足音につづき、複数の声が聞こえてきた。会話をなんとか聞きとれる。

「ここです。ほら、あそこ」女性の声がした。

「ドーラの声よ！」ルーシーは、思わず息をひそめた。

「ここの電球は、しょっちゅう切れかかってるんだ」今度は男性の声だ。「教えてくれて、ありがとう」

金属の触《ふ》れあう音と、ドーラが男性に話しかける声がした。どうやら男性は、電球をかえにきたメンテナンス担当者のようだ。

「しばらく脚立《きゃたつ》を置いといてもらえませんか？」ドーラが男性に頼《たの》んでいるのが聞こえた。「ここでメモを取るときに、腰《こし》かける場所がなくて。この脚立、ちょうどいいんです」

「いいですよ、お嬢《じょう》さん。いらなくなったら、メンテナンスの者に知らせてください」

「ありがとうございます」

そして、ふたたびドアを開閉する音がした。

ルーシーは、ジャックを見た。「いなくなったかな？」

「たしかめよう」

ミニサイズのふたりの足音などだれにも聞こえるわけがないので、足音をひそめても意味がないのだが、ルーシーはつい忍《しの》び足になっていた。ジャックがあとにつづく。壁にはりついたまま、角にくるたびに顔をのぞかせ、ようすを見た。ドーラが廊下をどこまで進んだか、それともじっとしているかどうか、まったくわからない。ばったり出くわしてしまう恐《おそ》れがある。

最後の角にたどりつくと、脚立が見えた。ドーラの姿は、どこにもない。廊下の端《はし》のドアは、きっちりとしまっている。出ていったらしい。あとで使うために、脚立を置いていったのだろう。だが、それがいつになるかはわからない。明日かもしれないし、五分後かもしれない！

「ルイーザをさがしに行こう」ジャックが、きっぱりといった。

「でも、ドーラがもどってきたら？」

「そんなことは、関係ないさ」

「そうだよね」といいつつ、ルーシーは不安をぬぐえなかった。ドーラが脚立を置いていってくれと頼んだのが、気にかかる。ルーシーは、ていねいに観察しろ、というミセス・マクビティーの忠告にしたがおうとしていた。ちゃんと、おぼえておこうっと！

ルイーザの部屋は廊下《ろうか》の反対側にあるので、元の大きさにもどったほうが手っ取りばやい。ルーシーは金属片をポケットから取りだし、ジャックにもう片方の手をさしだした。

この金属片の魔法《まほう》は、とちゅうで切れてしまうかもしれない。さっき、ちぢむのが止まったのは、魔法が切れたからかも――。ルーシーは心配だったが、それを口にはしなかった。

幸いなことに今回はとちゅうで止まったり、おそくなったりすることはなく、スムーズに大きくなれた。もしかしたら、金属片はウォーミングアップをしているのかもしれない。

E27の部屋まで来ると、ルーシーはバッグからようじのはしごを取りだして、ミニチュアルームの下枠《したわく》に吊《つ》るした。「服も入れてきたよ」と、小さく丸めた自分用の衣装と、ジャック用のシャツとズボンを引っぱりだす。

背中あわせになって着替《きか》え、「オッケー！」と声をかけあって、向かいあった。

ジャックがルーシーを見て、いった。「ヘンなの！」

「ジャックもあたしも、靴《くつ》がヘンなのよ。このバッグには、古い靴が入らなかったんだもん」

「アメリカではこういう靴をはくことにしておこう。ま、気にする人がいたらだけど。よし、小さくなろう」

ルーシーは金属片をはさんで、ジャックと手をつないだ。と、そよ風が吹《ふ》いてきて、年代物の服がちぢみだし、今回はクリスティナの鍵《かぎ》と同じように、いっそうスムーズに小さくなれた。金属片の魔法は、ウォーミングアップを終えたようだ。

ようじのはしごをせっせとのぼり、E27の部屋の下枠までたどりついた。枠のすきまからのぞいたら、パリの美しい書斎《しょさい》の屋上庭園が見えた。ギャラリーの正面ガラスからのぞいている客はいない。ふたりは書斎を走ってつっきり、ドアからバルコニーに出た。らせん階段を飛ぶようにして、一気にかけおりる。

そして、あっという間《ま》に、パリの歩道に出ていた。

スニーカーをはいていることをのぞけば、ルーシーもジャックも一九三七年のパリっ子に見えた。この前と同じように通りには人があふれていたが、今日のふたりはできるだけ早くルイーザを見つけたくて、通りの人々には目もくれなかった。トロカデロ庭園へとつきすすみ、幅広《はばひろ》の階段をかけおりて、ルイーザの家のあるタッセ通りへと右にまがる。

「住所、おぼえてる?」ジャックがたずねた。

「七番地よ。まちがいないわ。端《はし》から二番目だって、いってた」ルーシーは、記憶《きおく》をたどった。

八つか九つのドアを通りすぎた。美しい木彫《きぼ》りのドアばかりだ。どのドアもかなり大型で、真ん中に真鍮製《しんちゅうせい》の大きな丸いドアノブがある。アメリカの玄関《げんかん》ドアとは、ぜんぜんちがっていた。ひとつひとつのドアが個性的で、みごとな彫刻《ちょうこく》のほどこされたドアもあれば、シンプルなドアもある。

七番地のドアの前に来たら、ブザーのとなりに金属製の表札があった。

「ここよ。マイヤー、四階って書いてある」ルーシーが表札を読み、ブザーを押《お》そうとしていたジャックの腕《うで》をつかんだ。「待って。ルイーザの家の人たちになんていうか、まるっきり考えてないじゃない。説得力がないと、だめでしょ」

ジャックが肩《かた》をすくめる。「かんたんさ。こういうんだ。うちの父さんが商売をしていて――」

「なんの商売?」

「貿易商だな」ジャックが、思いつきでいう。

「なに、それ?」

「言葉のとおり、さまざまな国と貿易をする仕事。うまくいくさ。とにかく、父さんは世界中の会社の重役と話をしてるっていうんだ。で、この前ルイーザと庭園で出会った話をしたら、ルイーザ一家はこのままパリに残らないといいんだが、と父さんがいったことにしよう。ユダヤ人はナチスから逃《のが》れるために、できるだけ早くイギリスかアメリカに行くべきだ、ってね。かんたんだろ」

「信じてもらえなかったら？」

「このブザーを鳴らさなかったら、信じてもらえるかどうか、永遠にわからないぞ」と、ジャックがブザーを押す。

返事を待った。もう一度、ジャックがブザーを押す。返事はない。さらにもう一度、押してみた。ルーシーもジャックも、留守だなんて、考えもしなかった。

ちょうどそのとき、ひとりの女性が、ふたりのすぐ横にある一階の窓から顔を出した。見るからに無愛想《ぶあいそう》で、深いしわのきざまれた顔は、白いレースのカーテンや窓辺の植木鉢《ばち》の赤いゼラニウムとみごとに対照的だ。

「ヴ・シェルシェ・ケルカン？」その女性が、ぶっきらぼうにいった。

ルーシーは、すくみあがった。返事してくれよと、ジャックがルーシーを見る。

「レペテ、シルヴプレ？」もう一度いってください、と頼《たの》めば、とりあえず時間かせぎにはなるだろうとルーシーは思った。

女性が同じフレーズをくりかえした。スピードは変わらないが、まちがいなく声は大きくなっている。

今度は頭がちゃんと回転し、ルーシーはほほえんだ。「ヌー・シェルション・ラ・ファミーユ・マイヤー、シルヴプレ」ジャックのほうを向いて、意味を説明する。「マイヤーさんのご一家をさがしてるんです、って伝えた」

「ラ・ファミーユ・マイヤー・ネ・パジィスィー」女性が、かみつくようにいう。

「ここにいない？」ルーシーが女性の言葉を英語でくりかえし、あわててフランス語でたずねた。「ウー・ソンティル？」

「ア・ラ・カンパーニュ。イル・ルヴィアンドロン・ヴァンドルディ」

「なんだって？」ジャックがたずねる。

「田舎にいるって。金曜日がなんとかっていってるような……」ルーシーはよくわからず、「ヴァンドルディ？」と、ききなおした。

「ウイ！　ジェ・ディ・ヴァンドルディ」女性はそういうと、ハエを追いはらうかのように、ルーシーとジャックに向かって強く息を吐《は》きだした。

「フランス語がわからなくても、友好的《ゆうこうてき》でないことはわかるな」女性がカーテンの奥に消えると、ジャックがコメントした。女性の部屋の中から、ラジオの音が聞こえてきた。さっさと失せろといわんばかりに、その音がどんどん大きくなる。「で、なんていってたんだ？」

「きっと……百パーセントまちがいないとは、いいきれないんだけど……マイヤー一家は田舎に出かけていて、金曜日にもどってくるって」ルーシーは、大きなため息をもらした。ルイーザに危険を知らせるという仕事が、重くのしかかってきた。なにがなんでも果たさなければならない使命のように思える。その使命をやりとげて、ルイーザに危険がおよばなくなったことを確認したい。

「じゃあ、土曜日にもどってくればいいんだな」ジャックは、どこまでも脳天気だ。「うちの母さんと、シカゴ美術館のパーティーに行くことになってるだろ。そのときに、忍《しの》びこめる」

「でも、この世界も土曜日だっていいきれる？」

「ソフィーに会いにもどったとき、時間の流れは同じだったよな？」ジャックのいうことは、もっともだ。

「うん、そうだね」

「それに、おれたちには他にどうしようもないだろ？」

9

フィービー

ジャックは、腕《うで》時計で時間をたしかめた。「母さんは、おれたちが夕方までもどらないと思ってる。サウスカロライナの部屋をのぞいて、例のハンドバッグがそこにあったものかどうかたしかめる時間は、たっぷりあるぞ」

「アメリカコーナーにいるあいだに、トマスのメイフラワー号がありそうな場所について、しらべてみようよ。ミセス・マクビティーがいってたように、よーく観察して、手がかりを見つけるの」これは、ルーシーだ。

パリの通りを引きかえしながら、ルーシーはあちこちの窓辺に手入れのいきとどいた植木鉢《ばち》が置いてあることに気づいた。店のドアの上には、どんな店かわかるような絵とともに、美しくデザインされた文字の看板がかかげられている。パン屋の看板にはケーキの絵、おいしそうなチーズや、洗練された靴《くつ》と帽子《ぼうし》の絵を飾《かざ》っている店もある。パリは、住むにはすばらしい場

所のようだ。広い通りを散歩したり、歩道のカフェやレストランでくつろいだりする人々がおおぜいいる。

ここがナチスに占領《せんりょう》されるとき、パリは地獄《じごく》を見るにちがいない。もしナチスが追放されなかったとしたら、どれだけおぞましいことになっただろう。同じようなことが、シカゴに住んでいるあたしの身に起こったりしたら？

想像できなかった。

ふたりはらせん階段をのぼり、すぐにミニチュアルームの裏《うら》の廊下《ろうか》にたどりつき、下枠《したわく》からジャンプして元のサイズにもどった。そして毛糸とようじのはしごを丸め、ルーシーのバッグにしまうと、元の服に着替《きか》え、粘着《ねんちゃく》テープのクライミングルートへと向かった。

このクライミングルートをたどれば通風孔《こう》へ、そこからギャラリーの天井裏《てんじょううら》のダクトへと入り、アメリカコーナーの廊下に出られる。通風孔は縦《たて》二十五センチ、横六十センチほどなので、ミニサイズにならないと通りぬけられない。通風孔の高さは、床《ゆか》から約二メートル半。フルサイズだとそれほど高いとは思わないが、ミニサイズになると九階建てのビルをのぼるようなもので、尺度のあまりのちがいに気が遠くなりそうになる。

ルーシーは、自分の発明品に誇《ほこ》らしげに見とれた。べとつく面を表にした一本の粘着テープを二本の粘着《ねんちゃく》テープではさんでとめた、特製のクライミングルートだ。

そのルートの前で、ジャックが魔法《まほう》の金属片をはさんでルーシーと手をつなぎ、ふたりともちぢんだ。下からだととてつもない距離《きょり》に思えるが、ほかに方法はない。

ルーシーはバッグが背中にきちんとくっつくように調節すると、粘着面に両手をつけて、のぼりはじめた。特製クライミングルートののぼり方を、まだ忘《わす》れてはいなかった。ぐらついたらまずいので、離《はな》すのは片手か片足のみにし、左手、右手、左足、右足——と、くりかえす。そのあとに、ジャックがつづいた。ルーシーもジャックも、これが日課であるかのようにうまくのぼれる。そのことに、ルーシーは驚《おどろ》いていた。

粘着テープのクライミングルートはよい状態だったが、ほこりがたまっていた。それが、ミニサイズの手には、パンくずのようにごわつく。

手と足を交互《こうご》に動かして、頂上に近づいた。ところが通風孔《こう》にたどりつこうとしていた、まさにそのとき、入り口のドアの鍵《かぎ》があく音がした。

「急げ！　通風孔に入れ！」と、ジャックが指示した。そのまえに、ルーシーはすでに入ろうとしていた。ふたりは腹ばいになり、通風孔の縁《ふち》から、眼下の広大な空間をのぞいた。こっちへ歩いてくる、ふたりの作業着姿の男が見えた。ひとりは、道具箱を持っている。

マズい――。

片方の男がいった。「このあたりだ。通風孔の近く。あっ、あった」

ふたりの男はルーシーとジャックの真下に立ち、三本の粘着テープをしげしげとながめていた。片方の男が、頭をかいた。「なんだよ、これ。いったいぜんたい、なんのためにあるんだ?」

男たちの視線が、床《ゆか》から通風孔へと粘着テープをたどる。

ルーシーとジャックは、見つからないようにさがった。

男たちは道具箱をあけ、先端《せんたん》が平たい道具を二本取りだすと、粘着テープを壁《かべ》からはがしに取りかかった。「時間がかかりそうだな」ルーシーとジャックにとって、唯一《ゆいいつ》の逃《に》げ道をはがしながら、片方がいう。

ルーシーとジャックは、通風孔の暗がりへとさらに腹ばいでさがった。

「ヤバい」ジャックが、ひそひそ声でいった。

「あのふたりが、まだアメリカコーナーには行ってなくて、向こう側のルートをはがしていないことを、祈《いの》るのみね」ルーシーも、ひそひそ声でいう。

「もしはがされていたら、通風孔からジャンプするしかないな」

ルーシーは、前に通風孔からジャンプして床に激突《げきとつ》したことを思いだし、うめいた。「先に進んだほうがいいよね」と、立ちあがる。「懐中電灯《かいちゅうでんとう》は？」

「今日は、持ってこなかった。行けるか？」

「うん」

まさに真っ暗闇《くらやみ》で、ふたりともさらに体が小さくなった気がした。前回ここを通ったときは、とつぜん後ろから吹《ふ》きつけてきた温風につんのめったが、今回はたおれなかった。今回の風は、エアコンの冷風だ。直前に低く響《ひび》く音を聞きつけて、ふたり同時に姿勢を低くし、背中に冷風を感じながら進んだ。

百歩ほど進んだら、アメリカコーナーのミニチュアルームからもれてくる、かすかな光が見えてきた。スピードをあげて通風孔《こう》の縁《ふち》にたどりつき、ふたりとも四つんばいになって、テープの粘着面《ねんちゃくめん》を手さぐりでさがした。

「あっ、まだある！」と、ジャック。「おりられるか？」

「うん」

ジャックが先におり、とちゅうで「ゲゲッ！」と声をあげた。粘着テープに、ほこりだけでなく、おりたまま逃《に》げられなくなったハエが二匹《ひき》、はりついていたのだ！ルーシーのひじから手首までと同じくらいの体長がある。虫の死骸《しがい》をこんなに間近で見ることになるとは、ルーシーもジャックも予想していなかった。動きをうばわれたハエの全身に生えた体毛は、かたくてとがっていた。何百もの球体が集まった目は作り物めいていて、関節のある脚《あし》は機械じかけの発明品のようだ。

「でも、羽《はね》はちょっときれいね」片方は前に自由にしてやったハエだろうか、といぶかりながら、ルーシーは感想をのべた。

下枠《したわく》までおりると、ジャックが先にトマスの部屋に行こうといったので、ふたりは下枠をA1へと走り、メインルームの手前で立ちどまった。ベッドがふたつあるせまい部屋だ。

「のぞいてみようぜ。メイフラワー号の模型《もけい》はあるかな?」ジャックがたずねた。

模型がありそうな場所などあまりなかったが、ふたりとも必死に目をこらし、ふたつあるベッドの下や、小さな棚《たな》の中など、くまなくさがした。つづいて、物陰《ものかげ》からメインルームをのぞきこんだ。メイフラワー号の模型は見あたらない。チャンスをうかがって、メインルームに入り、戸棚のひきだしをつぎつぎとあけた。すべてからっぽだ。背もたれが高いイスの裏《うら》を見てから、外の十七世紀の世界へつながる通路にも出てみた。ここにもない。

ルーシーは、トマスに会いに行きたくなった。とそのとき、あることに気づいた。

「ジャック、見て!」戸口に立ち、窓から外をのぞいている。「ここ、本物の世界じゃない!」

ジャックがやってくる。ふたりの目に映ったのは、以前、魔女狩《まじょが》りの暴徒に追いかけられたほこりっぽい通りではなく、ジオラマの絵だった。顔をあげたら、陽光がわりの蛍光灯《けいこうとう》まで見えた。「日本の部屋の庭と同じよ！」

「なぜだ？」ふたりとも、作り物のジオラマを見つめた。「本物の世界を作りだしてるのは、金属片じゃないってことかな？」

「わかんない。パリの部屋では、問題なかったよね。本当に金属片が世界を作りだしているのだとしたらだけど」ルーシーはよどんだ空気を吸いながら、あたりを見まわした。「本物の世界を作りだしてるのは、別の物じゃないかな。記録保管所に、ソーン夫人がミニチュアルームを活気づける品々について語った文献《ぶんけん》があったじゃない？　部屋を活気づけるというのは、その部屋に命をふきこんで本物のようにするという意味だって、うちのパパが説明したのを、おぼえてる？」

「そうか！　メイフラワー号の模型《もけい》か！」ジャックは、ルーシーのいいたいことを理解していた。

「うん、そう。メイフラワー号の模型とか、ソフィーの日記とか、そういう歴史のある品々のおかげで、ミニチュアルームはタイムトラベルの出入り口になってるのよ。そうに決まってる！」ルーシーは、確信していた。「メイフラワー号の模型がないから、外の世界は本物じゃないのよ！」

「きっとソーン夫人も知ってたんだな」

「ソーン夫人がやとった職人の、少なくともひとりは知ってたんじゃない？」

「よし、これも魔法の謎《なぞ》のリストにくわえよう。ミニチュアルームの中の歴史ある品が、ジオラマを本物の世界にする、って」

「メイフラワー号の模型、どこにあるのかな」と、ルーシーは部屋の中をざっと見まわした。

「ここには、ないな」と、ジャックがいいきる。「それは、まちがいない」

「メイフラワー号の模型がないと、世界を丸ごと盗《ぬす》まれちゃったみたいだね」


A29〈サウスカロライナの舞踏室《ぶとうしつ》〉に入るのは、むずかしかった。ドアが完全にしまっているので、ギャラリーからミニチュアルームをのぞいている客がいるかどうか、たしかめられないのだ。ドアに耳をつけたが、ヒントが得られない。

ドアは、あきらかに長年あけられたことがなかった。ミセス・マクビティー姉妹が入りこんだとき以来、ずっとしまっていたのかもしれない。ノブはかたく、まわしたらきしんだ音がした。

そっと押《お》しあけたルーシーは、すぐさまギャラリーの声を耳にし、ドアを少しあけたままの状態ですくみあがった。

「たったいま、あのドアが動いたわ。見た？」声からすると、年配の女性のようだ。

年配の男性の声がした。「いや、なにも見えないぞ。エアコンのスイッチが入って、風に押《お》されたんじゃないか」

「そうね、そうよね」さきほどと同じ女性の声がした。

ルーシーとジャックの位置からは、反対側の壁《かべ》にかかった楕円形《だえんけい》の鏡が見える。その鏡には、A29を通りすぎていく客の頭のてっぺんが映っていた。

ルーシーとジャックは鏡を見つめ、部屋に入るタイミングをうかがった。

部屋に入ったルーシーは、驚《おどろ》きをかくせなかった。舞踏室《ぶとうしつ》というので、もっと広い部屋を想像していたのだ。部屋の奥には凝《こ》った装飾《そうしょく》のピアノが一台、その両脇《りょうわき》には優雅《ゆうが》なハープと竪琴《たてごと》のような楽器――学校で古代ギリシャの勉強をしたときに、似た楽器を見たことがある――が一台ずつ。暖炉《だんろ》の横には、緑色のシルクのカバーがかかった、ふっくらしたソファーがある。

正面手前にある、金縁《きんぶち》の背の高い木製の飾《かざ》り戸棚《とだな》へと近づいた。ガラス扉《とびら》にはカーテンがかかっていて、棚の中身は見えなかった。のぞきたくて、たまらなくなる。

ラグの三方の隅《すみ》にそれぞれ置いてあるイスは、ミセス・マクビティーからもらったハンドバッグと、感じがよく似ている。

そうだ、ハンドバッグ！

ルーシーはいそいでななめがけのバッグをあけて、のぞきこんだ。思ったとおり、ハンドバッグのビーズとラインストーンが、かすかに点滅《てんめつ》している！　裏地《うらじ》の中に金属片がかくされていたときほどではないが、それでも不自然に光っている。なぜ？　金属片は、あたしのポケットの中なのに？　なにが原因で光ってるの？　金属片が熱を持っているかどうか、ポケットに手を入れてたしかめようとしたそのとき、「ゲッ！」というジャックの声がして、腕《うで》をつかまれた。

ジャックがルーシーを引っぱって、ポーチへとつづく両開きのフレンチドアへと部屋をつっきる。あわてて出た直後、正面ガラスに三人の子どもがあらわれた。

ふたりが飛びだした先は、白く塗《ぬ》られた、屋根つきの広いポーチだった。空気はよどんでいて、シカゴよりもはるかに暑いが、鳥のさえずり、人の声、通りの騒音《そうおん》が、まちがいなく聞こえてくる。ここの世界は本物だ！

ポーチの階段をおりたら、通りに面した玄関《げんかん》らしきものがあった。家ではなくポーチにつながる玄関なんて、ルーシーもジャックも見たことがない。玄関のとなりには派手《はで》に飾りたてた錬鉄製《れんてつせい》のフェンスがつづき、ふたりのまわりには広大な庭が広がっていた。

「ここ、どこだ？」ジャックがたずねた。

「サウスカロライナ州のチャールストンね。カタログに、そう書いてあったから。一八三五年より前だと思う」

「スゲー。南北戦争より前だな」と、ジャックが通りに目を走らせた。ふたりの立っている位置からだと、フェンス越しに交差点の角が見わたせる。その光景は、シカゴとはぜんぜんちがっていた。どの時代のシカゴとも似ていない。「ヤシの木だ！」

ヤシの木々の周囲には、人の行きかう町が広がっていた。二輪馬車や四輪馬車、白い優雅《ゆうが》な家々、日々の生活を送るおおぜいの人々――。ルーシーもジャックものぞきに行きたかったが、現代の服装のままでは目立ちすぎてしまうことに気づいた。この時代の女性はフリルつきの大きくふくらんだスカートと凝《こ》った襟《えり》のドレスを着て、ボンネットをかぶっている。男性はタキシードのような服装だ。暑いのに、さっぱりとしたかっこうの者は見あたらない。

「南北戦争の前ってことは、この中に奴隷《どれい》がいるってこと？」アフリカ系アメリカ人がめだつことに気づいて、ルーシーがたずねた。

「うん、たぶん」

白人が乗った四輪馬車を、黒人が御者《ぎょしゃ》として走らせているのが見えた。街角の屋台で物を売っている人も、元は奴隷だったのかもしれない。籐《とう》を編《あ》んで作った美しい縞模様《しまもよう》のかごといった、台所用品や家庭用品を売っている。

ルーシーは、通りから自分たちのいる庭へと視線をうつした。「この庭、どこまでつづいてるのかなあ」花とハーブがならぶレンガの通り道を歩きだした。遠くに見えるこんもりと茂ったオークの木々の向こうには、A29の舞踏室《ぶとうしつ》の正面にそっくりの建物がふたつ建っている。その建物と建物のあいだは、芝生《しばふ》ではなく、香りのよい花々と低木が一面にふんだんに植えてあった。ルーシーにはかぎなれていない、むせかえるような強烈《きょうれつ》な花のにおいがする。バラ園、手入れのいきとどいた小さな迷路、小さな噴水《ふんすい》とベンチのある場所——。家の中のインテリアのように、外も部屋ごとにデザインされているかのようだ。雑草は一本も見あたらず、落ち葉も一枚もない。

「みごとね」と、ルーシー。

「ありがとうございます、お嬢《じょう》さま」という声に、ジャックとルーシーが仰天《ぎょうてん》してふりかえったら、同い年ぐらいの少女が立っていた。肌《はだ》は黒く、髪《かみ》を何列にもわけてきつく編みこみ、通りで見かけた女性たちよりも質素な服を着ている。丈《たけ》は足首のすぐ上、色はくすんだ茶色のドレスで、さらさ染めの着古した布製のゆったりとしたジャンパースカートを、エプロンのようにつけている。手には、大きなじょうろをにぎっていた。「スミス家をお訪《たず》ねですか？」その少女は、好奇心《こうきしん》と警戒心《けいかいしん》がまざりあった表情で、ルーシーとジャックの服装をながめていた。言葉には、南部なまりが強い。

「うん、そうだよ」ジャックが、すかさずこたえた。ジャックの機転に、ルーシーはいまではすっかり慣れていた。「おれはジャック。こっちはルーシー。シカゴから来たんだ」

「北部の町ですか？」

「そうよ」これはルーシーだ。「でも、ここに長くいるわけじゃないの。通りかかっただけ」

「それは、旅行用の服ですか？」少女が、ふたりを上から下までじろじろと見た。とくに靴《くつ》が気になるようだ。

「うん」と、ジャック。「きみの名前は？」

少女はその質問に驚《おどろ》いたらしく、少しのあいだジャックを見つめてからこたえた。「フィービーです」

「ここ、本当にきれいな庭だね」と、ジャックが青々とした木々を見わたした。「ここで働いてるの？」

「はい。父ちゃんといっしょに。父ちゃんが、ここの責任者なんで。ギリス家におつかえしてるんです」と、フィービーは庭のはるか向こうにある広大な邸宅《ていたく》を指さした。「母ちゃんはお屋敷《やしき》で働いていて、あたしも来年はお屋敷に入るんです」

「お屋敷で、なにをするの？」ルーシーがたずねた。

「お給仕に決まってるじゃないですか！」世にもくだらない質問だといわんばかりに、フィービーがこたえる。

「シカゴでは、使用人とは暮らさないのよ」ルーシーは、それで説明がつくといいのだけれど、と思いながらいった。

「じゃあ、使用人はどこに住んでるんですか？」と、フィービーがたずね、

「ルーシーは、使用人がいないっていってるんだ」と、ジャックが説明した。

「ああ。聞いたことがありますよ。北部の話は」北部が別の惑星《わくせい》であるかのようないいかただ。フィービーは、想像できないことを聞いたかのように首をふった。「北部の人たちは、どんなふうに暮らしてるんですか？」

「問題なく、暮らしてるわ」とルーシーはこたえたものの、フィービーの質問の意味がよくわからなかった。仲良く暮らしているか、という意味？　それとも、奴隷《どれい》なしで毎日どうやって暮らしているか、という意味？

そのとき、フィービーが目を見ひらいた。「早く。ついてきて」花をつけた大きな茂みをまわり、人目につかない片隅《かたすみ》にある納屋へと、ふたりを連れていく。「入って」ドアをあけ、入れと身ぶりでしめした。

そこは、植物を鉢《はち》植えで育てるための納屋だった。壁《かべ》に打ちつけた釘《くぎ》に、園芸用品がきちんと吊《つ》りさげてある。作業台の上の小さな窓から、陽光がさしこんでいた。「少し、ここで時間をつぶさないと！」

「なぜ？　なんのために？」ジャックがたずねた。

「あの声が聞こえなかったんですか？」これは、フィービーだ。

「声なんて、聞こえなかったけど」と、ルーシーがこたえ、

「おれも」と、ジャックもいう。

「もしかしたら、気のせいかな。なにせ、いつも呼ばれてるもんで。仕事に取りかかったとたん、別の用事で呼ばれるんですよ。いつも、じゃまばかりされて」と、フィービーが説明した。

「あの態度ったら、ここの主《あるじ》みたい！」

「だれのこと？」ルーシーがたずねた。

「ギリス様の末の息子さん。あたしより年下なんですよ。まだ八歳《さい》にもなってない！　もとも

とあたしは、お兄さんのマーティン様のものだったのに」

ルーシーは歴史の授業で奴隷《どれい》制度について少し読んだことがあったが、フィービーの最後の言葉には耳を疑った。「マーティン様のものだったって……どういうこと？」

「去年、ギリス様が、あたしをマーティン様にゆずったんです。けれどマーティン様は家を出て大学に進学なさることになって、使用人はひとりでいいって。だから、あたしはここに残ったんですよ。あのう、本当に使用人がいないんですか……ええっと、どこだっけ？」

「シカゴ」ルーシーがこたえ、

「そう、シカゴでは」フィービーがくりかえす。

「うん、いないわよ」

「話はいろいろと聞いてますよ……お金をためて、自由を買って、北部に行った人の話は」

フィービーは、少し考えてからつづけた。「あたし、シカゴが気に入ると思います？」

「もちろん」と、ジャック。「ここよりは寒いし、ヤシの木はないけど」

「シカゴでは、学校に通ってるんで？」

「うん」ジャックがこたえた。

「あなたも？」と、フィービーはルーシーを見た。

「うん。あたしたち、同じ学校に通ってるの」

またしてもフィービーが、信じられないといわんばかりに首をふった。「あたしも学校に行ってみたいなあ。秘密、守れます？」

「もちろん」ルーシーは、うんうん、とジャックといっしょにうなずいた。

「じつはあたし、文字が読めるんですよ。書くことだって、少しはできるんだから。ほら」と、フィービーは熱い口調でいい、エプロンの下のポケットから一冊の本を取りだした。ジョン・ニューベリーが書いた『小さなかわいいポケットブック』という、使い古された本だ。フィービーは、内表紙に書いた自分の名前を自慢《じまん》げにさした。ルーシーとジャックは、その本が素朴《そぼく》な木版画と詩がのった子ども向けの本だとわかった。「全部はわからないけど、ほとんどの言葉は読めるんですよ、あたし」

「なぜ、それが秘密なの？」ルーシーは、理由を知りたくなった。

フィービーが、ルーシーをあやしむように見る。「使用人が本を読むなんて、いい顔されないじゃないですか。まさか、いいふらしたりしませんよね？」

「ぜったい、いわない！」ルーシーは約束した。

「あなたは？」と、フィービーが真剣《しんけん》なまなざしでジャックを見た。

「おれも、いわない！」

「なら、いいです」フィービーの態度がやわらいだ。

ジャックがなにかいいかけたそのとき、ルーシーとジャックにもフィービーをしつこく呼ぶ声が聞こえた。おそらくギリス少年の声だろう。

「まったく、人がなにかしてる最中にかぎって、呼びつけるんだから」と、フィービー。

「えっと、なんの最中だったの？」と、ジャックがたずねた。

フィービーは、あんたは能なしか、といいたげにジャックを見た。「あなたたちと楽しく会話してる最中じゃないですか！　ちがいます？」

「ねえ、お父さんといっしょに働いてるっていってたわよね。どんなお仕事？」ルーシーが話題を変えた。

「ハーブ園の手入れ。通りかかりませんでした？」と、フィービーは顔を輝《かがや》かせた。「あれ、あたしの担当なんですよ。ハーブのことなら、なんでもござれ。料理用のハーブも、特効薬のハーブも知ってますよ」と、説明する。

「特効薬って？」これはジャックだ。

フィービーは、さっきと同じあきれ顔でジャックを見た。「だから薬ですって。調合するんです。ばあちゃんに教わって、いまはあたしの仕事なんですよ」そして、ルーシーのほうを向いた。「この人ったら、なにも知らないんですね」

「まあ、薬のことはね」と、ルーシーはほほえんだ。「読み書きは、よく練習するの？」

「読むのは、練習しやすいんです。この本があるし、ほかにもお宅の中にあるから。まあ、その……本をちょっとお借りして。かならず、返してますよ。ジェームズ様の本なんだけど、ジェームズ様はあまり読まないし。でも、書くほうは練習しにくくて。字を書きつける物がないんですよ」

ルーシーはひらめき、ななめがけのバッグから、らせんとじのメモ帳を取りだした。あたしよりもフィービーのほうが、ぜったいこれが必要よね！　文字を書いたページをやぶりとって、バッグにつっこむと、メモ帳をフィービーにさしだした。「はい、これ。あげる」

フィービーが、信じられないという顔でルーシーを見た。「あ、あたしに？　紙の本を？　あっ、線が入ってる。まっすぐ書ける！」まっさらのページが何枚あるか、めくった。「これがなくても、困らないんですか？」

ジャックが割りこんだ。「メモ帳なら、また手に入るさ」そして、ルーシーをひじで軽くつつく。「エンピツも持ってるだろ？」

ルーシーはバッグをかきまわし、二本のエンピツをさぐりあてた。

フィービーは満面の笑みをうかべ、すぐさま最初のページに自分の名前を書いた。「ありがとう、ルーシー。こういうのが、ほしかったんです。これで、書く練習ができる！」

「どういたしまして」ルイーザの心配ばかりしていたルーシーは、フィービーの「ありがとう」という一言で、すっかり気分がよくなった。

「あのう……お願いがあるんですけど」フィービーが、ためらいながらいった。

「うん、なあに？」

「ルーシーからあたしへの贈《おく》り物だって、書いてもらえませんかね？　ちゃんともらった物だって、まわりの人にわかるように」

「お安いご用よ」ルーシーはフィービーからメモ帳とエンピツを受けとり、表紙に「フィービーへプレゼントします。ルーシー・スチュワートより」と書いて、もどした。「これで、どう？」

「もう、じゅうぶんです。本当にありがとう。そろそろ、仕事にもどらなくちゃ。なぐられるのは、いやだから」

なぐられる、とあっさりいわれて、ルーシーは背筋《せすじ》が寒くなった。

フィービーがドアを少しあけて、出る前に外をのぞいた。「ふたりはここで待って、あとから出てくださいよ。ここで話をしていたって、ジェームズ様に知られたくないから」

「オッケーよ」

「えっ、オッケーって？」フィービーがルーシーのほうをふりむいて、たずねる。

ジャックとルーシーは、はっとした。そうだ、トマスのお母さんにも、同じことをきかれたっけ！

「了解《りょうかい》という意味よ。シカゴでは、そういうの」

フィービーが出ていき、ドアがしまったあと、ルーシーはぼうぜんとしてジャックを見た。

「あたしたち、たったいま、他人の所有物だった人に会ったんだね！」

「マジで、信じられないよ。フィービーは、ここでどんな暮らしをしてるんだろうな」

ルーシーは、少しのあいだだまっていた。「むずかしいよね。想像がつかない」

「フィービーは、これからどうなるんだろう。というか、どうなったんだろうな」

ルーシーは、考えるのがつらくなった。悪いことしか、うかんでこない。ルイーザと同じように、フィービーも不公平としかいいようのない危険な状況《じょうきょう》に、これから巻きこまれるのだ。ルイーザもフィービーも、特定の時代、特定の場所にいたために、過酷《かこく》きわまるつらい人生を送ることになる――。

「だれかに見つかる前に、ここを出たほうがいいな。フィービーを困らせたくないし」

「うん、そうよね」

ルーシーは納屋のドアを少しあけて、耳をすました。ジェームズ・ギリスとおぼしき少年が、かんだかい声で居丈高《いたけだか》に命令する声が聞こえる。その声がさらに遠くなり、あたりが静まりかえるのを待って、ふたりは納屋を出た。だれにも見られないように気をつけながら庭園を引きかえし、ポーチの階段にもどった。

「ポーチにあがったら、もうだれにも姿が見えなくなるのよね、きっと」以前にも体験したとおり、ミニチュアルームの入り口は、魔法《まほう》が効いている者にしか見えない。そうでない者には、庭園がつづいているようにしか見えない。

ルーシーとジャックにしてみれば、ふたつの世界に同時にいるようなものだった。目の前には十九世紀の庭園が広がり、すぐ後ろには現代のソーン・ミニチュアルームがある。

ギャラリーの客に目撃《もくげき》されずにミニチュアルームに入るため、フレンチドアの外でしばらく待った。すると、ジェームズ・ギリスが庭園の通り道をたどって、ポーチのすぐそばまでやってきた。ふたりをまっすぐ見ているが、ふたりの姿は目にうつっておらず、つまらなそうな顔をしている。ほどなくジェームズは、ほかの物に気をうばわれた。通り道のレンガのすきまにある、アリ塚《づか》だ。かがみこんで、しげしげとながめると、暴君の本領を発揮《はっき》して、アリたちを踏《ふ》みつける。そして、いっせいに散っていくアリたちの最後の一匹《ぴき》をつぶすまで、踏むのをやめなかった。

ミニチュアルームを急いでつっきり、入ったときと同じドアの向こうへ走りぬけた。ルーシーは、そのドアをあけておくのを忘《わす》れなかった。

「あっ、そうそう」と、ルーシーはミニチュアルームの外の下枠《したわく》で立ちどまった。「この部屋に初めて入ったとき、ハンドバッグをたしかめたら、まちがいなく光ってた。背の高い飾《かざ》り戸《と》棚《だな》のそばにいたときは、とくに光ってたよ」

「それって、なにか意味があるのかな?」

「さあ。あるのかも。あたしね——」もう一度、部屋にかけこんでたしかめたい、といおうとしたが、美術館の閉館を告げる放送にさえぎられた。閉館まで、あと十分だ。

ジャックが腕《うで》時計を見た。「ん? 今日は何曜日だっけ?」

「水曜日よ」

ジャックは、しまった、という顔をした。「木曜かと思ってた。木曜なら、八時閉館なのに!」

「どうしよう、ヨーロッパコーナーの廊下《ろうか》にもどる時間はないよ！」時間に注意しておくべきだった、とルーシーは後悔《こうかい》していた。こうなった以上、逃《に》げ道はひとつしかない。「元のサイズで、こっち側のドアから出るしかないわ！」以前、アメリカコーナーのドアをミニサイズでくぐろうとしたら、ドアとカーペットのあいだにすきまがなくて、出られなかった。だから、粘着《ねんちゃく》テープでクライミングルートを作ったのだった。

「案内所の真ん前だぞ。ヤバいどころじゃないかも」といいつつ、ジャックはルーシーほど不安がっていない。

こっそりコピーした美術館の鍵《かぎ》でドアをあけて、こっそり出てきたところをつかまったら、どうする？　閉館までドアの外に出るチャンスがなくて、監視《かんし》カメラに撮影《さつえい》されてしまったら？　どんどん速まる心臓の鼓動《こどう》が、ルーシーの耳の中で音を立てる。

11番ギャラリーの入り口と案内所の真ん前という、いつも警備員がひとり立っている場所へ出られるドアまで、下枠をたどっていった。美術館が無人になるまで待つしかないが、ぐずぐずしてはいられない。タイミングがすべてだ！

「元のサイズにもどるか？」ジャックが、静かにたずねた。

「それしかないでしょ？」

ルーシーはポケットから金属片を取りだし、あいた手でジャックの手をにぎると、金属片を手ばなし、下枠《したわく》からジャンプした。周囲の空間がちぢんでいき、元のサイズの足が床《ゆか》に着地する。と同時に、館内放送が流れた。「閉館です」

ジャックが金属片をポケットにしまいながら、別のポケットから美術館の鍵《かぎ》を取りだし、腕《うで》時計をたしかめた。「三分、待とう」

「外で、声がする？」

ジャックがドアに耳をつけ、物音をたしかめた。「いや」

「そのまま、聞いてて」ルーシーは、三分がものすごく長く感じられた。ビーズとラインストーンのハンドバッグに変化がないかと、ななめがけにしたバッグの中をのぞいてみた。ビーズもラインストーンもひっそりとしていて、輝《かがや》きがない。わずかに光っている石があるのかもしれないが、ミニチュアルームで見た輝きはかけらもない。あの飾《かざ》り戸棚《とだな》のカーテンがかかった扉《とびら》の奥には、きっとなにかある——。でも、いったいなに？

ジャックが、しーっ、とくちびるに指をあて、美術館の鍵をさしこみ、ゆっくりとまわした。一呼吸おいて、少しずつ、確実にドアを押《お》しあける。

物音はしなかった。足音も、声もしない。

ジャックが、ギャラリーへとすべり出た。すぐあとに、息を止めたルーシーがつづく。

ドアがしまり、オートロックがかかった。

「よし。問題なし！　あとは、フツーのふりをするだけだ」ジャックが、ささやく。

いまのルーシーは、フツーの顔をする自信がなかった。

とくに問題は生じなかった――一階に向かう大階段をのぼるまでは。

ひとりの警備員が、大階段をおりてきた。「きみたち、なにをしてるんだ？　閉館だぞ！」

両手を腰《こし》にあてて、せめるようにいう。

「彼女《かのじょ》を待ってたんです」と、ジャックがルーシーを指さした。「気分が悪くなって、トイレにいたんで」

警備員がルーシーを見た。ルーシーが本当に吐《は》きそうな顔をしていたので、ジャックのウソはばれなかった。「正面出口へ急いで」というと、警備員は大階段をおりていった。

ジャックが、ルーシーに向かってにやりとする。「名演技だな」

ルーシーは、いいかえした。「演技じゃないもん」

10

奇妙な偶然

ジャックは、コンピュータにかかりきりだ。ジャックの母親のリディアは、夕食を作っている。そのあいだ、ルーシーはリディアのアトリエで、ある作品に見入っていた。ドーラから壁《へき》画《が》として依頼《いらい》された、大判のトリックアートのスケッチだ。奥行きのある風景画で、古い建物がひとつ、前景に描《えが》かれている。手を伸ばしたら、いまにもさわれそうだ。

「どうかしら？」リディアがアトリエへと角をまがり、ルーシーにたずねた。

「これ、どうやって描《か》いたんですか？　すっごくリアル！」

「トリックアートはね、遠近法で決まるのよ。遠近法、ドーラに教わった？」

「はい。でも、こんな風には、まだとても」

「たくさん練習しないとね。錯覚《さっかく》も利用するの。トリックアートのだまし絵は、フランス語でいうとトロンプ・ルイユ。トロンプ・ルイユは、目をだます、という意味なのよ」

ルーシーは首をかしげた。あたしの目は、どんなふうにだまされているんだろう？

「いい、考えてみて」リディアがつづけた。「平面の上に、三次元の物体を描くとするわよ。それって、結局、錯覚よね。そういえば、わかるかしら？」

「ええ、なんとなく。でも、考えれば考えるほど、むずかしくて！」

「そうね、わかるわ。何事も、見かけと一致《いっち》するとはかぎらないものね」

「ミセス・マクビティーにも、同じことをいわれました。当然だと決めてかかっていたことを、本当にそうかと疑わなきゃだめだって」

「それは、いいアドバイスね。あらゆることにあてはまるわ。視覚にも、あてはまる！　スケッチの練習をするときに、やってごらんなさい。目はひとつの物しか見てないけれど、頭はほかの物をとらえていることもあるのよ」

電話が鳴ったので、リディアが離《はな》れ、電話を切ってから、キッチンにもどった。「スープができたわよ」

「だれからの電話？」ジャックが、キッチンテーブルに飛んできた。

「友だちが、美術品どろぼうについて、いいことを知らせてくれたの。つかまったみたいよ」

テーブルの大きなスープ鉢《ばち》のとなりにならべてくれると、リディアがジャックに銀製のスープ皿を手わたす。

「なにがあったんですか？」これはルーシーだ。

「警察に情報がよせられたんですって。料理を宅配するケータリング会社でアルバイトをしていた男性の、元の彼女《かのじょ》から。そのケータリング会社の顧客《こきゃく》と、美術品どろぼうの被害者《ひがいしゃ》が、けっこう重なっていたの。でね、その彼女、彼氏《かれし》にはとうてい買えそうにもない高価なネックレスをプレゼントされて、おかしいと思ったんですって。そのネックレスは、美術品どろぼうの被害宅にケータリングしたとき、チップとしてもらったものだ、と彼氏は説明した。けれど彼女は信じられず、彼と別れて警察に行った。警察は複数の被害宅で、その彼氏の指紋《しもん》を検出したんですって」リディアはスープ鉢《ばち》からトルティージャのスープを取りわけ、アボカドとメキシカンチーズをのせた。

「どろぼうにあったお宅は、全部で何軒《けん》だったんですか？」ルーシーは、好奇心《こうきしん》からたずねた。

「届け出があったのは、十軒ほどよ」

「美術品は、取りもどしたのかな？」ジャックがたずねた。

「さあ。時間がかかるかもしれないわね。ブラックマーケットで売ってしまったあとだったら、とくに。それでも、犯人としてつかまえるだけの証拠《しょうこ》は、あがったようよ」

「母さんの知ってる人も、被害にあったんだよね？」

「ええ。ドーラといっしょにやった仕事先のお宅が二軒。あとは、社会活動をよくやっている、有名な収集家の人たち。資金集めのパーティーを主催《しゅさい》したり、若いアーティストのためにホームパーティーをひらいたりする人たちね。知っているといっても、面識はない人ばかりだけれど。とにかく、この知らせが広まったら、みんな安心すると思うわ」

リディアの夕食は本当においしくて、ルーシーはほっぺたが落ちそうになりながら、ジャックに負けないくらい食べた。

食事のあと、ルーシーはリディアに、トリックアートの壁画《へきが》の写真をもっと見せてもらえないかと頼《たの》んだ。リディアはルーシーのために、パソコンで、自分が手がけた壁画のファイルをひらいた。「このあいだ撮影《さつえい》したものよ。ここのお宅も、被害にあったの」

「うわあ、きれい！」ルーシーは、うっとりした。白黒の大理石の床《ゆか》と、カーブした階段のある、優雅《ゆうが》な玄関《げんかん》ホールの壁《かべ》に描《えが》かれた絵だ。絵の片側は、床が別の部屋につづいているように見える。その部屋の窓からは、スイスのアルプス山脈が見える。この玄関ホールに立てばだれでも、壮麗《そうれい》な山脈が窓から見えると思うだろう――大都会シカゴの中心にあるアパートなのに！

「スイス人のご一家なのよ。アルプス山脈を恋しがっているから、描《か》いたの。そうしたら、アパートを丸ごとスイス風に改装することになってね。インテリアは、ドーラが担当したわ」と、リディアが説明した。

「あれ？」ジャックはコンピュータの画像をしげしげとながめると、リディアの製図用テーブルに行き、なにかを取ってきた。リディアの最新の仕事の写真だ。ジャックはそれを画面のとなりに持ってくると、コンピュータの画像と、写真の部屋の隅《すみ》にあるテーブルを指さした。「なぜ、どちらの写真にも、青リンゴがひとつずつあるのかな？　母さんが置いたの？」

「ううん。青リンゴなんて、いままで気づきもしなかった」と、リディアはコンピュータの画像と印刷された写真を見くらべた。「奇妙《きみょう》な偶然《ぐうぜん》ねえ。このお宅も、どろぼうに入られたのよ」

そのとき、ルーシーはあるものに気づき、ショックのあまり、お腹の中でトルティージャのスープがはねまわった。

ジャックが持っている写真には、青リンゴだけでなく、地球儀《ちきゅうぎ》もひとつ、写っていたのだ！

ルーシーはジャックの部屋へバッグを取りに行ったとき、写真に写っていた地球儀がソーン・ミニチュアルームから消えた地球儀とそっくりなことを、早口でジャックに告げた。けれど家にはジャックの母親がいるので、いまは話しこむわけにはいかない。

リディアとジャックに、ミセス・マクビティー宅まで送ってもらった。ミセス・マクビティーはすでにナイトガウンに着替《きか》え、イスでまどろんでいる。とても相談できそうにない。

パジャマを着て、ミセス・マクビティーから借りたソーン・ミニチュアルームのカタログを持ってベッドにもぐりこんだ。カタログの地球儀が、リディアの写真の中の地球儀とは、どこかちがっていますように――。きっと思いちがいだ、と自分にいいきかせながら、カタログをめくった。けれどE6の部屋のつくえには、古い地球儀がふたつあった。台座《だいざ》は、木製の三脚《きゃく》。もう、ごまかしようがない！ リディアの写真に写っていたものと同じだ――ソーン・ミニチュアルームのはミニサイズであることをのぞけば。

ミニチュアの地球儀が、現実の世界のマンションにあったのは、ドーラと関係があるのかも――。背筋《せすじ》の寒くなるようなことを思いながら、けんめいに眠ろうとした。確実にわかっているのは、リディアから聞いた事実だけ。その一家がドーラに改装をまかせた、という事実だけだ。もしかしたら、アンティークの地球儀としては、よくある形なのかも。あるいは、レプリカとか？ インテリアデザイナーは、いつもレプリカを用意しているだろうし。そうだ！ きっと、そうだ！

ミニチュアルームに近づくことができて、今回消えたとわかったアイテムを持ちだせた人物は、ほかにもおおぜいいる。接着剤がかわいたり、繊細《せんさい》な糸が古くなって切れたりするので、ミニチュアルームのアイテムには修理がかかせないのだと、記録保管所の人もいっていたではないか。

ドーラが地球儀《ちきゅうぎ》を持ちだしたと決めてかかるのは、ミセス・マクビティーにいわれたように、本当にそうかと疑わなくてはいけないこと？　それとも、その反対？　ドーラにあこがれているからといって、無実と決めてかかるのはどうかってこと？

ルーシーはわけがわからなくなり、ドーラを悪く思うのが後ろめたくなってきた。ドーラはわざわざ時間をさいて、個人レッスンをしてくれているのだ。リディアも、ドーラはすごく評判がいいといっていたではないか。

それでも、ドーラが関係しているのでは、という疑いが、頭の中でほかの考えを押《お》しのけ、どんどんふくらんでいった。ミセス・マクビティーとすごすのはすごく楽しかったし、両親に本音を打ちあけるわけにはいかないのだけれど、それでもいまは両親が恋しかった。とくに、父親が恋しい。父親にぎゅっと抱《だ》きしめてもらいたくて、たまらない！

最悪の夜だったが、くたくただったので、ルーシーはいつのまにか眠りについていた。

ベッド脇《わき》からミセス・マクビティーにゆさぶられて、ルーシーは目がさめた。

「ルーシー、いい子だから起きとくれ。ジャックが来てるんだけど、ようすがおかしいんだよ」

片目を少しあけて、置き時計を見た。朝の七時四十五分。ウソ！

でも、ジャックはまちがいなく、ドアのところに立っていた。深刻《しんこく》な顔つきで、ノートパソコンを持っている。

「ど、どうしたの？」起きあがり、目をこすった。

「きのう、眠れなくってさ。なんか、イヤな胸さわぎがして。で、ふと、こいつを思いだしたんだ。見てくれよ」と、ジャックがルーシーのベッドに腰《こし》かけた。ノートパソコンのふたをあけて、スイッチを入れ、ディスクをドライブにさしこむ。

目がさめてきたルーシーは、わけのわからないまま、パソコンを見つめた。

ミセス・マクビティーも、ジャックの肩《かた》ごしにのぞきこんでいた。ジャックが、キーボードの再生ボタンを押《お》す。

ドア枠《わく》から見おろしたジャックの部屋のビデオ画像が映しだされた。電話が鳴り、電話に出たリディアの声がする。数秒後、ある人物がジャックの部屋に入ってきて、あたりを見まわした。ドーラだ！　本棚《ほんだな》にざっと目を走らせ、つくえのひきだしをあけしめしてから、ひざまずいてミニソファーの下をのぞくと、靴箱《くつばこ》を引っぱりだし、中身をかきまわし——なんと、クリスティナの鍵《かぎ》をポケットにすべりこませた！　すべて手際がよく、自信に満ちていて、静かだった。三分もかかっていない。

「あのとき、おれたち、ミルクを買いに行ったよな？　きっと、そのすきにやったんだ」と、ジャックが説明した。「これで、信頼《しんらい》はくずれたな」

ルーシーは、息が苦《くる》しくなった。呼吸をしようとしても、死なないていどの息しか吸えない。泣くには大量の酸素がいるので、泣くこともできない。見えない手につかまれたみたいに、のどをしめつけられる。あばら骨に皮膚《ひふ》がはりついたような気がする。

生まれて初めての経験だった。でも、それがなにかは知っている。

うらぎりだ！

ミセス・マクビティーが、ルーシーの肩《かた》にそっと片手を置いた。「心配ないよ、ルーシー。みんなで解決すればいいんだから。三人分の朝食を用意するとしようねえ」と、部屋を出ていく。

ルーシーは、胸の奥底から、おさえがたい衝撃《しょうげき》がわきあがってくるのを感じた。全身が、がたがたとふるえている。「ジャ……ジャック……」

「ミセス・マクビティーのいうとおりだよ。魔法《まほう》の鍵がどうなったか、これでやっとわかった。

あとは、取りもどすだけさ」

「で、でも……信頼してたのに！」

「こんなことをするなんて、本当の友だちじゃなかったってことだよ、ルーシー」

「あたしって……だまされやすいのね」

「ルーシーは子どもだろ。ドーラのような大人は、おれたちをこんなふうにだましちゃいけないんだ」と、ジャックはルーシーをさとした。

ジャックが自分のことでもあるように「おれたち」という言葉を使ったのが、ルーシーはうれしかった。

ジャックが、ミセス・マクビティーの手伝いをしに行く。

あたしのまわりの大人はみんな良い人で、ずるいことなんてしないと決めてかかっていたんだな——。ルーシーは着替《きか》えながら、そう思っていた。両親、担任のビドル先生、ジャックの母親のリディア、ミセス・マクビティーなら、ぜったいこんなことはしない。では、ルイーザは？　フィービーは？　ルイーザとフィービーのいる世界は、まちがったことをする大人だらけだ。それにくらべれば、ドーラにうらぎられたことなど、ささいなこと。

けれど、もし偉《えら》い人たちがルールをやぶったり、正しいことをしなくなったら？

気が動転して、体がふるえた。ぜんぶ解決するまで、布団《ふとん》を頭からかぶって寝《ね》ていたい。けれど、ルーシーは別の衝動《しょうどう》も感じていた――こんな人たちの思いどおりになんか、させない！　あたしが止めなくちゃ！

みんなで、しばらくキッチンですごした。ルーシーは、ショックでぼうっとしていた。ジャックは、ミセス・マクビティーに、ミニチュアルームから消えた地球儀《ちきゅうぎ》とメイフラワー号の模型《もけい》について説明した。ハンドバッグの裏地《うらじ》で見つけた金属片の説明も、忘《わす》れなかった。

「おやまあ、なんだろうねえ、それは。いまは、どこにあるのかい？」と、ミセス・マクビティーがたずねた。

「おれのバックパックの中です」ジャックが、金属片を取りに行った。

ルーシーは、あいかわらずだまって座《すわ》っている。

ジャックが金属片を手のひらにのせてもどり、ミセス・マクビティーに両面を見せた。いまは光ってはいないが、傷だらけにしては、ふしぎな光沢《こうたく》がある。

「おやまあ。本当に、めずらしいねえ。なんなのか、さっぱりわからないよ」

「名前を特定できるアンティークの品だとは、思うんだけど」と、ジャック。

「いずれきっと、おまえさんたちがつきとめるだろうさ」ミセス・マクビティーはそういうと、パンケーキをひっくりかえしにコンロにもどった。「調べてごらん」

ルーシーが聞きたいのは、そういう言葉ではなかった。いますぐ、答えがほしかった。

けれどジャックとミセス・マクビティーは、今後の進め方について、さまざまな角度から、あらゆる可能性を話しあっていた。

「とりあえず、美術品どろぼうはつかまったんですよ。知ってます、ミセス・マクビティー？」

「きのうの晩のニュースで見たよ。よかったねえ」

パンケーキが焼けるにおいとともに、ジャックとミセス・マクビティーの会話を聞いていると、ルーシーは心が安らいだ。ようやく、のどのつまりが取れ、体のふるえもおさまった。

「おまえさんたちは、これからどうするんだい？」

「警察に電話するわけには、いかないですよね、やっぱり」と、ジャック。「信じてもらえるわけがないし」

ルーシーはごくりとつばを飲みこみ、あることを思いだした。そうだ、今日はドーラにレッスンを受ける日だ！　本音をいえば行きたくないけれど、避《さ》けるわけにはいかない。心の中で、ある決意をかためた。ドーラのしたことを、あたしは見のがさない！

「あたしのせいよね。鍵《かぎ》を取りもどす方法を、考えてみる」

おしゃれな服装のドーラがルーシーににこやかにあいさつし、ジャックもいっしょに来たことに気づいた。「こんにちは、ジャック。ここで会うとは、思ってなかったわ」

「あたしのレッスンのあと、いっしょにミレニアムパークに行くんで、来てもらったんです」

と、ルーシーが説明した。

「待ちくたびれないと、いいけれど」

「待ちくたびれる？」と、ジャック。「新館をのぞいてきますよ。ルーシー、終わったらメールをくれよな」

急にドーラとふたりきりになって、ルーシーは胸が苦《くる》しくなってきた。心の中で、落ちつけ、と自分にいいきかせようとしたが、11番ギャラリーへと階段をおりているいまも、脚《あし》の力が抜けてしまいそうだ。この前のレッスンから、本当にいろいろなことが変わってしまった！

ドーラとともに、絵を描《か》きはじめた。ルーシーは、手のふるえをおさえようとした。線がぐにゃぐにゃなのが、ばれませんように！

その日、ルーシーが題材に選んだのは、A18〈シェーカールーム〉だった。くっきりとした細い直線ばかりの部屋を選んで苦労《くろう》するなんて、なんたる皮肉《ひにく》！　緊張《きんちょう》しているのをごまかせそうな、曲線や模様《もよう》のある部屋を選ぶべきだった。

会話のきっかけをさがしても、なかなか見つからない。「ねえ、ドーラ、ミニチュアルームから、なにか持ちだしたことはある？」とか？　もっとずばりとたずねるのならば、「ドーラ、あたし、すごく困ってるの。魔法《まほう》の鍵《かぎ》が、なくなっちゃったの」とか？　でも、どれもしっくりこない。ジャックなら、なんというだろう？

まだ半分しか描けていないのに、緊張のあまりエンピツが折れて、芯《しん》がなくなった。

「もう、まったく！」

「エンピツが折れた？」ドーラが、ふたつ離《はな》れたミニチュアルームの前からたずねた。「だいじょうぶよ。いつもエンピツけずりを持ち歩いてるから。バッグの中に入ってるわ。内ポケットの中。どうぞ、使って」

ふたりのあいだの床《ゆか》に、ドーラの革の大きなトートバッグが置いてあった。ルーシーはバッグをあけて、内ポケットを見つけ、ハッとした。この中に、魔法の鍵があるかも！

暗いバッグの中をのぞきこんだ。ふだんから持ち歩いている品がつまっている。携帯《けいたい》電話、小さなメモ、数本のペン、口紅、ヘアブラシ――。ルーシーは、バッグの一番底にある物を見て、腰《こし》をぬかしそうになった。青リンゴが四つ、あったのだ！

ルーシーは少しのあいだ、ぼうぜんと、青リンゴを見つめていた。

そうだ、エンピツけずり！　エンピツけずりを見つけないと！　手を止めちゃダメ！　と、自分を叱咤激励《しったげきれい》する。

意識の中に、ドーラの声が入ってきた。ゆっくりと再生したテープのように、声がゆがんで聞こえる。「見つかった？　バッグにあるはずなんだけど」

「あ……あった」ルーシーの声は、うわずっていた。バッグからエンピツけずりを取りだし、やっとのことで小さな穴にエンピツをさしこむ。

ドーラがルーシーを見つめた。「だいじょうぶ、ルーシー？」

「なんか、気分が悪くて」本気で、気持ち悪かった。「ジャックをさがして、家に帰ったほうがいいみたい」

「ほんと、急に顔色が悪くなったわ」

「ジャックの風邪《かぜ》がうつったのかも」ルーシーの声は弱々しかった。

「それなら、帰って休まなきゃね。具合がよくなって、土曜のレッスンを受けられるかどうか、連絡《れんらく》して。いい？」

「はい、ドーラ、じゃあまた」ルーシーは、そそくさと立ちさった。ギャラリーを出て、館内をかけぬけながら、ふるえる手でジャックにメールを打つ。「どこ？」

新館の階段をおりてくるジャックを見つけた。

「新館、スゲーぞ」と、ジャックはいいかけて、ルーシーの顔色に気づいた。「どうした？」

「ドーラ……ドーラは……どろぼうよ！」ルーシーは、やっとのことで声をしぼりだした。

「うん、そうだけど……ん？　どういう意味？」

「青リンゴがあったの！　ドーラの大きなバッグの中に！」

ジャックは事情をよく飲みこめなかったが、青リンゴの持つ意味の大きさは理解し、ルーシーを廊下《ろうか》の真ん中から引っぱっていった。「出ようぜ」

美術館を出て、ミレニアムパークへと通りをわたり、クラウド・ゲートのそばの像、通称《つうしょう》ジャイアント・ビーンのそばの、空いたベンチに腰《こし》かけた。

「全部、話してくれ。息をととのえて、な」

ルーシーは、エンピツが折れて、エンピツけずりを取りだすためにドーラのバッグをのぞきこみ、底に青リンゴが四つあることに気づいたのだと、ジャックに順を追って説明した。「あんなにたくさん青リンゴを持ち歩いている人なんて、ふつういないでしょ？」

「そうだな」ジャックも同意見だった。「美術品が盗《ぬす》まれて、青リンゴが残されていたわけか……。うん、どうやら、本物の美術品どろぼうを見つけたようだ！　ということは、警察は無実の人を拘束《こうそく》してるのか」

「写真の中に地球儀《ちきゅうぎ》を見つけた時点で、ドーラを疑うべきだったのよ。あたし、ぜんぜん思いつかなかった。それにしても、なんで？　なぜドーラは、つぎつぎと盗《ぬす》んだりするの？　盗んだ現場に、なぜリンゴを残したりするの？」

「さあ、おれにもさっぱりだ。だれも、気づかなかったわけだし。少なくとも被害者《ひがいしゃ》はだれもリンゴの話をしなかったから、盗みとリンゴを結びつける人はいなかったんだよな。おれたちだって、たまたま二枚の写真を見たから気づいただけだし。そのあとルーシーが、ドーラのバッグの中でリンゴを見つけたわけだし」

「あたしたちは、ジャックのビデオで、ドーラは盗みの名人だって知ってたもんね」

ルーシーとジャックは腰《こし》かけたまま、目の前の巨大《きょだい》なステンレス像、ジャイアント・ビーンのカーブした表面に映ったシカゴと、そこに映るゆがんだ像に飽《あ》きることなく魅《み》せられている人々をながめた。ミラー状の球面に映った空は、さわれそうなくらい低く感じた。自分が、地上にも雲の中にもいる気がしてくる。それは、ルーシーのいまの心境にぴったりだった。なにが上で、なにが下か、ぐちゃぐちゃでよくわからない。

ルーシーは、ふいに背筋《せすじ》をのばした。「いま、思いついたんだけど……ドーラは、ミニチュアルームから、いろいろなアイテムを盗んでるのよね？」

「うん」

「ミニチュアルームの中にメイフラワー号がないと、外の世界はニセモノになるのよね？」

「うん」

「ねえ、ジャック、もしドーラが、ルイーザの部屋からなにかを……あの部屋を活気づけているアイテムを盗んだら、どうする？　一九三七年のパリにもどって、ルイーザに警告できなくなったら、どうする？」

「最悪だ！　でも、盗んでないよな。いまは、まだ。ドーラが盗みを働く部屋は、ほかにもたくさんあるわけだし」

「でも、あの部屋から盗んじゃうかも。先にルイーザに会いに行かなきゃ！」

「おやおや！　どうしたんだい？」骨董店《こっとうてん》に飛びこんできたルーシーとジャックを見て、ミセス・マクビティーが声をあげた。ふたりの顔を見れば、ルーシーのレッスンでなにかあったことは一目瞭然《いちもくりょうぜん》だ。ミセス・マクビティーはドアに〈閉店〉の札《ふだ》をかけた。

ふたりとも息がきれていたが、ジャックが声をしぼりだした。「ドーラが……どろぼうだ！」

「それは、もうわかってたんじゃないのかい」と、ミセス・マクビティー。

「魔法《まほう》の鍵《かぎ》だけの……話じゃない。ドーラは……美術品どろぼうだ！」ジャックがきっぱりという。

「どうして、わかるんだい？　なにが、あったんだい？」と、ミセス・マクビティーがルーシーにたずねた。

「ミセス・マクビティー、ああ、どうしよう」ルーシーは、すべてを打ちあけた。「ドーラの大きなバッグの中に、青リンゴが入ってたの。ぜったい、ドーラが犯人よ！　でも……なぜ？　なぜなの？」そわそわと、行ったり来たりする。

「警察につかまった男性は、無実だったんだねえ、かわいそうに」と、ミセス・マクビティーが首をふった。「けれど、いま大事なのは、この情報をどうするかってことだよ」

「青リンゴだけじゃ、なんの証拠《しょうこ》にもならない」と、ジャックが断言した。「ミラノの公爵《こうしゃく》夫人クリスティナの魔法の鍵を盗《ぬす》んだからとか、ミニチュアルームを離《はな》れたら元の大きさにもどるミニ地球儀《ちきゅうぎ》を盗んだからなんて理由で、犯人はドーラだと警察にはいえない！」

「ジャックのいうとおりだよ」ミセス・マクビティーが、ジャックの意見に賛成する。

ルーシーは自分がうろうろしていたことに気づき、腰《こし》かけた。昼の日差しは、骨董店《こっとうてん》の奥まで届かない。三人は陽光のかわりに、読書用ランプの黄色い光につつまれていた。その光の中にいると、ルーシーは心がやすらいだ。

「現行犯でつかまえるしかないわよね」ドーラと対決することを思うと気が重かったが、ルーシーはきっぱりといった。「ぐずぐずしてられないわ。ミニチュアルームから、またなにか盗む前になんとかしないと。E27から盗まれたら、たいへんよ！」

「なるほどねえ」と、ミセス・マクビティーがいった。「ルイーザのことが、心配なんだねえ？」

ルーシーは眉間《みけん》にしわをよせて、うなずいた。

ジャックの顔がパッと明るくなった。「そうだ！　監視《かんし》カメラ！　おれの部屋のときのように、現場を録画するんだ！」

「どうやって？　ドーラが次にどこの部屋から盗むか、わからないのに？」

「そんなことは、どうにでもなるさ」と、ジャックがミセス・マクビティーを見た。「お願いできますか？」

「わたしにかい？」

「はい。アパートのリフォームを、ドーラに頼《たの》んでください。そうすれば、盗みの現場をおさえられる」

ミセス・マクビティーは、リフォームする気がまるでなかったので、乗り気ではなかった。

「犯罪者をつかまえるのなら、協力はおしまないけれど……もし、ほかに手がないというのなら……」

「あっ、いいこと思いついた！」と、ルーシーがさえぎった。「キャロラインよ！　キャロライン・ベルなら、きっと助けてくれるわ！」

それが一番いいということで、三人の意見がまとまった。なんといってもキャロライン・ベルは、ソーン・ミニチュアルームの魔法《まほう》のことを知っているし、信じてもいる。魔法は秘密にせざるをえないことも理解しているし、すべて打ちあければ、ドーラ・ポメロイからソーン・ミニチュアルームを守りたいと思ってくれるだろう。

「でも、キャロラインの持ち物の中に、ドーラが盗《ぬす》みたくなるような物がなかったら、どうする？」これは、ジャックだ。

「あるわよ」ルーシーには、自信があった。

11
どろぼう

金曜日の夕方――。

「いらっしゃい！」キャロライン・ベルが、ルーシーとジャックを自宅に迎《むか》えいれた。「ちょうど、仕事からもどったところよ」

前日、ルーシーとジャックが電話したとき、キャロラインは出られなかったのだが、すぐに折りかえしてくれ、ルーシーがすべてを打ちあけると、喜んで協力するといってくれた。すべては、ドーラがミニチュアルームからなにかを盗む前に、この問題をすみやかに解決できるかどうかにかかっている。ジャックとルーシーの計画に、おかしな点はなかった。

どっちみち、キャロラインの部屋はリフォームが必要だった。ルーシーはその部屋を見て、自分のマンションを思いだした。心地よいけれど、アーティストが住む場所ではない。キャロラインは小《しょう》児《に》科《か》医《い》として多忙《たぼう》をきわめ、家ではあまりすごさないのだ。

とはいえ、ルーシーの家とはちがって、興味ぶかいアイテムがたくさんあった。著名な写真家である父親エドマンド・ベルから、美術品をもらっていたのだ。けれどキャロラインは、それを飾《かざ》るふさわしい方法を思いつかなかった。キャロラインのコレクションは父親ほど多くはなかったが、絵画や小さな彫像《ちょうぞう》が数点に、アフリカの美術品があった。もちろん、父親の写真もだ。壁《かべ》にかけられた作品もあるが、壁に飾られることなく、立てかけてある作品もある。

「どれをどこに飾るのが一番いいか、ぜんぜんわからなくて。才能がないのね」キャロラインは、リビングをながめているルーシーとジャックに説明した。「たとえば、これ」と、棚《たな》から幾何学模様《きかがくもよう》の小ぶりなブロンズの彫像を取る。「すてきな作品なのはわかるんだけど、どこに飾ったらいいのか、もうさっぱり」さらに、別のおもしろい作品を手に取った。小さな白い貝がちりばめてある、アフリカの小さな彫像だ。「これも、そう。このふたつ、こんなふうにならべたほうがいいかしら？」

「あたしは、いまのままが好《す》きです。生活感があるし」

「ありがとう、ルーシー。たしかに、生活感はあるわね」と、キャロラインがほほえむ。「じゃあ、なにをどうするのか、教えてちょうだい」

ルーシーはななめがけにしたバッグから、週の初めにキャロラインからわたされた銀の箱を取りだした。E10の部屋の箱だ。

それを見て、キャロラインがけげんな顔をした。「それ、もしかして、あれかしら？」

「はい。もどしに行くひまが、まだなくて」もどすどころか、このままルーシーとジャックが美術館をおとずれたときは、持っていかなかった。クリスティナの鍵《かぎ》がないので、自分たちがミニサイズになれるかどうか、よくわからなかったのだ。「この箱、今回すごく役に立つと思うんです」

「ふたつの彫像とならべてみろよ」と、ジャックだ。

「うん、あたしも、そう思ってたんだ」ルーシーは、ソファーのとなりの小さなテーブルに、ふたつの彫像と銀の箱をならべた。何度かならべかえ、満足するまで、さがってたしかめる。

ジャックはそのあいだにバックパックから電子部品の束《たば》を取りだし、せっせとコードをほぐした。「ここだな」と、ソファーのすぐ前にある本棚へ歩みよる。「ここなら、ちょうどいい」部品の山から、小さなカメラをひろいあげた。ジャックの寝室《しんしつ》のドアに取りつけてあったものだ。それを正確な位置にすえ、コードをきっちりとかくした。カメラの周囲から興味を引きそうものをすべて取りのぞき、ペーパーバックの小説だけを置いておく。「美術品はすべて、部屋のそっち側に集めよう」

キャロラインとルーシーは、ジャックの指示にしたがった。ジャックはバックパックにもどり、ノートパソコンを取りだして、起動させた。作業を終えたふたりは、ジャックといっしょに画面をのぞきこんだ。ジャックがいくつかキーを押《お》すと、画面にキャロラインの部屋が映しだされた。

「ジャーン！　どんなもんだ！」

「すごいわねえ、ジャック」キャロラインは感心していた。

「少し調整しよう」ジャックは立ちあがって、監視《かんし》カメラの角度を変え、さらにキーを押して、部屋がなるべく広く映るように調整した。「よし。これでオッケーだ！」

「パソコンは、どうするの？」キャロラインが、ジャックにたずねた。

「一番近いクロゼットは、どこですか？」

「玄関《げんかん》じゃないかしら」

「玄関のクロゼットは、ちょっと……。せますぎない？」ルーシーは不安になった。

「クロゼットなら、わたしの書斎《しょさい》にもあるわよ。リビングの外に」と、キャロラインがとなりの部屋を指さす。

「そこなら、ちょうどいい」と、ジャックがノートパソコンを運んでいき、書斎のクロゼットにかくれてドアをしめ、一分もしないうちに声をはりあげた。「問題ない！　アンテナの本数は、ばっちりだ。電波が強いのかな。歩きまわってみて！」

ルーシーとキャロラインはリビングをうろつき、隅《すみ》のあちこちからカメラに向かってポーズをとった。ジャックが、クロゼットから出てきた。「すべて問題なし。リビングのほぼ全体が映ってる」

「ドーラは、明日の何時に来る予定なんですか？」ルーシーが、たずねた。

「十時ごろよ」

「わかりました。あたしたちは、九時までに来ますね」

それまで自分のすりきれた神経がもつかどうか、ルーシーは自信がなかった。

その晩――。ベッドに横たわったルーシーは、頭を前向きに切りかえようと決め、明日すべてがうまくいくところを想像しようとした。明日の晩はパーティーだ。なにを着ていこうかな？
そのあと、ルイーザに会えたら伝える言葉をくりかえし練習した。ルイーザに会えないとは、考えなかった。なにがなんでも会わなくちゃ！

フランス語のテープをかけ、単語を声を出して練習しながら、ミセス・マクビティー宅の来客用の部屋にひとりで泊《と》まれるぜいたくを味わった。「アンシャンテ」「シルヴプレ」「ラ・メゾン」「ル・シアン」「ユンヌ・ポム」

最後の単語「ポム」【リンゴ】が気になりつつ、うつらうつらとし――。

とぎれがちに眠りながら、夢を見た。ミニサイズのルーシーは、なんだかよくわからない物体につまずいた。巨大《きょだい》なのに形がはっきりしない物体が、周囲にそびえている。ぬれてはいないが、霧《きり》がふかくて、よく見えない。足の下はでこぼこしていて、やわらかい。ふわふわというより、ぐにゃぐにゃだ。

端《はし》にきた。ちゃんとした床《ゆか》がありますように、祈《いの》りながらジャンプする。ところが、足がかたい床に着いたとたん、さっきまで乗っていた物体が急に動きだし、ルーシーを飲みこもうと、大きく口をひらいた。巨大なマッコウクジラの口みたいだ！

暗黒の空洞《くうどう》が見えた。目の前でおどすように口をあけているそれは、なんと、巨大な革のバッグだ！　逃《に》げたいのに、脚《あし》が重くて、ぜんぜんあがらない！

とつぜん、低く重々しい音がした。大きな布袋から巨大リンゴが大量に転がりでて、立ちすくんでいるルーシーに押《お》しよせてきた。このままでは、埋《う》もれちゃう！　身を守りたくて両手で顔をおおったけれど、むだだ。

ところが、最初のリンゴがふりかかってきたそのとき、とつぜん、そのリンゴが小さくなった。リンゴというリンゴが、ちぢんでいく！　すさまじい量のリンゴが足元にこぼれ、ルーシーはリンゴの海の中に立っていた。リンゴをひとつ、ひろったが、ふっと消えた。別のリンゴをひろっても、やはり消えてしまう。このリンゴは食べられないみたいね、とルーシーは思った。

このあと、どうしたらいい？　その答えは、ある音があたえてくれた。チリンチリンという、きらびやかな音だ。最初はかすかだったが、だんだん大きくなった。巨大なバッグの底から、聞こえてくる。

ルーシーはその魔法《まほう》の音に勇気づけられ、バッグの中の暗闇《くらやみ》へ、一歩進みでた。脚が動くようになっている。その音は、ルーシーをクリスティナの鍵《かぎ》へとみちびいてくれた。クリスティナの鍵は、銀色がかった金色の光を放ちながら、人目につかない場所にひっそりと転がっていた。

クリスティナの鍵をひろい、後ろ向きに歩いて、バッグの外に出た。と、大きく口をあけていたバッグがひとりでにしまり、すぐ目の前でちぢんでいき、なんの変てつもない大型のバッグになった。

周囲に広がっていた霧が、少しずつ晴れてきた。まだはっきりとは見えないが、前方になにかがあらわれた。手をのばしてさわってみたら、それはベッドだった。やわらかくて心地よい、ルーシーのいつものベッドだ。洗いたてのシーツのにおいがする。

ルーシーは自分のベッドにもぐりこみ、眠りについた。クリスティナの鍵《かぎ》はちゃんと手の中にある。

今度は、やすらかに眠れた。

翌朝、ルーシーとジャックはバスでキャロライン・ベルの家に向かった。道路がいつになく混んでいたので、いらいらしながら時間をたしかめ、午前九時すぎに到着《とうちゃく》した。しかけをほどこす時間は、じゅうぶんある。九時四十五分には書斎《しょさい》のクロゼットの中にかくれ、玄関《げんかん》のブザーが鳴るのを待った。

クロゼットの中は風通しが悪く、寒くはない。けれどルーシーは緊張《きんちょう》して、手のひらに冷たい汗《あせ》をかいていた。のどやこめかみや、あちこちの筋肉がこわばっている。心臓の音が家中に響《ひび》くような気がしてならない。くしゃみや咳《せき》をしてはいけないときにかぎってしたくなるのは、なぜ？

「ドーラはきっと、十時きっかりに来るわ」ルーシーはそう予言した。

その予言は的中した。ノートパソコンの時計が十時を表示した瞬間《しゅんかん》、ブザーが鳴った。

キャロライン・ベルが部屋をつっきる足音につづき、声がした。「ミズ・ポメロイ！　来てくださって、ありがとう」

「ドーラと呼んでください」ドーラ・ポメロイの明るい声が、クロゼットのドア越しに聞こえてきた。「ご指名いただいて、光栄です。エドマンド・ベルのお嬢《じょう》さんに相談されるなんて、そうあることじゃありませんから」

「さあ、リビングへどうぞ。なんといってもリビングが、一番見ていただきたいところなの」

ジャックとルーシーはパソコンの画面の光を顔に受けつつ、背の高いふたりの女性がカメラの画像にあらわれるのを見つめた。ふたりは主にリビングの家具や美術品、壁《かべ》の色について、しゃべっていた。ドーラがエドマンド・ベルの写真をすべて見たいといい、キャロラインが各作品について楽しそうに説明している。

ルーシーは、キャロラインのゆとりのある落ちついた態度に、すっかり驚《おどろ》いていた。これならドーラも、罠《わな》をしかけられているなんて、夢にも思わないだろう！

配色について説明するために、ドーラがトートバッグから布の見本と、タイルのような小さな品と、いろいろな木片を取りだした。それを光にかざし、部屋の家具と見くらべている。つづいて、トートバッグからある物を取りだした。青リンゴだ！　キャロラインは平然としていたけれど、ルーシーはびくっとした！　ドーラが、ソファーの装飾用《そうしょくよう》クッションの色について、なにかいっている。

ところがそのあと、青リンゴをトートバッグにもどしてしまった。

ドーラについて、とんでもない思いちがいをしていた？　単なる色のサンプルとして、青リンゴを使っただけ？　そう考えるほうが、筋《すじ》が通ってる――。ルーシーは、気がふさいできた。

十分後、ジャックがルーシーにうなずいて、合図した。ルーシーはポケットから携帯《けいたい》電話を出し、電話をかけた。数秒後、キャロラインの書斎《しょさい》の電話が鳴った。

「あっ、ちょっとごめんなさい」と、キャロラインがドーラにいった。「今週末は、病院から呼びだしがあるかもしれないの。電話に出ないと」そして書斎に移動し、受話器に向かって、熱や腫《は》れのニセ質問を重ねた。そのまま、ゆうに六、七分は、しゃべっていた。

ルーシーとジャックは耳をすませ、無言でパソコンの画面を見まもった。ドーラはリビングを歩きまわり、小物を手に取ったり、メモを取ったり、デジタルカメラで撮影《さつえい》したりしている。やけに長く品を手に持っていることが何度かあった。ドーラはそれを、自分のトートバッグにしまうはず――。

ところが、ドーラはそうしなかった。部屋をカメラ側へとつっきり、本の書名を読みながら、監視《かんし》カメラにかなり接近してくる。ルーシーは出かかった声をおさえ、かわりに小声でキャロラインに、いますぐ電話を切ってリビングにもどるようにいった。

ドーラが監視カメラを正面からのぞきそうになったそのとき、キャロラインがニセの電話を切りあげ、リビングにもどった。ぎりぎりのタイミングで、ドーラがキャロラインのほうを向く。

「ごめんなさいね、話のとちゅうで」キャロラインが声をかけた。

「いいえ。本の趣味《しゅみ》が似てますね」と、ドーラ。

「なにも、盗《ぬす》まなかったよ！」ルーシーは、ひそひそ声でいった。

「うん。監視カメラに気づかれたかな」ジャックも、できるだけ声をひそめている。

ドーラとキャロラインは、しばらくお気に入りの本についてしゃべっていた。キャロラインは、ドーラが盗みを働いたかどうか、知らないままだ。ドーラはしゃべりながらリビングを歩きまわり、小物をあちこちに動かし、考えられる組み合わせをいろいろと提案している。

「もう一度、電話するね」ルーシーはリダイアルボタンを押《お》しながら、ささやいた。

キャロラインの書斎の電話が、また鳴る。

「たびたび、ごめんなさいね」キャロラインがドーラにあやまり、電話を取りに移動した。

ルーシーは声をひそめ、キャロラインに告げた。「まだ、なにも盗《ぬす》んでません。長めに電話してください」

「ええ、もちろんよ」キャロラインが、うまく話をあわせる。

「電話を切るタイミングは、あとで知らせます」ルーシーは、そっといった。

ルーシーとジャックはキャロラインのニセ電話を聞きながら、ドーラがまたリビングを歩きまわるのを見つめた。いまのドーラは、ジャックの部屋から魔法《まほう》の鍵《かぎ》を盗んだときと同じ表情をうかべている。自信に満ちあふれた表情だ。

ドーラが、ソファーのとなりのテーブルに近づいた。ルーシーが、ドーラの興味を引きそうな品を三点ならべたテーブルだ。

ドーラは幾何学模様《きかがくもよう》の小ぶりなブロンズの彫像《ちょうぞう》を手に取り、しげしげとながめ、メモを取った。つづいてアフリカの彫像をつかみ、わずかに首をかしげてながめ、テーブルにもどした。最後に、銀の箱を手に取った。手のひらにのせ、目の高さまで持ちあげると、裏返《うらがえ》しにし、底のマークを念入りに調べている。

ルーシーが息をつめて見まもるなか、ドーラは自分の革のトートバッグに近づき、銀の箱をそっとしまい、青リンゴをひとつ取りだして、テーブルに置いた。そうすると、最初から青リンゴがそこにあったかのようだ。つづいてメジャーを取りだし、リビングのサイズを測りはじめた。

ルーシーはぼうぜんとしたが、ほっとする気持ちもあり、電話口にささやいた。「オッケーです、ドクター・ベル」

キャロラインが電話を切りあげる声がした。「ああ、もう、一日中こんなだと、たまらないわ！」ドーラのところへもどりながら、声をかけている。「で、どうかしら？　あなたの魔法に期待しても、いいかしら？」

キャロラインの冷静で堂々とした態度にすっかり感心し、ルーシーとジャックは顔を見あわせた。

「ええ、だからこそ、みなさんから仕事の声がかかるんです」と、ドーラ。

ドーラが玄関《げんかん》をしめて出ていく音がしたとたん、ルーシーとジャックはクロゼットから飛びだした。キャロラインが、書斎《しょさい》に飛んでくる。

「おさえましたよ、現場！」ジャックがすべてを録画したディスクをふりながら、大声をあげた。「いますぐ、コピーしておこうっと」

「ドーラは、なにを盗んだの？」キャロラインが、ルーシーにたずねた。

「銀の箱です。思ったとおりでした」

「あれがミニチュアルームの品だって、わかってたのかしら？」キャロラインは、なおもたずねた。

「それは、ないと思いますけど。かなり前から、ミニチュアルームになかった物ですよね。カタログにものってないだろうし。底のマークを見てたから、年代物だってわかったんですよ」ルーシーとキャロラインは、リビングに移動した。「ほら、見て」ルーシーが、銀の箱が置いてあったテーブルを指さした。「青リンゴ！」

「さわらないほうがいいわね」と、キャロライン。「警察が、指紋《しもん》を採《と》りたがるかもしれないし」

「なぜドーラは、こんなことを？　なぜ、青リンゴを残したりするのかな？」ルーシーは、疑問を口にした。

「医学部で心理学の授業を受けたんだけどね、犯罪者の中には、自分の頭脳に高いプライドを持っていて、犯罪行為《こうい》をこれみよがしに見せたがる人がいるんですって。青リンゴは、ドーラの署名みたいなものよ。正体がばれない署名ね」

「盗《ぬす》まれた物のかわりに青リンゴが置いてあったのに、だれも気づかなかったなんて」

「わたしにはわかるわ、からくりが」と、キャロラインが説明した。「ドーラは家にやってきて、詐欺師《さぎし》のインチキ賭博《とばく》みたいに、小物を手に取っては、ならべかえる。そのせいで、見ている側は少し混乱するのね。元の状態と同じ位置にあるものが、なくなるでしょ。たいていの人は、あまり細かく観察しないし。ドーラは、その事実に頼《たよ》ってるの。そのあとドーラは、色見本のひとつとして、青リンゴを見せる。そうすれば、ドーラがうっかり忘《わす》れたんだって、だれでも思うでしょ。けれどドーラは青リンゴを残していくことで、ひねくれた満足感をえられる。どろぼうによっては、心の奥底では罪悪感を感じていて、つかまえてほしいとひそかに願っていることもあるの」

「でも、なんで青リンゴなの？」

「それは、わたしにもわからないけど」

書斎《しょさい》からふたりの会話を聞いていたジャックが、しゃべりながらリビングにもどってきた。

「この録画を見せたら、警察も動機なんて気にしないさ。マジでバッチリ映ってる！　コピーを三枚作ったよ。はい、どうぞ、ドクター・ベル」

「警察にいっしょに行きましょうか？」と、キャロラインが申しでた。

「警察には、まだ」と、ルーシー。「先に、魔法《まほう》の鍵《かぎ》を取りもどさないと」

「ドーラがミニチュアルームから盗んだアイテムもな」と、ジャックがつけくわえる。

「どうやって、取りかえすの？」と、キャロラインがたずね、
「いまは、まだ計画中です」と、ジャックがいい、
「でも、かならず取りもどしますから。心配しないで」と、ルーシーは断言した。

12

別のアルバム

その晩――。シカゴ美術館のパーティーには、あらゆる服装の招待客がつめかけた。すその長い夜会服やタキシードの客もいれば、心のおもむくままの服装で来たアーティストもいる。ルーシーとジャックは、ミセス・マクビティーのクロゼットにあった服で着飾《きかざ》っていた。ルーシーはレトロ風の服装をほめられて喜んでいたが、ジャックはずっと居心地が悪そうだ。ジャックの母親のリディアがおおぜいの客にあいさつしながら、ジャックとルーシーを紹介《しょうかい》してくれた。ふたりは、今夜の客の中で、おそらく最年少だろう。

もっと背が高ければ景色を楽しめるのに、とルーシーは思った。「あがろうぜ」とジャックが階段を指さす。

二階の踊《おど》り場から、会場全体を見おろした。シャンパンとオードブルをのせたトレイを運ぶウェイターたち。色とりどりのきらめくドレス。会場の隅《すみ》で雰囲気《ふんいき》をもりあげているミニジャ

ズバンド――。ルーシーはジャックよりも興味しんしんだった。

「パーティーって、こんなものなのかな？」ジャックが、たずねた。「歩きまわって、おしゃべりをするもの？」

「うん、たぶん」

数分間、踊《おど》り場から会場をながめた。が、一九三〇年代の衣装を着てきた理由を思いだした。ひとりの少女の将来がかかっているのだ。その少女、ルイーザにあの時代を生きのびてもらうためには、ぐずぐずしてはいられない――。

階段を行き来する人々の会話が、きれぎれに聞こえてきた。美術品どろぼうの話題が多く、犯人がつかまってよかったといっている。真実を知っているのに、それをいえないルーシーとジャックは、さらに大きなプレッシャーを感じた。犯人と目《もく》された男性は無実で、本物のどろぼうは、まだつかまっていないのに！

そのときルーシーは、群衆の中に、ドーラの見まちがえようのない白っぽい金髪《きんぱつ》を見つけた。今日は、赤いドレスを着ている。「いた！　ドーラよ！」ルーシーは指ささずに、ジャックの視線をドーラのほうへ向けようとした。「美術品どろぼうがこの会場にいるってわかったら、みんな、どうするかな？」

「見つかる前に、行こう」ジャックがいった。

「下に行くって、リディアにいっておいたほうがいい？」

「いや。帰るときにおれが見つからなかったらメールするって、さっきいってたから」

ふたりは階段をかけおり、会場を出て、旧館へと向かった。閉館後の美術館にいられるなんて、わくわくする。今夜のパーティーのために美術館は大部分が開放されていて、一部のギャラリーをのぞけば出入り自由だが、大半の客はパーティー会場に残っていた。人々の声がないと、どのギャラリーもやけに広く感じられ、なんとなくぶきみだ。ルーシーは、絵画や彫像《ちょうぞう》に生命が宿り、話しかけてくるような気がしてきた。

地下の11番ギャラリーには、だれもいなかった。

「ラッキー！　楽にもぐりこめるな」

「じゃあ、いい、ジャック？」

「オッケー」ジャックがポケットから金属片を取りだし、ルーシーにわたす。

数秒後には、ドアの下をくぐっていた。廊下《ろうか》側に出ると、ルーシーは金属片を手ばなし、ジャックともども元のサイズにもどった。ジャックが、金属片をひろう。ふたりとも、この一連の動作を無意識にできるようになっていた。

ふたりをパリへ、運がよければルイーザへとみちびいてくれる、E27のフランスの書斎《しょさい》をめざして、廊下《ろうか》を走った。ジャックが別のポケットからようじのはしごを取りだし、下枠《したわく》に取りつける。

ふたりともまたミニサイズになり、長いはしごをのぼった。

「今日は、ルイーザ一家が家にいてくれるといいんだけど」ルーシーは、最後の一段をのぼって下枠にあがりながら、いった。

「今日こそは、ルイーザをぜったい見つけるぞ！」と、ジャックがいいきる。

ミニチュアルームをのぞいている人はいないかと、正面のガラス越しにたしかめることもせず、美しい部屋に入った。ルイーザを見つけなければ、と気が急いていたが、正面ガラスから客にのぞかれる心配がないだけに、少しだけ部屋を楽しみたいという思いをおさえきれない。

ジャックが、円形のコーヒーテーブルから、金の飾《かざ》りのついた一冊の赤い革製の本を取りあげて、ひらいた。「うわっ、見ろよ、これ！」

「なに？」

ジャックが、ルーシーのほうへ本を広げる。それは、パリとは思えない都市で撮影《さつえい》された白黒写真のアルバムだった。服のスタイルは、この部屋と同じ一九三〇年代か、あるいはそれより前かもしれない。家族写真のアルバムだ。

そのとき、ルーシーは、一枚の写真に知っている顔を見つけた。「ルイーザよ！」

アルバムをめくったら、ルイーザ一家の写真がつぎつぎとあらわれた。

「きっとこのアルバムが、この部屋を活気づけているアイテムなのよ。最後の写真を見てみようよ」ルーシーは、E24〈一七八〇年のフランスの部屋〉で見たソフィーの日記と、日記の最後の空白のページを思いだした。そのページは、ルーシーとジャックがソフィーの運命を変えたあと、魔法《まほう》でもかけられたかのように、文字で埋《う》められたのだった。

最後の写真は、パリのものだった。タッセ通り七番地の自宅前に立っているマイヤー一家の写真だ。ルイーザは、このまえ会ったときと変わらない。

そのあとのページは、空白だった。

「これが最後の写真……。ぜったい、ルイーザを見つけなくちゃ！」ルーシーは、叫《さけ》んだ。

ジャックが元の位置にアルバムをもどし、ふたりはバルコニーから外に出た。ルーシーが先頭に立って、らせん階段をかけおりる。

庭は以前と変わらず、かぐわしいバラが満開に咲いていた。壁《かべ》の釘《くぎ》から鍵《かぎ》を取り、錬鉄製《れんてつせい》の門をあけて、パリの歩道へと出る。

時間をむだにせず、まっすぐタッセ通りに向かったが、近くまで来たとき、ルーシーは足を止め、道路標識を指さした。「見て。ベンジャミン・フランクリン通りって書いてある。ねえ、おぼえてる？　十八世紀のフランスでソフィーと会ったとき、みんなベンジャミン・フランクリンに魅力《みりょく》を感じてる、っていってたよね？」

「だから通りに、フランクリンにちなんだ名前をつけたってわけか。へーえ、スゲーな」

タッセ通りに入り、ブロックの端《はし》にある七番地まで、わずかな距離《きょり》を歩いた。ルーシーは深呼吸して、ブザーを押《お》した。

十秒が、何分にも感じられる。数日前、ふたりにそっけなくした女性が、レースのカーテン越しにふたりをのぞき、暗いアパートの奥へ引っこんだ。ルーシーはぞっとした。

そのとき、頭上から声がした。見あげたら、ルイーザがバルコニーから手をふっていた。

「ボンジュール、こんにちは、ルーシー、ジャック！　四階にあがって！」

大きなドアのロックがはずれるカチッという音がした。例のいじわるな女性が窓辺にもどってきて、身を乗りだし、ルイーザに向かってなにかどなった。なんといったのか、ルーシーにはわからなかったが、冷たい声なのはわかる。ルーシーとジャックは、いじわるな女性ににらまれる前に、そそくさとドアの中へすべりこんだ。

ドアの先には、車が何台も通れるくらい広い、屋根つきの通路がのびていた。真正面には吹《ふ》き抜けの中庭があり、中央に一九三〇年代の自動車が数台とめてある。ふたりの右側にはドアがあった。窓際でいじわるをする、あの女性のアパートだろう。左側には三段の階段があり、その先には玄関《げんかん》ホールがある。玄関ホールの床《ゆか》は大理石だ。風変わりな鳥カゴに似たエレベーターが一基あり、エレベーターを取りかこむようにして、らせん階段がのびていた。

「階段にする？　エレベーターにする？」ルーシーは、奇妙《きみょう》なエレベーターに乗りたくなかった。

「エレベーターに決まってるだろ。スゲーよ、あれ」

鉄製のアコーディオン状の扉《とびら》を横にすべらせてあけた。エレベーターは、ふたり分の大きさしかない。ぎりぎりで三人乗るのがやっとだろう。真鍮製《しんちゅうせい》のパネルに階数をしめす黒いボタンがついていて、ジャックがそれを押した。「四階で、いいんだよな？」

「うん」この古びたエレベーターのせいか、それともルイーザとの再会がさしせまっているせいかわからないが、ルーシーは落ちつかなかった。ルイーザになんというか、意識を集中して考えようとする。遊びに来ただけでは、すまされない。

のろのろと三階を通過し、エレベーターが急にガクンと少しゆれて止まり、四階に到着《とうちゃく》した。ジャックが、アコーディオン状の扉をあけた。

せまい廊下《ろうか》には、ドアがひとつしかなかった。呼び鈴《りん》はないが、ドアノブがまわしてくれといわんばかりにあるので、ルーシーはまわした。ピカピカにみがかれたドアノブは、冷たかった。ぶあつい木製のドアの向こうから、本物の鈴《すず》の音が聞こえる。

「いらっしゃい！　会えて、うれしいわ。もう会えないかもって心配してたの！」と、ルイーザがドアをあけ、ルーシーとジャックが幼《おさな》なじみであるかのように抱《だ》きついた。「ムターー、ファター、コムヒーァ！」

ドイツ語はわからないけれど、ルーシーもジャックも「ママ、パパ、来て！」といったように聞こえた。

「どうぞ、入って」

そこは、とても優雅《ゆうが》な広いマンションだった。ソーン・ミニチュアルームの部屋にそっくりね、とルーシーは思った。十八世紀のミニチュアルームかな。

「うわっ、スゲー」と、ジャック。

「ありがとう」ルイーザが、ふたりをリビングに案内した。オフホワイトの壁《かべ》は砂糖《さとう》の衣みたいだ。凝《こ》った天井《てんじょう》に沿って、花やリボンの彫刻《ちょうこく》がほどこされている。大理石の暖炉《だんろ》の上には古いくもった鏡がかけてあり、フレンチドアはどれも床《ゆか》から天井までのビロードのカーテンでかこまれていた。フレンチドアを出た先には、タッセ通りとトロカデロ庭園を見わたせる小さなバルコニーがある。

「いらっしゃい」と、ルイーザの母親がリビングに入ってきた。ルイーザよりもドイツなまりがきつい。「ルイーザがいっていた、アメリカ人のお友だちね。どうぞ、座《すわ》ってちょうだいな」

と、シルクのカバーがかかったソファーへ手をふる。

ジャックの表情にだれも気づきませんように、とルーシーは思った。ジャックは、座ったら繊細《せんさい》なソファーをこわしちまう、とでもいいたげな顔をしていた。

「お茶は、いかが？」

「あっ、いいえ、けっこうです」と、ルーシーは遠慮《えんりょ》した。

「パリに来てから、なにをしてたの？」と、ルイーザがたずねた。「もっと早く、会いに来てくれればよかったのに！」

「会いに来たのよ。でも、一階の女の人に、マイヤー一家は田舎に出かけていて、きのうまでもどらないっていわれたの」

ルイーザはドイツ語でなにかいいながら母親と顔を見あわせ、そのあと説明した。「出かけてなんかいなかったわ。一、二時間、留守にしただけ。あの人、わたしたちのことをきらっていて、いやがらせをするのよ」

「いやがらせって？」

「あの人は、このマンションを管理してるコンシェルジュでね……。ええっと、あなたたちの言葉では、なんていうのかしら？　ドアマン？　郵便を何日もたってから持ってきたり、たずねてきた人に、うちは引っ越したなんていったりするのよ！」

「まったく、いいかげんにしてほしいわ」と、ルイーザの母親もいった。「ところで、パリはいかが？」

「大好《だいす》きです。とてもすてきな街ですね」と、ルーシーはこたえた。

「ルイーザから聞いたのだけれど、シカゴからいらしたんですって」

「はい」

「シカゴには行ったことがないの。行ったことがあるのは、ニューヨークだけ。いつか、アメリカじゅうの都市を見てまわりたいものね」

「そうよ、ママ」と、ルイーザがまた話にくわわった。「シカゴのルーシーとジャックを訪《たず》ねましょうよ！」

「そうね、この騒動《そうどう》がすべておさまったら、行きましょう」

ルーシーは、騒動、という言葉を聞いて、ルイーザの母親は状況《じょうきょう》が悪化するとは思っていないのだと感じ、さっそく本題を切りだそうとした。

ところがそのとき、ルイーザの父親が部屋に入ってきた。「やあ、いらっしゃい！　シカゴから来たジャックとルーシーだね！」と、大股《おおまた》に近づいてきて、握手《あくしゅ》する。「ランチをいっしょにどうだね？」ドイツなまりは、かすかにまじっているだけだ。

「そうよ、食べていって！」ルイーザも強くすすめる。

ジャックが、頭の中ですばやく計算した。「父さんとの約束の時間まで、あと一時間もないんですが」

「ほう、一時間あればだいじょうぶだな」ノーとはいえないくらい、ルイーザの父親で医者のマイヤー氏は感じのいい人物だった。

食器が正式にならべられた、ダイニングの長いテーブルに移動した。ルイーザの父親が上座《かみざ》に、母親が向かいの下座《しもざ》に座《すわ》る。メイドがひとり入ってきて、スープを配ってまわった。

どのフォークとスプーンを使ったらいいのか、ルーシーにはよくわからなかった。ジャックもだ。ジャックがルーシーを見ておかしな顔をし、ルーシーは思わず吹《ふ》きだしそうになった。ちらっとルイーザを見たら、丸みをおびた大きなスプーンを持っていたので、ルーシーもまねをした。

ルイーザのお母さんが味見をすると、ルイーザがすぐにスープを飲みはじめ、ルーシーも飲んだ。ポテトスープのようだ。おいしい！

「ところで、きみたちのお父上は、どのようなご用事でパリにいらしたのかね？」ルイーザの父親がたずねた。

「貿易です」と、ジャックがこたえる。

「ワインの？」

「はい、そうです」

「お父上にも、ぜひお目にかかりたいものだ。お父上は、現在の世界状況《じょうきょう》についてどうお考えか、聞かせてくれないかね？」

「いろいろな考えを持ってます」これはルーシーだ。ルイーザの父親がその話題に触《ふ》れてくれたので、ほっとしていた。

「それは、じつに興味ぶかい。聞かせてくれないかね？」

「父さんは、実業界や政界に知り合いがたくさんいるんです。その人たちは、いずれヒトラーと戦争になるだろうと見ています」

というルーシーの返答に、ルイーザの母親がスプーンを置いた。

ジャックがつけくわえる。

「父さんはパリもかなりひどい状況になると思っていて、フランスでの事業をたたもうとしているんです」

「うむ、同じような話は、前々から耳にしているよ」

という父親の言葉に、ルイーザは目を見ひらいた。

「ルーズベルト大統領のお考えは？」と、ルイーザの母親がたずねた。さっきから、かなり深《しん》刻《こく》な顔をしている。

「大統領の考えは、よくわかりません」と、ジャックはみとめた。「けれど、アメリカにいる父さんのユダヤ人の友だちは全員、まちがいなく、親戚《しんせき》はみんなアメリカに来るべきだと考えてます。それも、できるだけ早く」

「父さんは、ここパリも危なくなるっていってます。どうか、信じてください」せっぱつまった思いが声に出ていますように、と祈《いの》りながら、ルーシーはけんめいにうったえた。

「でも、まさかヒトラーがパリを支配するなんて、ありえないわ」ルイーザの母親は、信じられないといったようすだった。

「父さんと、父さんの取引先の人たちは、いずれそうなると確信してます」と、ジャックが応じる。

「ヒトラーがドイツをあんな風にしてしまうなんて、だれか予想してましたか？」と、ルーシーは指摘《してき》した。

ルイーザの父親はルーシーの言葉にうなずき、口をつぐんだ。そんな父親を母親が見つめ、言葉を待っている。ほどなく、父親がいった。「ニューヨークにいる親戚《しんせき》を頼《たよ》れるだろうな」

「ぜひ、そうしてください。ぜったいに」ルーシーはだまっていられず、念を押《お》した。

「でも、ベルリンの家はどうなるの？」ルイーザは、見るからに動揺《どうよう》していた。

「どこであろうと、家族がいっしょにいられれば、そこが家だよ」と、父親が手をのばし、ルイーザの手をぎゅっとにぎりしめた。「ドイツ政府はわたしの医師免許を返してくれそうにないから、医者の仕事は当分おあずけだしな。きのう、その通知が届いたんだ。わたしは、仕事をしたいんだよ」

そのとき、玄関《げんかん》があいて、だらしないかっこうの少年がひとり、転がりこんできた。ルイーザより一、二歳《さい》年上らしい。なにかのチームのユニフォームを着ている。巻き毛の髪《かみ》はぐちゃぐちゃで、怒りの表情をうかべた顔は泥《どろ》にまみれていた。

ルイーザの母親が、かけよった。「ジェイコブ！　どうしたの？」

「ゲームのあとで、相手チームの連中が家までつけてきて、けんかをふっかけてきやがった！」ジェイコブと呼ばれた少年が、運動靴《ぐつ》を脱《ぬ》ぎながらこたえた。

「だいじょうぶ？　けがしなかった？」と、母親がジェイコブの世話をやく。

「だいじょうぶだよ。汚《きたな》い言葉でののしられたから、やりかえしたら、ようやくおさまったんだ」

ルーシーとジャックは、どうしたらいいか、わからなかった。父親がジェイコブのようすを見るために席を立つ。ルイーザが身を乗りだし、ルーシーとジャックに小声で説明した。「兄さんのジェイコブ。いろいろなチームの中に、ユダヤ人ならみさかいなく攻撃《こうげき》する男の子たちがいるの。前にも、あったのよ」

「サイテーだな」と、ジャック。

ジェイコブが着替《きが》えに行ったあと、両親はダイニングの外でしばらく小声で話しあってから、もどってきた。

数分後、着替えて身だしなみをととのえたジェイコブが、ダイニングテーブルの席についた。すでにメイドが、スープを用意していた。「ああ、腹ぺこだ！」

「まあ、ジェイコブ！　おぎょうぎの悪い！」と、母親がジェイコブをたしなめた。「こちらは、ルーシーとジャック。ルイーザの友だちで、シカゴからいらしたの。ルーシー、ジャック、うちの息子のジェイコブよ」

「よろしく！」と、ジェイコブが席を立って、握手《あくしゅ》しにくる。ジャックはわざわざ立ちあがってジェイコブにあいさつし、ルーシーを驚《おどろ》かせた。

「なんのスポーツをしてるの？」ジャックがたずねた。

「フットボール。きみも、やる？」

「うん、少しは。アメリカでは、サッカーっていうんだ。学校のチームで、やってるよ」

「野球は？　やったことある？」と、ジェイコブが身を乗りださんばかりにして、たずねる。

「うん。夏のあいだだけだけど」

ここで、ルイーザの父親が口をひらいた。「ルーシー、ジャック、きみたちの話はとても参考になった。じつは前々から、ニューヨークにいる親戚《しんせき》のところへ、しばらく滞在《たいざい》しようかと考えていたんだ。きみたちの話を聞いて、腹を決めたよ」

「すごくいいことだと思います」ルーシーは、力強くいった。

「あなたたちのお父さまは、かならず戦争になると思っているの？」これは、ルイーザの母親だ。

「まちがいなく、戦争になりますよ」と、ジャックがこたえた。

「戦争が近いヨーロッパに残っていては、だめです」ルーシーは力説した。「みなさん全員が危険な目にあいます」

ルイーザの父親が宣言した。「よし、行こう！」

ニューヨークに行くと聞いて、ジェイコブがにやりとした。「野球チームに入れるぞ！　最低でもワンシーズンはプレイできるくらい、向こうにいようよ」つづいて、ジャックのほうを向いて説明した。「ヨーロッパでは、だれも野球をしたことがないんだ。ヤンキースの野球を見られるぞ！」

ダックスフントのフリーダが、ルイーザの横にやってきた。ルイーザがフリーダを抱《だ》きあげ、つやのある毛に顔をうずめる。

「泣かないで、ルイーザ」母親がルイーザに声をかけた。

「むりよ。ドイツに帰りたい。帰りたいんだもん」涙《なみだ》があふれて、ほおを伝っていた。

ルーシーは正しいことをしたとわかっていたけれど、ルイーザの生活をめちゃくちゃにしてしまったことに、後ろめたさをぬぐいきれなかった。

「ごめんね、ルイーザ。でも、いつかきっとベルリンにもどれるわ」ルーシーは、なぐさめの言葉になっていますようにと祈《いの》る思いだった。

ルイーザが鼻をすすってほほえみ、「ありがとう」と、ナプキンで涙《なみだ》をぬぐった。「パパ、フリーダも連れていける？」

「もちろんだとも。フリーダは、家族の一員だ！」

ジャックがルーシーの視線をとらえ、腕《うで》時計を軽くたたいた。

ジェイコブが、その腕時計に気づく。「おもしろい腕時計だね。見たことのないタイプだ！」

ジャックは、文字盤《ばん》が複数あり、横に複数のピンがついた、黒のごつい腕時計をはめていた。

「シカゴでは、よくあるタイプだよ」

「すみませんが、あたしたち、そろそろ失礼しないと」と、ルーシーは申しわけなさそうにいった。「おくれたら、父さんが心配するので」

「ええっ、もう？」これは、ルイーザだ。「じゃあ、シカゴの住所だけでも教えて」と、勢いよく席を立ち、そばのつくえから紙とエンピツを取ってきた。ルーシーがなにかいいわけをいう間《ま》もなく、家族全員が見まもるなか、目の前に紙が置かれる。

ルイーザの手紙が届くことはないとわかっていたが、ルーシーは書きはじめた。ルーシーのマンションが建てられるのは、一九六〇年代半ばになってからだ。

とそのとき、ルーシーはミセス・マクビティーのマンションを思いだした。あの古い建物は、二十世紀初頭に建てられたものだ！　ルーシーは自分の家の住所ではなく、「ミセス・マクビティー方」として、ミセス・マクビティーの住所を書いた。

そのあと、別れのあいさつをかわした。ルイーザは、しばらく会えない友だちにあいさつするみたいに、ルーシーを抱《だ》きしめた。ルーシーとジャックがエレベーターを待っているあいだ、ルイーザ一家は玄関《げんかん》ホールに見送りに出てくれた。エレベーターが到着《とうちゃく》し、ふたりが乗りこみ、ジャックがアコーディオン状の扉《とびら》をしめる。

こうしてジャックとルーシーは、ルイーザの人生から去っていった。

13

呪い

「物音がしたぞ」と、ジャックが注意をうながした。「どうだ？」

ルーシーとジャックはらせん階段をのぼりきり、Ｅ27の部屋の中に立っていた。パーティー会場を離《はな》れて、一時間近くたっている。

ルーシーは、少しのあいだ耳をすました。「なにも聞こえないけど。なんの音だった？」

「よくわからない。廊下《ろうか》のドアがあいてしまる音だったかも」ジャックがＥ27の部屋をつっきり、下枠《したわく》に出る。ルーシーも部屋をつっきり、ジャックが用心深くあたりを見まわすのを待って、巨大《きょだい》な空間へと出た。

「行こうぜ」異常なしと判断して、ジャックが声をかけた。

そのとき、ルーシーも物音を耳にした。廊下のはるか向こうから、聞こえた。あれは、そう、脚立《きゃたつ》をひらく音だ！

ふたりは角まで走って、ようすをうかがい――ルーシーは、あっ、と口に手をあてた。

その人物は、ふたりから一メートル半ほど離れた廊下の真ん中あたりにいた。真っ赤なカクテルドレスを着たドーラだ！　脚立をのぼり、両足が下枠と同じ高さにある。なにをするつもりなのか、ルーシーにはすぐにわかった。

ルーシーとジャックがひそかに見まもるなか、ドーラは小さなイブニングバッグをあけ、手を入れた。次の瞬間《しゅんかん》ふたりは、これまでおたがいの身でしか見たことのない変化が、ドーラに起きるのを目撃《もくげき》した。ドーラの髪《かみ》は後ろにきつく束《たば》ねてあって変化がわからなかったが、光沢《こうたく》のあるドレスの裾《すそ》がゆれるのを見て、そよ風が吹《ふ》いたのがわかった。ドーラの目が見ひらかれ、赤いドレスが一瞬ぶかぶかになり、すぐに服がちぢんでフィットする。

それが何度もくりかえされるのを、ルーシーはぼやけたドーラの姿を通じて目《ま》の当たりにした。魔法《まほう》の流れるようにすばやい効果が他人の身に起きるのを見るのは、まさに驚《おどろ》きだった。かなり離れていたにもかかわらず、ドーラの驚愕《きょうがく》した反応まで見えた。

ドーラは、十五センチくらいにちぢんでいた。息を深く吸い、髪をなでつけると、脚立の最上段からミニチュアルームの下枠へと移動し、Ｅ23の木製の枠の中に入って、ふたりの視界から消えた。

ジャックがルーシーを見た。「あの部屋には、なにがあるんだろう？　知ってるか？」

「フランスのダイニングルームだと思う。ねえ、これから、どうする？」

「見張るんだ」

「ドーラに気づかれたら？」

「おれたちが魔法《まほう》について知ってることは、ドーラもわかってるよな。ドーラにはおれたちに説明する義務があるんだから、ずばり聞けばいい。魔法の鍵《かぎ》のこともな」

ジャックの理路整然とした考えに、ルーシーはときどきびっくりする。そうよね、そうするべきだよね！

ドーラはE23の部屋にとどまらない、とルーシーは考えていた。「あそこ、ドーラは気に入らないと思う。次にどうするか、ようすを見ようよ」

ルーシーの予想どおり、ドーラは一分ほどであらわれ、下枠《したわく》を進んだ。次のターゲットは、E24の部屋だ。「あっ、ソフィーの部屋よ！」ルーシーは小声でいった。「あの部屋からアイテムを持ちだすのは、ぜったいダメ！」ルーシーにとって〈ソフィーの部屋〉は、特別だった。

「じゃあ、その前に、止めに行こう」

ジャックのいうとおりだ。ふたりで、ドーラと対決しなければ！

ルーシーとジャックは、E24の入り口へと走った。ジャックがルーシーを見て、脇《わき》にどき、先に行けと道をゆずる。

ドーラは、ふたりに背中を向けていた。暖炉《だんろ》の前に立ち、炉棚《ろだな》の上にある物をしげしげとながめている。E24の部屋に入るルーシーの姿が、炉棚の上の鏡に映った。その鏡には、ドーラの顔も映っている。ドーラがぎょっとした表情をうかべ、あわてて驚《おどろ》きの顔をつくろうのが、ルーシーには見えた。

「まあ、ルーシー！　ジャックも！」ドーラがふたりのほうを向きながら、まるで通りで偶然《ぐうぜん》出会ったかのように話しかけた。「ここで、なにをしてるの？」

「ジャックのお母さんといっしょにパーティーに来たんです。せっかくのチャンスだから、ここをのぞいておこうかなって」と、ルーシーはこたえた。

「なぜわたしがここにいるのかって、思ってるんでしょ。わたしだって、あなたたちに同じことを感じても当然よね？」

というドーラの問いに、ジャックがすばやくこたえる。

「小さくなる方法を、いろいろと知ってるもんで」

「あら、そうなの？」と、ドーラが片方の眉《まゆ》をつりあげる。

「あたしたちの鍵《かぎ》、持ってますよね？」ルーシーは、つとめて冷静にたずねた。

「ええ、まあ。あなたたちから借りただけよ。あなたたちだって、だれかさんから借りたんでしょ」

「なぜ、貸してくれっていわなかったんですか？」ルーシーが、さらにたずねる。

「あのね、ちょっと困ったことになったのよ。研究のためにミニチュアルームからいくつかアイテムを持ちだしてもいいって、館長が許可してくれてね。二カ月ほど前なんだけど。たいていのアイテムはミニチュアで、小さいままだった。ところが一部のアイテムは、博物館を出たとたん、急に大きくなったのよ。当然、びっくりするわよね。なぜそんなことがって、びっくりしたわ！」

そのつづきは、ジャックがいった。「で、デカくなったアイテムを、どうやってミニチュアルームにもどしたらいいか、わからなかった」

「そうそう、そうなのよ！」と、ドーラの口調が熱をおびた。「ミニチュアならば元の位置にもどせるけれど、大きくなったアイテムはどうすればいいのか、途方《とほう》にくれたの」

「それは、さぞあせったでしょうねえ。そう思わない、ジャック？」と、ルーシーがいい、

「うん、そりゃあ、マジであせるよなあ」と、ジャックが調子をあわせる。

「それでね、ルーシー、ミニチュアルームの裏《うら》の廊下《ろうか》で、あなたから魔法《まほう》について聞いたでしょ。最初は耳を疑ったわ。けれど、なるほどとも思った。トートバッグの中で、ミニチュアのアイテムが大きくなるのを、経験していたんですもの」ルーシーとジャックが信じているかどうか見きわめようと、ドーラがふたりの表情を観察する。

「でも、なぜもっと前に打ちあけてくれなかったんですか？」

「わたしのごたごたに、あなたたちを巻きこみたくなかったのよ。鍵は、アイテムを返すのに必要なだけだったし」

「もう、もどしたんですか？」

「いいえ、まだよ、ルーシー。美術館があいているあいだに鍵を使う度胸は、さすがになかったもの。今夜が絶好《ぜっこう》のチャンスだって思ってたわ。鍵の魔法がわたしに効くかどうかだけでも、たしかめられるでしょ。けれどパーティーのあいだにアイテムをもどすのは、むりそうね」と、ドーラがこれみよがしに、小さなイブニングバッグを持ちあげた。「ところで、あなたたちは鍵なしで、どうやってちぢんだの？」

「あっ、電話だ！」携帯《けいたい》電話が振動《しんどう》しているふりをして、ジャックがポケットに手をつっこみ、来てもいないメールを読むふりをした。「母さんからだ……。おれたちを、さがしている。いますぐ、ここを出ないと！」

ルーシーは、ある考えがひらめいた。「明日、アイテムを全部持ってきてくれれば、もどすのを手伝いますよ。魔法《まほう》をもっと見せてあげられるし」

「でも、休館日じゃないわよ」と、ドーラ。

「だいじょうぶです」と、ルーシーは断言した。「なにもかも、見せてあげますよ」

「なにもかもって、どういうこと？」

「この魔法には、ほかにもいろいろと秘密があるんですよ」これは、ジャックだ。

「明日、全部持ってこられるかどうか……」ドーラが時間かせぎをしつつ、興味をそそられてもいることを、ルーシーは見ぬいていた。

「あのね……絵のジオラマの一部は、じつは本物なんです」ルーシーは、さらに魅惑的《みわくてき》な餌《えさ》をまいた。

「えっ、本物？」

「そうなんです。タイムトラベルの入り口みたいになってて」と、ルーシーは説明した。「あたしたち、時間をさかのぼって、十八世紀と十九世紀に行ってきたんですよ。当時の人たちと、会ってきたんです」

「あなたたち、それで……なにか持ち帰ったの？」

ルーシーもジャックも、ミニチュアルームにもどったら過去の品は消えてしまうのでむりだなどと、教えるつもりはなかった。「そんなこと、考えもしなかったわ」

「でも、それってつまり、わたしが……あなたたちも……レンブラントに会えるってこと？」

ドーラは、ふたりに話しかけているわけではなかった。ひとりごとに近い。「絵画を、ただ同然で買えるじゃないの！」

ルーシーはドーラの目の中にある、計算高い欲望に気づいていた。この瞬間《しゅんかん》のドーラは、ちっとも美しくなかった。

「呪《のろ》いも見せてあげられますよ」と、ジャックがひねりをくわえた。

「えっ、呪い？」人生最大のあまい夢をぶちこわされでもしたように、ドーラがジャックを見た。「なんの呪い？」

「魔法を軽んじた者には、公爵《こうしゃく》夫人クリスティナの呪いがかかるんですよ」ジャックは、即興で話をでっちあげた。「本当かどうかは、知らないけど」

「でも、こんなことが起こりうるなんて、実際に体験するまでは考えもしなかったわ。だから、呪いも本当かも」と、ルーシーがさらに話をふくらませる。

「さあ」と、ジャックがふたりを急きたてた。「行かないと」

部屋を出ていくついでに物を盗《ぬす》まれないようにと、ルーシーとジャックはドーラを先頭に立たせた。そしてドーラが脚立《きゃたつ》のほうを向いているすきに、ルーシーはすばやくジャックの手をにぎり、下枠《したわく》から金属片を放りなげ、ジャンプした。

ふりかえったドーラは、空中で大きくなるルーシーとジャックを目《ま》の当たりにした。なにもかもが一瞬《いっしゅん》のできごとで――ジャックが金属片をひろいあげ、ポケットに入れるのもだ――なにが起こったのか、まったくわからなかった。「ど、どうやったの⁉」ドーラは、あっけにとられていた。

「たいしたことじゃない」と、元のサイズにもどったジャックが下枠にいるミニサイズのドーラにいった。「魔法《まほう》の鍵《かぎ》を床《ゆか》に放りなげるだけで、いいんですよ。ためしてみたらどうです？」

「えっ、そういわれても……」

「本当よ、ドーラ。こわくないから」と、ルーシーがドーラをなだめた。大きさがこれだけちがうと、ものすごく強くなった気がする。

「わかったわ。行くわよ」と、ドーラが魔法の鍵を放りなげ、おずおずと一歩踏《ふ》みだし、空中でぐんぐん大きくなった。

チリンチリンというふしぎな音がまだやまないうちに、ジャックはすばやく鍵をひろいあげ、金属片を入れたのとは別のポケットにしまった。

ジャックもルーシーも、満面に笑みをうかべた。これ以上ないくらい、かんたんに鍵を取りもどせた！

ハイヒールのドーラが、ぎこちなく着地した。「ふう。この方法は、いまいちね！」

「だんだん、慣れてきますよ」ルーシーは、きっぱりといった。

ドーラが、まわりの床に目を走らせる。「鍵は？　どこ？」

すでに歩きだしていたジャックがふりかえり、ドーラにほほえみかけた。「ここでひろったら、またちぢんじゃいますよ。男は、この魔法にかからないけど」

「あら、そうよね。気がつかなかったわ」

ドーラは、やられた、という顔をしていたが、いまさらじたばたしても怪《あや》しまれるだけなので、肩《かた》をすくめて、ついていった。

ジャックはドアの前に来たが、ポケットから魔法の鍵も金属片も出す気はなかった。「ドアの鍵は持ってるんですよね、ドーラ？」

「ええ。でも、あなたたち、どうやってここに入ったの？」

「説明は、ぜんぶ明日ってことで。十一時に美術館に来てください」と、ルーシーは話に割りこんだ。

「わかったわ」

「それと……」と、ルーシーは念を押《お》した。「もどさなきゃならないアイテムを、全部忘《わす》れずに持ってきてくださいね。あたしたち、お手伝いしますから！」

ドーラはふだんよりもこわばった顔でルーシーにほほえみ、もう一度髪《かみ》をなでつけてから、ドアロックに鍵《かぎ》をさしこんだ。

三人が無人の11番ギャラリーに出たあと、背後でオートロックのドアがカチッとしまった。


その晩、ルーシーはジャックの家に泊《と》まった。ミセス・マクビティーと電話で少し話をし、両親に夜の定期連絡《れんらく》を入れてから、パジャマに着替《きか》えた。ベッドは、ジャックのミニハウスのリビングにあるミニソファーだ。ジャックは、二階のベッドルームのベッドに横になっている。

「なあ、信じられるか？」と、ジャックが二階からルーシーに声をかけた。「メチャクチャ、かんたんだったよな」

「うん。でも、あたし、信じられないこともあるの」

「信じられないことって？」

「ドーラがメイフラワー号を盗《ぬす》んだってこと。盗むものなら、ほかにもたくさんあったのに。あたしたちでなくても、すぐにだれかが気づいたでしょうに」

「たしかに……。信じられないよな」ジャックが、あくびまじりにいった。

「あたしたち、本当にルイーザ一家を救えたのかな？」

「ルイーザのお父さんは、頭のよさそうな人だった。あの一家は、ドイツを離《はな》れるべきだって、すでにわかってたし。お父さんは、ニューヨークに行くっていってたしな」

ルーシーも、あくびをした。「明日、ドーラが来るといいね」

「古い作品を手に入れられるって、かなり乗り気だっただろ。ぜったい来るさ」

「だといいけど……」と、ルーシーはいいかけて、またあくびが出た。「……全部、持ってくるといいんだけど」

ジャックの「明日になれば、わかるさ」という言葉を聞いて、ルーシーは眠りに落ちた。

その晩、夢の中で、ルーシーは自分のベッドにもどっていた。いつものように、姉のクレアが軽いいびきをかいている。

なぜか起きあがり、廊下《ろうか》へ出て、トイレと両親の寝室《しんしつ》を通りこし、別の部屋の前に立った。これまで一度も見かけたことのない部屋だ。

ヘンね。生まれてからずっと、ここに住んでるのに。なぜ、この部屋の存在を知らなかったの？

その部屋に入ろうと、一歩踏《ふ》みだした。が、かたい物にぶつかった。壁《かべ》だ。その部屋は、だまし絵だったのだ。

なんてリアルなんだろうと見とれていたら、その部屋の中に何者かがあらわれた。ぼうっとした白髪《はくはつ》の、背の高い女性がひとり、部屋の中でなにかをさがしまわっている。「ドーラ？」と呼びかけたが、女性は顔が影《かげ》にかくれていて、わからない。

そのとき、部屋の中に、ありとあらゆる箱がちらばっていることに気づいた。ソーン・ミニチュアルームにあるような箱が多い。キャロライン・ベルが持ちだした銀の箱や、ソフィーの部屋で見かけた箱もある。ジャックの弁当箱もある！

女性はすべての箱をあけ、ひとつひとつ念入りに調べ、なにかを入れていた。

「ドーラ？　ドーラなの？」ルーシーはまた声をかけたが、返事はない。

箱をのぞきまわる女性をながめるうち、その女性が箱に入れているのがリンゴだとわかった。

「ドーラ！」ルーシーは大声をあげた。しかし、だまし絵がゆっくりと消えていき、気がついたら、ただの白い壁が広がっていた。

ルーシーは寝室にもどり、ベッドにもぐりこみ、姉クレアのいつもの寝《ね》ごとを聞きながら、ふたたび目をとじた。

14

作戦実行

翌朝、ルーシーとジャックは、ドーラと十一時に落ちあう前にミセス・マクビティーの家に立ちより、キッチンで朝食をごちそうになりながら、これまでのことをすべて打ちあけた。つづいてジャックがキャロライン・ベルに電話し、計画の最終的な打ちあわせをした。

「準備万端《ばんたん》だ」携帯《けいたい》電話をとじながら、ジャックがいった。「キャロラインは待機してる」

「おっと、忘《わす》れるところだったよ。すっかり、わくわくしちゃってねえ」と、ミセス・マクビティーが席を立ち、ダイニングルームの書物だらけのつくえから、一冊の革表紙のスクラップブックとルーペを取ってきた。それをキッチンテーブルに置き、スクラップブックの最新の記事が貼《は》ってあるページをひらいた。先週の新聞の切りぬきだ。人だかりの前で、ルーシーとジャックがエドマンド・ベルと撮《と》った写真がのっている。「きのうの晩、記事を整理していたときに、ふと目にとまったんだよ」と、ミセス・マクビティーがルーシーとジャックにルーペ

をわたした。

ふたりはルーペをのぞきこみ――同時に、叫《さけ》んだ。「ドーラだ！」

「そうだとも！　ドーラは、あの場にいたんだよ。パーティーの次の日、美術館でドーラと会ったとき、どこかで見かけた顔だと思ったんだ。わたしはねえ、一度見た顔は、ぜったい忘《わす》れないんだよ」

「なぜ、パーティーに出席してたって、いわなかったのかな？」と、ルーシーが疑問を口にした。

「出席しなかったとも、いわなかっただろう？」と、ミセス・マクビティーが指摘《してき》する。

「でも、本当はあたしたちのことを知ってたくせに、知らないふりをしたのよね」

「おれたちに会いにきたんだと思います？」

「ああ、まちがいないね」と、ミセス・マクビティーがジャックの問いにこたえた。「ドーラ・ポメロイは、偶然《ぐうぜん》をあてにするタイプじゃないよ」

ルーシーはミセス・マクビティーの話を聞きながら、前の晩に見た夢が意識の中にもぞもぞと入りこもうとしているような、妙《みょう》な感覚を味わっていた。自分の家の廊下《ろうか》。ふっとあらわれたただまし絵の部屋――。

そして、すべての夢がいっぺんによみがえった。「ジャック！　弁当箱の中にだれがメッセージを残したのか、まだつきとめてないよ」

「あっ、そうだ！　いろいろとあったんで、忘《わす》れてた」

「あたし、きのう、夢を見たんだ。あれはドーラが書いたんだって感じる夢を」ルーシーは、ひとつひとつの箱にリンゴを入れていた、影《かげ》のような人物のことを思いだしていた。

ミセス・マクビティーが声をあげた。「もしドーラが書いたんだとしたら、エドマンド・ベルの写真展のオープニングパーティーに来たのも、うなずけるねえ。ドーラは、すでに弁当箱の中に手紙を見つけていた。そのあと、エドマンドとの関連でおまえさんたちの名前を耳にして、おまえさんたちを見たくなったんだよ」

「だとしたら、なぜパーティーで自己紹介《しょうかい》しなかったのかしら？」

「さあ、ドーラの考えまではわからないねえ。会場が混みすぎていたからかもしれないよ」

「メッセージを残したのは、きっとドーラだ！」と、ジャック。

「今日、聞いてみようよ。あたしたち、信用されてると思うし」

「ちょいと、おまえさんたち、もうこんな時間だよ。おくれたら、まずいだろう」と、ミセス・マクビティーが皿をかたづけはじめた。「それと、いいかいルーシー、夕食前にはご両親が帰ってくるからね」

そうだ、パパとママ！　ルーシーは、両親が今日帰ってくることを、あやうく忘れるところだった。早く会いたいけれど、その前にかぎられた時間でかたづけなければならないことが山ほどあった。

ルーシーとジャックは、日曜日の美しいシカゴの町へと飛びだした。ふつうなら、外ですごしたくなるような日だ。陽光が超高層ビルの窓に反射し、町がきらめいている。

ミセス・マクビティーのマンションからシカゴ美術館まで走りつづけ、約束の十一時の十分前には到着《とうちゃく》し、正面階段のブロンズのライオン像のそばに座《すわ》って、ドーラを待った。

しばらくして、ルーシーは腕《うで》時計で時間をたしかめた。十一時一分だ。「ジャックの時計では、いま何時？」

「十一時一分」

「ドーラは、ぜったい遅刻《ちこく》しない人よ。おかしいわ」

「おれたちの時計が、少し進んでるのかも」

「そうね」ルーシーはそういいつつ、みぞおちがしくしくと痛みだすのを感じた。

人の波が、とぎれることなく流れていく。その中に、ドーラはいない。

十一時を七分すぎたとき、ルーシーは不安を口にした。「ねえ、ジャック、ドーラはここに来る必要はないんだよね。アイテムをひとつも返さなくたって、いいわけだし。どれも貴重なアンティークだから、売ればひともうけできるし。体がちぢむことや魔法《まほう》について、あたしたちが外にもらすことはないって、わかってるわけだし」

「まあ、ありえなくはないよな」と、ジャックもみとめた。「でも、おれはやっぱり、好奇心《こうきしん》に負けて来ると思うよ」

「だといいけど」

ちょうどそのとき、ルーシーは肩《かた》に手が置かれるのを感じ、ぎょっとして飛びあがりそうになった。

背後から、落ちついた声がした。「ルーシー、ジャック。ここにいたのね。美術館の中で、ずっと待っていたのよ」

ルーシーは気をしずめ、盗《ぬす》み聞きされていませんようにと祈《いの》りながら、返事をした。「こんにちは、ドーラ」

ルーシーにつづき、ジャックも立ちあがった。「待ちあわせの場所は、いってませんでしたっけ？　ところで、全部持ってきました？」と、ドーラがいつも持ち歩いている大きな革のトートバッグをちらっと見た。バッグは、ぱんぱんにふくらんでいる。ドーラは、ショッピングバッグも持っていた。船のマストの先端《せんたん》が、エアクッションからはみだしている。「それ、A1の部屋のメイフラワー号の模型《もけい》ですよね？」

「さすがね、ジャック。ミニチュアルームには、くわしいんでしょ？」

「それほどでも。ルーシーには、かなわないですよ。その模型が、おれのお気に入りだっただけです」

「本当に、特別な品よね。底に名前が書いてあるのよ」

「ええ、知ってますよ。トマス・ウィルコックス。おれたち、本人に会ってますよ」

「本人に会った？」ドーラは驚愕《きょうがく》していた。「ミニチュアルームの中にいたの？」

「ううん。こっちから、トマスの時代に行ったんですよ。十七世紀にね」と、ジャックがなんでもないことのように説明する。

「それは、驚《おどろ》きね！」ドーラの目が、わずかに細くなった。

部屋の向こうの世界から持ってきたい宝物について、あれこれ考えているにちがいない、とルーシーは思った。「さあ、行こう！」と、ルーシーは先頭に立って階段をのぼった。

ドーラがIDカードを首にかけていたので、ショッピングバッグを持ったまま、問題なく館内に入れた。三人ともまっすぐ階段に向かう。よく晴れた日だったので、美術館は比較的すいていた。

ドーラが、警備員に明るくほほえみかけた。「こんにちは、ルイス。ミニチュアルームの裏《うら》の廊下《ろうか》で、ちょっとやることがあるの。このふたりは、わたしのお弟子さんよ」自信に満ちた口調だ。

「おや、きみたちは、ルーシーとジャックじゃないのかい？　エドマンド・ベルの写真を発見した？」と、警備員がたずねた。

「はい。おれたち、学校の研究をやってて、ドーラに手伝ってもらってるんです」ジャックの口調も、ドーラに負けないくらい、よどみない。

「あたしたち、ドーラのお手伝いもしてるんです」と、ルーシーもほほえんだ。

「きみたちのことは、新聞で読ませてもらったよ。エドマンド・ベルの友だちなら大歓迎《だいかんげい》だ」と、警備員がいった。「三人とも、さあどうぞ。必要なものがあれば、いってくれよな」

「ありがとう」ドーラはそういうと、案内所の真正面を通過し、アメリカコーナー側にあるドアへと向かった。ミニサイズのルーシーとジャックが下をくぐりぬけられなかったドアだ。

ドーラが美術館の鍵《かぎ》でドアをあけ、ふたりを入れた。ここまでは、問題ない。

「で、どうすればいいの？」と、ドーラがたずねた。

「まず、もどさなければならないアイテムを、全部見せてくれません？」と、ルーシーがいい、

「そうだな」と、ジャックも賛成した。「全部もどしてから、魔法《まほう》で過去の世界に入る方法を教えますよ」

「あと、呪《のろ》いは？　呪いについて、もっとくわしく知りたいんだけど」

「もちろんよ、ドーラ。なにもかも、教えてあげる！」ルーシーは、熱心にいった。「アメリカの品は、いくつぐらいあるんですか？」

「そうねえ……」ドーラはためらい、「この中のメイフラワー号ね」と、ショッピングバッグを持ちあげた。つづいて、大きな革のトートバッグから、めずらしい形の品を取りだした。「これは、南部の部屋の物よ」

「それ、写真を映しだす装置じゃないですか？　立体なんとか、というヤツ？」ジャックは、木と金属でできた装置に興味をそそられていた。

「立体幻灯機《げんとうき》ね」と、ドーラがこたえた。「こういった良質のアンティークは、なかなか見つからないのよ」

「あたし、どこの部屋の物か知ってます。チャールストンの部屋のすぐとなりの、ジョージア

の部屋の物だわ」これは、ルーシーだ。

「ほかには？」ジャックが、さらにたずねた。

「あとは、これね」と、ドーラが大きなトートバッグから、小さな銀のゴブレットをひとつ、取りだした。

「うーん……」ルーシーは首をかしげた。「これは、どこの部屋の物かな？」

「メリーランドのダイニングルームよ」と、ドーラが純銀製のゴブレットを顔に近づけた。その輝《かがや》きを受けて、目が光る。「精巧《せいこう》なできばえね」

「これで、全部？」ルーシーがうながし、

「もちろんよ」と、ドーラがこたえる。

信じてよいものか、ルーシーには自信がなかった。信じなくてはいけない理由なんて、ある？ドーラのことだから、とりあえず全部返しておいて、あとでまた盗《ぬす》みだすにちがいない、とルーシーは思った。でも今のところは、情報を引きだしたい一心で、とりあえず本気であたしたちの指示にしたがおうとしているみたい――。

「じゃあ、まずはメイフラワー号を。こいつをまっさきに返すべきだな」と、ジャックがショッピングバッグに手をのばした。

ドーラが、びくっとしてバッグをつかむ。「そうかしら？　先に探検しない？」

「その前に全部元にもどすほうが、ぜったいにいいと思う。もし、なにかの用事でだれかやってきて、その人にあれこれ聞かれたら？　すごく困ったことになると思いますけど、ドーラ？」これは、ルーシーだ。

「えっ、まあ、そうね。はいはい、そうよね」ドーラは、しぶしぶショッピングバッグをさしだした。

「ゴブレットと立体幻灯機《げんとうき》も、持っていこうよ」と、ルーシーが手をのばした。

「でも、わたしがこの手で返したいわ」と、ドーラが不満をもらす。

「重要なことが先だ」と、ジャックがやけに偉《えら》そうにいう。

ドーラはいわれたとおり、ゴブレットと立体幻灯機も引きわたした。

ルーシーとジャックは、全部まとめてミニサイズにするために、アンティークを三点ともショッピングバッグに入れた。とくにトマスの模型《もけい》には、気をつかった。

「じゃあ、やるか、ルーシー？」

「うん」

ジャックがポケットから魔法《まほう》の鍵《かぎ》を取りだし、ルーシーの手のひらに落とした。ルーシーは金属片の魔法《まほう》に慣れてきたところだったので、すぐにちがいを実感した。鍵《かぎ》の魔法のほうが強力で、スムーズに速く小さくなれる気がする。最新式の車と旧式の車のちがいのようなものだ。ルーシーと三点のアンティークは、あっという間《ま》にネズミくらいにちぢんだ。

悪の権化《ごんげ》のようにそびえたつドーラを前に、ルーシーは自分の不利な立場を痛感し、一瞬《いっしゅん》背筋《せすじ》が寒くなった。

ジャックがミニサイズのルーシーとショッピングバッグをそっと持ちあげ、セーレムの魔女裁判時代のA1〈トマスの部屋〉近くの下枠《したわく》に慎重《しんちょう》におろした。

ルーシーはメイフラワー号の模型《もけい》を取りだし、木製の枠からメインルームのとなりの小部屋へと進んだ。忍《しの》び足でドアに近づき、メインルームをのぞきこむ。つやのある、美しい木製の家具。たまらなく魅力的《みりょくてき》な大きな暖炉《だんろ》。キャロライン・ベルのピンクのヘアクリップが入っていたマグは、ルーシーがもどしたときのまま、棚《たな》のフックに吊《つ》るしてある。ギャラリーに観客がいなかったおかげで、メインルームにすぐに入れた。

前に来たときと、なにも変わっていなかった――テレビの音を消して、画像だけを見ているように、静まりかえっていることをのぞけば。

けれど、広々とした木の床《ゆか》をつっきり、メイフラワー号を炉棚にもどした瞬間《しゅんかん》、変化が生じた。

まず、クリスティナの日記に触《ふ》れたときに耳にした、あのチリンチリンという音が聞こえた。いたるところで、遠くからも聞こえ、ほんの数秒で消えた。つづいて、生の音がした。美術館の音ではなく、ふだんは消えなければ意識することのない戸外の音だ。木々をゆらす風の音。鳥のさえずり。子どもたちの遊び声――。

背もたれの高いイスの後ろをまわり、部屋に入るときのドアとは別のドアから通路に出て、外をのぞいた。やっぱり、本物の世界だ！　飛びだして、またトマスに会いたい！　でも、ジャックが廊下《ろうか》で待っているから、そうはいかない。

「最初の任務、完了《かんりょう》よ！」と、ルーシーは下枠に出て、ほほえんだ。「で、次は？」

「メリーランドのダイニングルームだな」と、ジャックがこたえた。

その部屋まで、せまい下枠を通っていくのに、それほど時間はかからなかった。ジャックとドーラがついてくる。

「ゴブレットがどこにあったか、おぼえてます、ドーラ？」

「小さなサイドテーブルの上。テーブルは鏡の下」ドーラは、にがにがしい顔つきになっていた。

「了解！」ルーシーは木製の枠からサイドルームへと進んだ。そこからは、メインルームが見わたせる。十八世紀後半の部屋だ。壁《かべ》はうす緑がかった青色。クリスタルのシャンデリアが、窓からの光をとらえ、反射している。楕円形《だえんけい》の額縁《がくぶち》にひとりの女性の肖像画《しょうぞうが》が飾《かざ》ってあった。アメリカの国旗《こっき》をデザインしたベッツィー・ロスか、第二代アメリカ合衆国大統領夫人のアビゲイル・アダムズが着ていたみたいなドレスだな、とルーシーは思った。もしかしたら、ここはその女性の部屋なのかもしれない。ルーシーは、その女性の顔が気に入った。ほかのアイテムもながめる時間があればいいのに――。

そのとき、ふたりの観客の姿が見えたので、ルーシーはすぐさま顔をひっこめた。観客たちの声が遠ざかるのを待ってから、メインルームに入り、ゴブレットを元の位置にもどして、耳をすましたところ、ほんの数秒間、チリンチリンという魔法《まほう》のきらびやかな音が、周囲に鳴り響《ひび》いた。窓の外をのぞいたら、均整のとれた美しい夏の庭が広がっていた。人の姿はないが、二匹《ひき》のリスが追いかけっこをしているのが見えた。ゆるやかにゆれている木立《こだち》の中で、枝から枝へと飛びうつるたびに、ふわふわの尾っぽがゆれている。

部屋を出て、ジャックとドーラのいる廊下《ろうか》にもどった。「オッケーよ。最後はA30、ジョージア州の部屋ね」

「ねえ、三人で部屋を見てまわれるんじゃなかったの?」ドーラが不満をもらす。

「ご心配なく。あとで、見てまわりますから。最高級品はヨーロッパコーナーにあるもんで」

と、ジャックがなだめたが、ドーラはあいかわらず不満顔のままだ。

A30の部屋は、反対側にある。そこでジャックがルーシーを下枠《したわく》から持ちあげて運んだ。ルーシーはジャックの巨大《きょだい》な手のひらの深いしわの中に脚《あし》を組んで座《すわ》り、けっこう楽しみながら運んでもらった。

ジャックが、目的地でルーシーをおろした。あとは、立体幻灯機《げんとうき》をもどすだけだ。ドーラに聞かなくても、元の位置は知っていた。奥にある部屋の、テーブルの上だ。入り口へと進んだ。A30には、リビングが二部屋ある。正面から見て、部屋が縦《たて》にふたつならんでいるのだ。入り口から入ったら、奥の部屋に出た。奥といっても、手前のリビングと同じように、赤の豪華《ごうか》なビロードと金色の豪華なサテンで飾《かざ》られている。この部屋はカタログで何度も見ていたけれど、実物のほうがはるかに豪華だった。こんな生活を送るには、いったい何人の召使《めしつか》いが――そう、奴隷《どれい》が――必要だったのだろう？

慎重《しんちょう》に前進しながら、観客用の正面ガラスをのぞいた。観客はいない。おもしろいことに、この部屋は、立体幻灯機を返す前のいまでも、本物の世界という気がする。証拠《しょうこ》となる音はないかと、耳をそばだてた。まちがいない！　ぶあついカーテンのかかった出窓の向こうから、聞こえてくる。くぐもっているし、遠いけれど、本物の世界の音だ！

立体幻灯機《げんとうき》を、元の位置にもどした。数冊積まれた書物のとなりだ。やはり、チリンチリンという音はしない。この立体幻灯機はアンティークだが、A30に命をふきこむアイテムではないのだ。じゃあ、この部屋に命をふきこむアイテムは、どれ？　もう一度、壮麗《そうれい》な部屋をじっくりと見まわしてから、部屋を出た。

「オッケー、これでアメリカのアンティークは全部返したよね」そういいながら、ルーシーは廊下《ろうか》に出て、となりのA29〈フィービーの部屋〉へと向かっていった。

「ちょっと、どこへ行くのよ？」ドーラが、いらついてたずねる。

「となりの部屋で、たしかめなきゃならないことがあるの。ジャック、あれ、持ってる？」

うん、とばかりに、ジャックが金属片を入れたポケットを軽くたたく。

「なにか起きてる？」

というルーシーの問いに、ジャックはポケットを少しだけあけてのぞいた。「うん、輝《かがや》いてる。ちょっとだけど」

「ちょっと、なんなのよ？　なんの話？」耐《た》えきれなくなったドーラが、不満を爆発《ばくはつ》させた。

「魔法《まほう》について、なにもかも教えてくれるって、いったじゃないの！」

「ヨーロッパコーナーの廊下に移ったら、なにもかも教えてあげますよ」と、ジャック。

そのすきに、ルーシーはＡ29の枠《わく》の中へすべりこんだ。いまもギャラリーはがらがらだったので、前回来たときに軽くあけておいたドアから、すぐに入れた。正面ガラスの近くに、背の高い飾《かざ》り戸棚《とだな》がある。ルーシーは目に見えない磁石《じしゃく》に吸いよせられたみたいに、まっすぐそこに向かった。飾り戸棚の真正面に立ち、ガラス扉《とびら》にかかったカーテンを見て、扉をかんたんにはあけられないことに気づく。鍵穴《かぎあな》がふたつあるだけで、取っ手がないのだ。

けれどガラス扉の下には、左右に取っ手がついたひきだしが、ひとつあった。取っ手を引っぱったら、ひきだしがなめらかにあき、金のひもがついた一本の鍵があらわれた。それをガラス扉の鍵穴に入れたところ、ちゃんとはまった。そのまま半回転させたら、かんぬきのはずれるカチッという音がした！

ガラス扉を引っぱると、ちょうつがいがきしみ、扉があいた。中には、ぽつんとひとつ、あるものが置いてあった。革表紙の本だ。留《と》め具ではなく、二本の革ひもでとじてある。金の飾《かざ》りやマークはなく、使いこんであり、見るからに古い。

本を手に取って、扉をしめ、フレンチドアから屋根つきのポーチへと出た。ここなら、十九世紀の人間がたまたま通りかかっても目撃《もくげき》されるおそれはないし、美術館のギャラリーの観客からも見えない。鳥たちが近くのオークの木々の中を飛びまわり、あたりには庭の花々のあまいにおいが濃《こ》くただよっている。

ルーシーは、白く塗《ぬ》られたポーチの床《ゆか》に座《すわ》った。ここに座って、この瞬間《しゅんかん》を楽しんで、この本とこの世界を心ゆくまで味わえたら、どんなにいいだろう！　でも、さすがのジャックも、ドーラをそういつまでもあしらってはいられない。

本の真ん中をひらいてみた。最初は、読めなかった。すべて手書きで、綴《つづ》りがちがっているところもあり、余白がところどころインクで汚《よご》れている。なにかの台帳らしい。ぱらぱらとページをめくってみた。なにかの分量が箇条《かじょう》書きになっていて、短い文章がとちゅうでとぎれていたりする。そのスタイルに慣れたら、すらすらと読めるようになり、レシピか製法だとわかった。

表題はないのかと最初のページにもどり、そこである文章を目にして、ルーシーはハッとした。そこには、大きめの文字で、ていねいに、こう書いてあった——〈とっこう薬、ぬり薬、せんじ汁、ちりょう法、ふくよう量にかんする、ごくひの完ぺきなきろく。せいれき一八四〇年、チャールストンのギリス家につかえるフィービー・モンロー〉

フィービー！　いま、あたしが座ってるこの場所のすぐ向こうの庭園で会った、あの女の子だ！

すべてのページが埋《う》まっているか、たしかめるために、最後のほうをそっとめくってみた。最後まで、文字が埋まっていた。しかも最終ページのあとに、らせんとじのメモ帳が一冊、はさまっていた。ルーシーは、驚《おどろ》きをかくせなかった。これは、あたしがあげたメモ帳だ！

メモ帳の表紙には、ルーシーが記した文字も残っていた――〈フィービーへプレゼントします。ルーシー・スチュワートより〉。

メモ帳をひらいた。エンピツの文字がならんでいた。本の文字より下手《へた》だが、青い罫線《けいせん》にそって、一文字ずつ、ていねいに書いてある。ルーシーは、年代をへて黄ばんでもろくなった紙から目を放せなかった。ルーシーとジャックが過去へタイムスリップしたことをしめす、なによりの証拠《しょうこ》だ！　このメモが百五十年前に書かれたという、まぎれもない証拠ではないか！

ジャックに見せに走っていきたかったが、ドーラには見せられない。メモ帳の存在すら、知られるわけにはいかない。とりあえず、飾《かざ》り戸棚《とだな》にもどしたほうがいい。

また今度、見にもどってこよう！

15

ひげを生やした怪物

ルーシーがＡ29の部屋にいるあいだ、ジャックはドーラに独自の解説をした。そしてルーシーが下枠《したわく》にもどってくるころには、本当の魔法《まほう》が色あせて見えるほど、魔法の〝威力《いりょく》〟を派手《はで》に飾《かざ》りたてていた――ヨーロッパコーナーの部屋に入ると、外国語がペラペラになっちゃうんですよ。おれ、ある部屋で、なんと宙に浮《う》いたんだ！

「でもね、私腹をこやすために魔法を使ったり、部屋からアイテムを長期間持ちだしたりしたら、その人にとんでもない災難《さいなん》がふりかかる。それが、呪《のろ》いってやつですよ」と、ジャックは話をしめくくった。

「具体的に、どんな災難なの？」ドーラは、興味しんしんだ。

「巨大《きょだい》な怪物《かいぶつ》とか、なんとか……。まあ、そこは、眉《まゆ》つばものかもしれないけど。でも、正義が勝つってことは、書いてありましたよ」

「それ、どこで見たのよ？」ドーラが、強い調子でたずねる。

「E1の部屋で。あとで行って、見せてあげますよ。全部、返しおわったらね。じゃあ、行きますか」

ドーラをアメリカコーナーからヨーロッパコーナーに移動させるのは、あまい物を手放せない人を砂糖《さとう》で誘惑《ゆうわく》するようなものだった。

「ねえ、ちょっと」ルーシーが、下枠から声をあげた。「あっちの廊下《ろうか》まで、ジャックのポケットに入れてってよ！」

そこでジャックがルーシーをそっとすくいあげ、カーゴパンツの腿《もも》のところにある、ゆったりしたポケットのひとつに入れた。

ルーシーは、ふわふわした綿の大きな糸くずの玉が、足の下にいくつもあるのがわかった。ポケットの縁《ふち》につかまっていないと、外をのぞけない。ポケットの生地は、段ボールのようなさわり心地だ。といっても、段ボールほどかたくはなく、やわらかい。アメリカコーナーのドアにたどりつくまでに、ガクンガクンとよくゆれた！

ドーラは、なんのためらいもなく、美術館の鍵《かぎ》でドアをあけた。ジャックが11番ギャラリーに出たあとになって、ルーシーはあることに気づいて、ぞっとした。入ったときは三人だったのに、出てきたときはふたりだけなのが、さっきの警備員さんにばれちゃう！　ルーシーは、ジャックのポケットの中に、すっぽりとかくれた。

「ルイスは？」ドーラがさきほどの警備員の名を口にするのが、聞こえた。

「三十分の休憩《きゅうけい》ですよ、ミズ・ポメロイ」ルイスとはちがう声がこたえた。ドーラはこの警備員にも調べ物をしていることを伝え、すみやかにヨーロッパコーナーのドアをあけた。

次は、もっと気をつけようっと！　ルーシーは、自分にいいきかせた。

ドアがしまると、ルーシーはすぐにポケットからジャックに呼びかけた。「三人いっしょに小さくなれるよう、あたしはいったん元にもどったほうがいいよね」ドーラをミニサイズにちぢませるのも、計画のうちだ。もしルーシーが元のサイズにもどらなければ、ジャックとドーラがちぢむのに、ドーラが主導権をにぎることになる。ルーシーは、ドーラにそんなチャンスをあたえたくなかった。

ジャックがルーシーをポケットから出して、床《ゆか》に置き、かがみこんだ。ルーシーは、ジャックの手のひらに鍵《かぎ》を落とした。鍵がフルサイズにもどり、同時にルーシーもぐんぐん元の大きさにもどった。

「で、もどす品は？」ルーシーは、ドーラにたずねた。

ドーラが革のトートバッグから、翡翠《ひすい》の香炉《こうろ》と銀のティーポットをひとつずつ、取りだした。

「これだけ？」アンティークの地球儀《ちきゅうぎ》がない！「バッグの中に残ってるものは、ない？」

「これで全部よ」ドーラが、かまえたようにこたえる。

地球儀は、ドーラがインテリアを担当した部屋のどこかにきっとある、とルーシーは見ていた。どうやって取りもどすか、ジャックといっしょに考えないと！

「どの部屋の物？」

「ティーポットはＥ７〈イギリスの応接間〉、翡翠の香炉は日本の部屋よ。そろそろ、探検するのよね？」ドーラは、がまんの限界に達していた。

「クライミングは得意ですか？」と、ジャックがポケットから、ようじのはしごを取りだした。

ドーラが、疑うような顔をする。「クライミング？」

「探検したいんですよね？　ミニサイズになったあと、ほかにどうやって下枠《したわく》まで行くんです？」と、ジャックがはしごを下枠に取りつける。

「脚立《きゃたつ》を使えば、いいんじゃないの？」

「三人いっしょに、ちぢまなきゃならないんですよ。脚立の上に、三人はのれないでしょ」ようじのはしごを軽くゆすって、きちんと固定されたかどうかたしかめながら、ジャックが説明した。「そっちの準備ができたら、おれはいつでもオッケーですよ」

ルーシーとジャックは、香炉《こうろ》とティーポットもちぢませるため、ふたつとも革のトートバッグに入れるよう、ドーラに指示した。そのあと、ジャックがポケットから魔法《まほう》の鍵《かぎ》を取りだした。きらめく宝の鍵をよほど奪《うば》いかえしたいのか、ドーラが羨望《せんぼう》の目でちらっと見る。

ルーシーは、右手でドーラの手をつかんだ。そのあいだに、ジャックがルーシーの左手に鍵を置いて、にぎらせる。三人同時にちぢむのは初めてで、どうなるか、正直不安だった。すぐにそよ風を感じたが、周囲がのびていくように見える時間が、いつもより数秒長い気がした。魔法の力が少し弱まったみたいだ。

ミニサイズで止まると、ドーラがあたりを見まわし、サイズのちがいにすくみあがって、息をのんだ。

ミニサイズで床《ゆか》に立っているのは、元のサイズで部屋にいるときとはまるでちがうし、下枠《したわく》にいるときともちがう。一番のちがいは、はるかに暗いことだ。廊下《ろうか》の照明が遠くなり、広大な空間がおどすように立ちはだかる。無防備だという恐怖《きょうふ》を、なかなかふりはらえない。ルーシーとジャックはもう慣れているが、ドーラは慣れていないのだ。

ジャックが、ドーラから革のトートバッグを受けとった。「クライミングがむずかしいのなら、おれが持ちますよ」

ドーラが、ジャックに弱々しくほほえみかける。

ルーシーはクリスティナの魔法の鍵をポケットに入れ、五階建てのビルくらいの高さがあるはしごをのぼりはじめた。初めてのぼったときのことを思いだし、心の中ではドーラに強く同情していた。なにせ、グランドキャニオンをのぼるようなものなのだ！ルーシー自身、この魔法の冒険《ぼうけん》を体験する前の自分に、のぼる勇気があったとは思えない。その恐怖心を克服《こくふく》したいまは、下をのぞいても吐《は》き気をもよおすことはない。けれどドーラは、もし立ちどまったら、動けなくなってしまうだろう。

ジャックを先頭に、ふたりが半分以上のぼった時点で、ようやくドーラがおずおずとはしごに歩みより――。

次の瞬間《しゅんかん》、ルーシーとジャックは、ドーラの悲鳴を耳にした。

ふたりとも止まって、下をのぞいたら、暗闇《くらやみ》から一匹《ぴき》のネズミがあらわれた！フォルクスワーゲンサイズの、白いひげを生やした怪物《かいぶつ》との遭遇《そうぐう》だ！ネズミの鼻は、大きくふるえていた。こんな巨体《きょたい》だと、ピンク色の足もかわいくない。するどいかぎ爪《づめ》は、フォークの歯よりも長い。ネズミはぎざぎざの歯をむきだし、耳をつんざくような声で鳴いた。こわがっているのだろう。ドーラとネズミのあいだには多少距離《きょり》があったが、どちらのほうがよりおびえているか、わからない。

ドーラが絶叫《ぜっきょう》し、ルーシーたちを見あげ、「呪《のろ》いよ！」とわめいた。「た、助けて！」

ジャックが、ルーシーにしか聞こえないよう、声をひそめていった。「ハツカネズミは、攻《こう》撃性《げきせい》のない動物なんだ」けれど、ドーラには大声でちがうことをいった。「逃《に》げろ！」

ドーラはすっかりうろたえ、右往左往した。ふりかえらなかったので、ネズミが反対方向に逃《に》げたことに気づかない。

「ちがう！　こっちよ！　はしごのほうに来て！」と、ルーシーが指示し、ようやくドーラがもどってきた。はしごの一番下の段に飛びのり、命がけでしがみついている。

「ううっ……ぞっとした」ドーラが息もたえだえにいった。「見た……あの歯？　殺されるかと……思った！」

「落ちついて。もう、だいじょうぶだから」ルーシーはドーラをなだめてから、ジャックに問いかけた。「ねえ、ジャック、あれってホントに呪いかな？」

「かもな」ジャックが、手を休めずにこたえる。ルーシーも、ジャックにつづいてのぼった。

「ちょっと！　待ってよ！」ドーラが叫《さけ》ぶ。

「休むわけにはいかないよ！　少しでも早く返しおわったほうが、いいんだから」ジャックが下に向かって大声をあげた。「ほかになにが起きるか、わからないし！」

ドーラがはしごの底のほうでコツをつかもうとしているあいだに、ルーシーとジャックは下《した》枠《わく》までたどりついた。ドーラがもがいているすきに、下枠にのる。ティーポットがあった部屋E7の近くだったので、そっちへ向かった。

「ちょっと、どこにいるの？　置いていかないでよ！」ドーラが、はしごから声をはりあげる。

「心配しないで。のぼってきて！」といいつつ、ルーシーは足を止めなかった。

ふたりはドアがわずかにあいたサイドルームに入り、ドアのすきまからメインルームをのぞきこんだ。「この部屋について、知ってることは？」と、ジャックがたずねる。

「イギリスの部屋よ。たしか、一七三〇年代」ルーシーは、ウッドパネルの部屋をながめながらこたえた。まちがいなく、ルーシー好《ごの》みの部屋だ。凝《こ》った飾《かざ》りがほどこされ、しかも居心地がいい。女性と飼い犬の大きい肖像画《しょうぞうが》の下に、複雑な彫刻《ちょうこく》がほどこされた炉棚《ろだな》があり、そのそばに紅白の布が貼《は》られた一脚《きゃく》の袖《そで》イスがある。丸まって読書するのにぴったりのイスだわ、とルーシーは思った。そのイスと暖炉のあいだの小さなテーブルに、ティーポットの欠けた一組のティーセットが置いてあった。

「この部屋、本物かな？」ジャックがたずねた。

「わからない。なにも聞こえないわね」ルーシーは、窓から見える石造りの建物の白い壁《かべ》をちらっと見た。この位置からだと、本物ではなく、ジオラマのように思える。

「あっ、チェスのセットだ！」と、ジャック。

「急いだほうがいいわよ。ドーラがいつ来るか、わからないし」

というルーシーの言葉に、ジャックがトートバッグからティーポットを取りだした。

「ジャックが、もどしてきたら？」と、ルーシーはすすめた。「ティーポットを元の位置にもどしたとき、魔法《まほう》の音がするかどうか、耳をすましてみて」

ギャラリーの客がいないのをたしかめてから、ジャックが部屋に入り、ティーセットに銀のティーポットをもどす。ルーシーは、そのようすを見まもった。思ったとおり、チリンチリンというほのかな音が遠くで鳴り、ほんの数秒間で消えた。

そして――ドアのそばに立っていたルーシーにも、部屋が変化したのがわかった。ふっと静かに息を吹《ふ》きこまれたかのようだ。

窓の外の景色に目をやったら、そこも微妙《びみょう》に変わっていた。もうジオラマではなく、壁の上で踊《おど》る雲の影《かげ》が見える。炉棚《ろだな》のとなりの窓が、わずかにあいていた。そよ風にのって届く外の音を、ふたりとも耳にした。

この時点でジャックは引きかえせばよかったのに、そうしなかった。チェスのセットを見に行ったのだ。紅白の象牙《ぞうげ》のセットは、いまのミニサイズのジャックにはちょうどいい大きさだが、信じられないほど小さい。ジャックはキングの駒《こま》をルーシーのほうへ持ちあげて、部屋の反対側から呼びかけた。「これ、マジでスゲー！」

「マズいよ、ジャック！」ルーシーは、ドアから注意した。ギャラリーの客が近づくのが見えたのだ。

ジャックが、すぐそばにあった背の高いついたての裏《うら》に飛びこむ。

そして外に出るチャンスをうかがっているあいだに、ドーラの声がした。ドーラはようやくはしごをのぼりきり、機嫌《きげん》が悪い。

ルーシーは、ついたてからギャラリー側の正面ガラスへと視線をうつした。ドーラとふたりきりには、なりたくない。ジャックが、ついたての裏からこっちをのぞいているのが見える。

ドーラが木製の枠《わく》を通りぬけ、ルーシーの立っているサイドルームに近づくにつれて、その声が大きくなった。「ミニチュアルームの秘密を全部教えてくれて、過去の世界を体験できるって、約束したじゃないの！　まったく、おそろしい呪《のろ》いなんか、いらないわよ！」せまいサイドルームでルーシーにわめきながら、メインルームのドアへと、ずんずん近づいていく。

「あっ、でも、ドーラ……」

「いいわけは、やめて！　なにか、かくしてるでしょ！　ふたりとも！」ドーラはメインルームの応接間のほうへ向きなおり、「ジャックは、どこよ？」と、ギャラリー側の正面ガラスをたしかめずに、応接間に飛びこんだ。

「ドーラ！　マズいよ！」ルーシーが声をあげたが、間《ま》にあわなかった。

ドーラは応接間の中央で、正面ガラスからのぞきこんだ十歳《さい》くらいの少年の大きな顔と、向きあってしまった。

ガラスの向こうから、その少年が友だちを呼ぶ声がした。「おい、見ろよ！　ホログラムだ！」

ドーラは一瞬《いっしゅん》すくんだが、我にかえり、ルーシーの元へかけもどった。

その直後、さきほどの少年にふたりの少年がくわわった。「あっ、サイドルームに消えちゃった。バービー人形みたいだったぜ」

「ホントかよ、おまえ」

ルーシーたちは、三人の少年がいいあらそいながら遠ざかっていく声を聞いていた。

ドーラが、ルーシーをにらみつけた。「なんで、止めてくれなかったのよ！」

ルーシーは、できるだけそっけなくいった。「もっと気をつけてもらわないとね、ドーラ」

「そうだよ、ふう」ジャックが、サイドルームにのんびりともどりながら話にくわわった。「あんたのせいで、全員見つかっちまうところだった！」

ドーラは、ため息をついた。「わかったわよ。あなたたちに、したがうわよ」

「頼《たの》んだわよ」と、ルーシー。

ドーラのトートバッグには、あとひとつ、翡翠《ひすい》の香炉《こうろ》が残されていた。

「端《はし》っこの日本の部屋まで、けっこう歩くわよ」ルーシーは、きっぱりといった。

もし計画通りに事が運べば、ドーラはもうすぐ盗《ぬす》みを働けなくなり、ルーシーはどろぼうを信用してしまった後ろめたさを感じなくてもすむようになるはずだった。

16

張りこみ

ジャックはドーラの革のトートバッグをまだ持っていて、そこから翡翠《ひすい》の香炉《こうろ》を取りだした。

三人はE31〈日本の部屋〉の、メインルームの脇《わき》のせまい部屋に立っていた。ルーシーが弁当箱をいったん持ちだしたときや、ジャックが弁当箱をもどしに行ったときと、とくに変わりはない。静かだった。しんと静まりかえっている。

「じゃあ、もどしてきて、ジャック。掛軸《かけじく》の前の、低いつくえの上に置いてきて」と、ルーシーは指さしながらいった。

ジャックが畳《たたみ》の間《ま》をつっきり、美しい緑色の香炉を元の場所にもどす。そのとたん、庭から吹《ふ》いてきたそよ風にのって、チリンチリンという魔法《まほう》の音が部屋全体に響《ひび》いた。その音に、ドーラがハッとして一歩さがる。

「やっぱりな」と、ジャックがルーシーに声をかけた。「初めて来たときは、本物だったんだ」

「ちょっと、なんの話？　いまの音は、なに？」

「あの香炉が、この部屋を本物にしていたのよ」と、ルーシーがドーラの質問にこたえた。

「ええっ、そうなの！」ドーラが、驚《おどろ》きの声をあげる。

ジャックが枯山水《かれさんすい》の庭へとおりた。そのあいだ、ルーシーはドーラのとなりに立っていた。

「ねえ、ドーラ、あそこに弁当箱があるでしょ」と、漆塗《うるしぬ》りの書き物づくえの上にあるジャックの弁当箱を指さす。「あの中のメモに、なにか書きくわえた？」

「いつ、きいてくるかと思ってたわ。ええ、書いたわよ。ミニチュアを研究しようと正面ガラスをあけたとき、あの箱がなんとなく目についたのよね……」

ルーシーは話を聞きながら、ドーラがミニチュアルームに取りつかれているのがわかった。

「あなたたちのメモを見つけたときの驚きといったら！　なにか書かないではいられなかった。で、その数週間後、あなたとジャックの記事を読んだのよ。ミスター・ベルのアルバムを見つけたという記事を。メモを書いたのはあなたたちだって、ピンときたわ。そのあと運よく、あの朝ギャラリーであなたたちと出会った……」

ルーシーは話をさえぎったり、質問をしたりせず、そのましゃべらせた。ミスター・ベルの写真展のオープニングパーティーに行ったこともふくめ、ドーラには真実をすべて打ちあける気などないのは明らかだった。ドーラは美術館でルーシーとジャックを見つけられるよう、事前に外見をたしかめておく必要があった。ギャラリーで会ったのは、偶然《ぐうぜん》でもなんでもなかった。ドーラは、ルーシーとジャックがいずれ11番ギャラリーにあらわれると、にらんでいたのだ。

「一部のミニチュアはじつはミニチュアじゃなくて、ソーン・ミニチュアルームにたどりついた貴重なアンティークだってことは、すでにわかってた。困ったことになったのは、前に話したわよね。ミニチュアが、バッグの中でとつぜん大きくなったって。で、ミニサイズで元の部屋にもどす方法を思いつくまで、自宅に置いておくことにしたわ」

「へーえ、全部もどせて、よかったじゃないですか」と、ルーシー。

ドーラはいったん口をつぐみ、ほんの一瞬《いっしゅん》ルーシーを見た。「ウソだと思ってるんでしょ？」

「E6の地球儀《ちきゅうぎ》が、まだ残ってますよね」ルーシーは、一歩も引かないつもりだった。ドーラの顔に、なにかの表情がよぎるのが見えた。否定《ひてい》するつもり？

「ああ、あれね。あれは事務所に置いておいたんだけど、クライアントにどうしても欲《ほ》しいっていわれちゃって。どうやって取りもどすか、ずっと考えてるんだけどね。クライアントの中には、いろいろとうるさい人もいるのよ」

メモに言葉を書きたしたのがドーラだとわかったので、ルーシーは同じようなことが起きないように、そのメモを持ちだすことにした。「ここで待ってて」とドーラに声をかけ、ギャラリー側の正面ガラスにだれもいないのを確認し、弁当箱へとかけよって、メモを取りだす。

ちょうどそのとき、ジャックが枯山水《かれさんすい》の庭からもどってきた。

「ねえジャック、お弁当箱、まだここに置いておきたい？」

「うん。ここにあるとわかってるのがいいんだ。そうは思わないか？」

ルーシーは、うなずいた。

メインルームの脇《わき》のせまい部屋にもどると、ジャックはドーラに革のトートバッグをわたした。「はい、もう、自分で持ったほうがいいですよね」

「すべてもどしおえたから、ドアを通りぬけてE1に行って、ドーラに全部見せようよ」ルーシーは、せいいっぱい楽しそうな声でいった。

「急いだほうがいいな」ジャックが、さっさと歩きだす。「あまり時間がない」

ようじのはしごに近づくと、ジャックが脇にどいた。「ドーラ、お先にどうぞ。そうすれば、おれたちに置いていかれる心配をしなくてすみますよ。おれたちのほうが、はるかに早くおりられるわけだし」

「あら、ありがとう」

ドーラが十段ほどおりたところで、ルーシーはポケットからクリスティナの魔法《まほう》の鍵《かぎ》をそっと取りだし、ジャックの手をつかんだ。下枠《したわく》に立ったまま、鍵を放りなげ、ジャックといっしょにジャンプする。

ふたりが巨大化《きょだいか》しながら宙を飛ぶのを見て、ドーラは足を踏《ふ》みはずし、はしごから落ちそうになった。数秒間はしごにぶらさがったあと、やっとのことで、ハイヒールの足をはしごにのせた。「な、なにしてるのよ！」ルーシーとジャックが歩きだすのを見て、叫《さけ》ぶ。

「あなたが魔法の秘密を守れる人とは、とても思えないの。お気の毒さま、ドーラ」と、ルーシー。

「ちょ、ちょっと、どこへ行くのよ？　どうやって、元のサイズにもどればいいのよ⁉」ドーラが、ヒステリックにわめく。

「閉館時間になれば……」と、ジャックが腕《うで》時計を見た。「二時間ほどたったら、ドアの下をすりぬければいい。階段にたどりつく前に、元のサイズにもどりますよ」

ルーシーは、一言つけくわえずにはいられなかった。「ネズミには用心してね。ゴキブリもね」

「ま、待って！　ひとりにしないで！」

ルーシーとジャックは、ふりかえりもしなかった。

「おぼえておきなさいよ！」

ドーラが小さな声をせいいっぱいはりあげて、そう毒づくのが聞こえた。

ふたりは、暗い廊下《ろうか》ではしごにしがみつくドーラをひとり残し、ドアをあけて外に出た。

電話帳に〈ドーラ・ポメロイ〉という名前はひとつしかなかったので、ドーラの自宅マンションはかんたんに見つかった。ふたりが到着《とうちゃく》したときには、すでに警察が家宅捜索《そうさく》令状を持って待機していた。

ルーシーとジャックはバス停から走り、キャロライン・ベルを見つけた。これも、予定通りだ！　キャロラインは自分の車のそばで、警官のひとりとしゃべっていた。

「ルーシー、ジャック！　どうだった？」

「思ったよりも、うまくいきました！」と、ルーシーがこたえ、

「スゲー、楽だったよな！」と、ジャックがつづけた。「ドーラは、五時半くらいにあらわれると思いますよ」

「きみたちが、今回の立役者のアマチュア探偵《たんてい》さんかい？」ドーラとしゃべっていた警官がたずねた。

「ランドルフ巡査《じゅんさ》、ジャック・タッカーとルーシー・スチュワートです」と、キャロラインがふたりを紹介《しょうかい》した。「ふたりとも、大活躍《だいかつやく》ですよ」

「まったくだ！　美術品どろぼうの正体をあばき、しかも証拠《しょうこ》を提供してくれるなんて、きみたちはじつに見上げたものだ」

「運がよかったんです」と、ジャックが謙遜《けんそん》し、

「まだ、つかまえたわけじゃないですし」と、ルーシーがつけくわえた。「本番は、これからです」

「さっき、ランドルフ巡査がおもしろいことを教えてくれたのよ」これは、キャロラインだ。「容疑者の男性に高価なネックレスをチップとしてプレゼントした女性が、今朝《けさ》、名乗りでたんですって。ずっと留守にしていてね、もどってきて、新聞で男性のことを知って、すぐに警察に連絡《れんらく》してきたそうよ。その方、容疑者の男性と仲良くなってね。その男性が彼女《かのじょ》にいいところを見せたいんだけれど金がないというのを聞いて、かわいそうになったんですって。その男性がすごく感じがよくて、働き者だったのね。で、問題のネックレスはもう自分に似あわないからあげようと思ったそうよ。信じられる？」

「すごいチップだよ。なあ？」ランドルフ巡査がそうしめくくってから、たずねた。「なぜ、

五時半にもどってくるって、わかるんだい？」

ルーシーとジャックは顔を見あわせ、ルーシーがこたえた。「美術館で仕事してて、五時に閉館なので」

「これまでのところ、きみたちの考えはすべて正しかった。だから、きっと五時半だな」巡査は、ふたりの警官と相談するために立ちさった。

「ビデオを持ちこんだら、警察は腰《こし》をぬかしてたわ」と、キャロラインがふたりに話しかけた。「あなたたちからもらった、リンゴの写った証拠写真も見せたの。じつはね、最近ドーラをインテリアデザイナーとしてやとったふたりの美術品収集家のあいだで、美術品どろぼうが話題にあがってね。ふたりともドーラのことをあやしむようになって、担当の刑事さんに相談してたんですって。でも、たしかな証拠はなにもなかった。あなたのビデオは、まさにドンピシャの証拠だったのよ！」

「うわあ、すごい！」と、ルーシー。

「おれたち、きっとまた新聞にのるな！」

「警察は、ドーラのマンションを家宅捜索《そうさく》して、盗品《とうひん》を見つけるだけでいいの。そうすれば、逮捕《たいほ》できるわ」キャロラインが説明した。

あとは、待つだけだ。五時十五分、ルーシーとジャックは事態を見まもるために、キャロラインの車に乗りこんだ。

「あっ、うっかりしてた」と、ジャックがバックパックに手をつっこんだ。「ドーラからは見えない枯山水《かれさんすい》の庭にいたときに、ドーラのトートバッグからこれを抜いておいたんだ」

ルーシーは、ジャックが二本組の鍵《かぎ》をにぎっているのを見た。「庭でなにをしてるのかと思ってたんだ、あたし」どちらの鍵にも、シカゴ美術館のラベルが貼《は》ってある。一本はミニチュアルームの裏《うら》に入れるドアの鍵、もう一本の小さい鍵には〈ミニチュアルーム正面〉という札がついている。「保守点検用の鍵と、正面ガラスの鍵！　これで、ドーラはぜったい、ミニチュアルームからなにも盗《ぬす》めなくなるね！」

午後五時半――。ドーラの車がタイヤをきしませながら、マンションの前に急停止した。ドーラが車をおりて、ドアを勢いよくしめ、マンションの入り口へ、ずんずんと向かっていく。

「よーし、来たぞ」と、ジャック。

すぐさま、三人の警官がドーラを追って、マンションに入った。

「どのくらい、かかるのかしら？」キャロラインが疑問を口にした。「逮捕《たいほ》の現場なんて、初めてだわ！」

その答えは、すぐに出た。マンションに入って約十五分後、警官たちがふたたびあらわれた。今回は、手錠《てじょう》をかけたドーラを連行していた。ドーラは警官にはさまれていても、背筋《せすじ》をぴんとのばし、いまだに品がある。けれど、さっそうとして印象的だった顔は、いまはプライドと怒りでゆがんでいた。

警察がドーラをパトカーの後部座席《ざせき》に乗せて走りさるのを、三人はだまって見つめていた。

キャロラインは、ルーシーとジャックを連れてミセス・マクビティー宅に行った。そしてルーシーの家族がもどってくるまえに、三人でミセス・マクビティーに、今日のできごとをかいつまんで説明した。

そのあとジャックが母親のリディアに電話し、ミセス・マクビティー宅での夕飯に誘《さそ》った。キャロラインも残ることになり、なんとクレアのボーイフレンドのゲイブまでやってきた。クレアから連絡《れんらく》を受けて、落ちあうことになったのだ。

「もう、信じられない！」夕飯の席で、クレアが声をあげた。「あたしの妹が探偵《たんてい》ですって！」

もちろん、解決にいたるまでのいきさつが、すべておおやけになることはない。とはいえ、ルーシーたちが話せる内容と、新聞に取りあげられた内容だけで、じゅうぶんだった。

「ふたりとも、本当によく考えたもんだよ」と、ミセス・マクビティーがルーシーとジャックをほめたたえた。「ふたりの立てた計画の、賢《かしこ》いこと！」

ジャックの母親のリディアが、つけくわえた。「真犯人がつかまったおかげで、シカゴの美術品収集家はきっと大喜びだわ」

「ところで……」と、ルーシーの父親がルーシーとジャックにたずねた。「いつから、ドーラ・ポメロイがあやしいと思うようになったんだい？」

ジャックがこたえた。「最初は、絵のレッスンをしてくれる感じのいい人だなとしか、思ってませんでした」

ルーシーは一分ほど考えた。いまから思えば、絵のレッスンの最中に何度か、ドーラに引っかかりをおぼえたことがあった。「もっと早く気づくべきだった。ドーラは、ときどき、人間よりも物に興味があるように思えたの。それって、よくないしるしよね」

「それにしても、なんでリンゴなの？」これは、クレアだ。「すっごく、ぶきみじゃない！」

「ドーラのサイン代わりじゃないのかな」と、ジャックがこたえた。「名刺《めいし》みたいなものかなあ」

「あの人、きっと自分の頭のよさをひけらかしたかったのよ」と、キャロライン。

そのとき、ルーシーはパッとひらめいた。「リンゴ！　わかった！　ママ、フランス語でリンゴはポムだよね？」

「そうよ……ああ、なるほど！　ポメロイをフランス語にすると、『ポムレ』。『リンゴ畑』という意味よ」

「なぜ、もっと早く気づかなかったんだろう。どうりで、今週ずっと、リンゴの夢ばかり見たわけだわ！」

17

クロウタドリ

翌日の放課後、ルーシーとジャックは警察に呼ばれ、供述《きょうじゅつ》をしたり、書類にサインをしたり、裁判になったら証言台に立つことに同意したりした。

「きみたちは警察に協力することで、市民としての義務をりっぱに果たしたんだよ」と、ランドルフ巡査《じゅんさ》はいった。「ドーラ・ポメロイは、とうぶん刑務所に入ることになるだろう。銀行口座《こうざ》を調べたんだが、盗品《とうひん》を売ってけっこうな額をかせいでいたよ。あのお嬢《じょう》さんは、少し頭がおかしいんじゃないかな」と、巡査はふたりに本音をもらした。

「なぜ、そう思うんですか？」と、ルーシーはたずねた。

「呪《のろ》いをかけられたなんて、ずっといってるんだよ。巨大《きょだい》なネズミとか、なんとか」と、巡査が首をふる。

「どうかしてますね」と、ジャックがいい、

「ほんとね」と、ルーシーもうなずいた。「どうかしてるわ」

家宅捜索《そうさく》の結果、ドーラの自宅マンションには、盗品のアンティークが山ほどあることがわかった。警察がすべてを正当な持ち主にもどすのには、時間がかかるだろう。これまでにドーラがインテリアを担当した客たちは、盗品を売られたとわかると、すすんで警察に協力した。

ルーシーは、カタログの写真とミニチュアルームとを丹念《たんねん》に見くらべた。すでにわかっている品々をのぞけば、欠けている品はなさそうだ。

元はE10の部屋にあった小さな銀の箱を警察から取りもどすのは、かんたんだった。ジャックの監視《かんし》ビデオにそれが盗《ぬす》まれる現場が映っていたので、警察はキャロライン・ベルのものだと思っていたからだ。

いっぽう、地球儀《ちきゅうぎ》を取りもどすのには、数週間かかった。リディアが持っていた収集家のマンションの写真があったので、ルーシーとジャックは地球儀がその家にあるのはわかっていた。そこでミセス・マクビティーが、「ドーラが自分の店から借りていったものだ」と名乗りでてくれ、警察に正式な書類を提出してようやく、ルーシーとジャックは地球儀を取りもどすことができたのだった（どっちみち、自分の物だとほかに申しでる人などいないことは、最初からわかっていた！）。

美術館のスタッフは、ルーシーとジャックが関係者の中にまぎれていた犯人をあばいてくれたことに感謝していた。「ミズ・ポメロイのことは、あまり好《す》きになれなかった」と、ある学芸員は後にふたりに語った。「いつも、完ぺきすぎるのよ。身だしなみがきちんとしすぎてて。それって、ふつうじゃないわよね」シカゴ美術館は感謝のしるしとして、ルーシーとジャックに終身会員の資格をあたえることにした。

さらに今回の一件は、ジャックが予想したとおり、新聞に取りあげられた。しかも、一面にだ！〈六年生の二人組、またもお手柄《てがら》。春休みにどろぼうをつかまえる！〉という見出しがおどった新聞もあった。ルーシーの家もジャックの家も、スクープをほしがる記者たちからのメッセージで、留守番電話がパンクしそうになった。オークトン校では朝の放送でふたりがたたえられ、地元の英雄《えいゆう》への拍手《はくしゅ》が全校に響《ひび》きわたった。

金曜日、ルーシーはジャックに宣言した。「もう、なにもかも、うんざり！」

「心配ないって。どうせ月曜には、みんな忘《わす》れてるよ」というジャックの予言は、ほんの数日ずれただけで的中した。

ミニチュアルームにもどりたいといいだしたのは、キャロライン・ベルのほうからだった。

ルーシーとジャックがオフィスにやってきて、記憶《きおく》をよみがえらせてくれてから、もう一度あの魔法《まほう》を体験したらどんな気分だろうと、ずっと考えていたという。「銀の箱は、わたしがこの手でもどしたいの」

次の日曜日――。空は晴れわたり、シカゴの中心部にあるグラントパークでフェスティバルがひらかれるため、11番ギャラリーは当然ながらすいていた。

「あたしから、ぜったい離《はな》れないで。あたしと手をつなげるところにいてくださいね」と、ルーシーはキャロラインに指示した。「あっという間《ま》に起こりますから。ちぢむのが止まったら、すぐにドアの下にもぐってください」

「わたしにも、本当にできるのかしら？　もし魔法が効かなかったら？」キャロラインは不安そうだった。

「だいじょうぶですよ。おれたち、すっかり慣れてますから」

「あたしたちのいうとおりにしていれば、だいじょうぶです」と、ルーシーもはげました。

ギャラリーでは、それほど待たずにすんだ。警備員はギャラリーの入り口であっちを向いているし、そばに観客はだれもいない。

「オッケーだ」と、ジャック。

ルーシーはキャロラインの手をつかんだ。と同時に、ジャックがルーシーのもう片方の手に魔法《まほう》の鍵《かぎ》をのせ、その手をにぎる。

魔法の効果はてきめんで、三人はあっという間《ま》にドアのすきまをもぐっていた。

キャロラインが、声をあげて笑った。「信じられない！　すごい！」立ちあがり、広大な廊《ろう》下《か》を見まわしている。その顔に、ルーシーは魔法を初めて知った少女の面影《おもかげ》を見ていた。「そうそう、これよ！　思いだしてきたわ」

キャロラインが慣れるまで少し待ってから、ルーシーは声をかけた。「はしごのところに、行きましょう」そして、歩きはじめた。ジャックとキャロラインがあとにつづく。ほどなく、はしごが見えた。いまもＥ７の部屋のそばから、吊《つ》ってある。

「あなたたち、あんな上までのぼったの？」キャロラインがはしごを目でたどりながら、いった。「気が進まないなら、あたしかジャックが元のサイズにもどって、持ちあげてもいいですよ」と、ルーシーは申しでた。

「いいえ。やるわ」キャロラインがはしごに歩みより、ジャックの作品をほれぼれとながめる。

キャロラインはドーラよりはるかに運動神経がよく、ハイヒールもはいていなかったので、順調にはしごをのぼりきり、下枠《したわく》に立って下をのぞき、周囲を見まわした。「ああ！　ようやく、昔の感覚を思いだしたわ」

銀の箱の元の場所、E10〈十八世紀のイギリスのダイニングルーム〉は、ここからそう遠くない。ルーシーとジャックとキャロラインは木製の枠を通りぬけ、メインルームの入り口を見つけた。大きな金のノブがついた、厚みのある木のドアは、ありがたいことに半分あいている。先にキャロラインが、部屋の中をのぞきこんだ。「ここよ、ここ。いっしょに入ってくれる？」

「もちろん」ルーシーもジャックも、うなずいた。

三人とも部屋に足を踏《ふ》み入れた。キャロラインは息をのんで、あたりを見まわしている。うす緑色の壁《かべ》には、全面に繊細《せんさい》な白い飾《かざ》りがほどこされていた。金の飾りつきの家具がめだつ。壁のくぼみからは、ギリシャの狩猟《しゅりょう》の女神アルテミスの像がこっちを向いている。

「銀の箱がどこにあったか、おぼえてますか？」ルーシーがたずねた。

「あそこよ」キャロラインは刺繍《ししゅう》がみごとなラグにあがり、ダイニングテーブルの横を通って、部屋の反対側にある三脚《きゃく》のテーブルに向かい、その上に銀の箱を置いた。その瞬間《しゅんかん》三人とも、遠いけれどいたるところで鳴りひびく、ささやきのようなチリンチリンという音を耳にした。その音がやむまで、三人とも息をつめていた。

つづいて、微妙《びみょう》だけれど明らかな変化に気づいた。大きな窓の外から、生活の音が聞こえてきたのだ。窓の外は塀《へい》でかこまれた中庭で、正面に錬鉄製《れんてつせい》の高い門がある。キャロラインがふりかえったちょうどそのとき、一羽《わ》のクロウタドリがさっと門に舞いおりて、はげしく鳴いた。キャロラインは驚愕《きょうがく》し、口をあんぐりとあけた。「いまのは……目の錯覚《さっかく》じゃないわよね？」

「はい！」と、ルーシー。「でも、そろそろ部屋を出たほうがいいです」

ドアの外に出ても、キャロラインはまだ驚《おどろ》きの表情をうかべていた。「まさか、そんな……ありえない」

ルーシーとジャックは、年代物の特定のアイテムが部屋に命をふきこんで活気づけることを説明した。ミラノの公爵《こうしゃく》夫人クリスティナの声を聞いたことや、ソフィーとトマス、ルイーザとその一家、チャールストンのフィービーのことも打ちあけた。

話がおわると、キャロラインは口をひらいた。「あなたたちがわたしのバックパックを見つけた部屋に、案内してくれない？　天蓋《てんがい》つきのベッドがある部屋に」

「E17の部屋ですよね。こっちです」と、ルーシーは先頭に立った。

E17に着いたところ、メインルームへのドアはいつものようにあいていて、窓から本物の陽光がふりそそぎ、豪華《ごうか》な壁《かべ》や家具を照らしていた。王族に似あいそうな天蓋つきのベッドもある。

キャロラインが部屋をのぞきこみ、息をのむ音が、ルーシーに聞こえた。

「ああ、なんてこと……。ここの記憶《きおく》が……」ようやく、キャロラインが声をあげた。「アルバムは、大きな戸棚《とだな》の中にあったのよね？」

「はい」と、ルーシーがこたえた。「最初は見えなかったんです。すごく暗いので。でも、かくれるために戸棚に飛びこんで、目が慣れてきたら、見えたんです」

「よく戸棚にもぐりこんだのよ。わたしの小さな世界だと思ってね。そこなら、悪いことなんて起こるはずがないと思って」キャロラインは、一分ほど、声をつまらせていた。「あなたたちさえよければ、ちょっとだけ、もぐりこんでみたいんだけど」

「どうぞ、どうぞ。ギャラリーの声にだけは、気をつけてください」これは、ジャックだ。

キャロラインは用心しながら部屋に入り、シルクのベッドに触《ふ》れてから、戸棚へと向かい、中をのぞきこんだ。ルーシーとジャックは、入り口から見まもっていた。

ふたりのところへもどってきたとき、キャロラインの目は涙《なみだ》で光っていた。「秘密を打ちあけてもいい？」

「もちろん」と、ルーシー。

「なにもかも、思いだしたわ。アルバムの入ったバックパックはね、うっかり置きわすれたんじゃないの。わざとやったの」

「えっ、なんで？」

「母が恋しくて、たまらなかったのよ。わたしが母に会えないんだから、ほかのだれにも会わせたくないって思ったの。父がアルバムの写真で個展をひらこうとしているのを知っててね。個展をひらいたら、母が残してくれた唯一《ゆいいつ》の宝物を、ほかの人とわけあうことになる気がしたのね。もう少し大人だったら、アルバムをかくすことで、もっとたくさんの物を失うことになると気づいたのにね。でもいま、わたしと父は、あなたたちのおかげで、宝物を取りかえせた」

キャロラインは深いため息をつき、「ふたりとも、本当にありがとう」と、ふたたびほほえんだ。

「もう、行きましょう。いい思いをさせてもらったわ」

「よかったです」と、ルーシー。「でもその前に、もうひとつ、たしかめたいことがあるんです」

18

配達されなかった手紙

ジャックとキャロラインは、ルーシーを追って下枠《したわく》を進んだ。

「あたしね、ルイーザ一家のアルバムについて、ずっと考えてたの。空白のページが埋《う》まっているかどうか、のぞいてみるべきじゃないかなって」

「名案だ！」ジャックがE27〈ルイーザの部屋〉へ向かいながらいう。

到着《とうちゃく》すると、ルーシーは木製の枠を通りぬけ、屋上庭園へと出て、ドア越しに書斎《しょさい》をのぞきこんだ。入るなら、いまだ！　コーヒーテーブルからアルバムをつかみ、また部屋を出た。

「よし、見ようぜ！」ジャックは、興奮《こうふん》している。

ルーシーとジャックはアルバムの前半をいそいでめくり、前回見たときは一番最後に貼《は》ってあった、タッセ通りの自宅前で撮影《さつえい》した一家の写真を見つけた。ルイーザと両親とお兄さんのジェイコブが、カメラに向かってほほえんでいる。

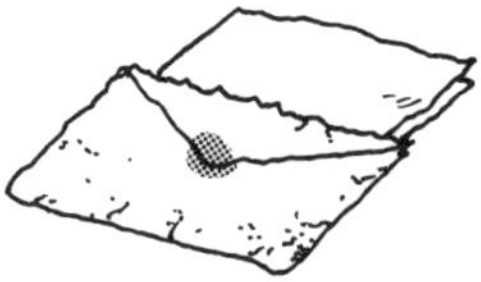

「ページをめくってよ、ジャック」ルーシーはこわくて、とてもめくれなかった。

「う、うん」と、ジャックが次のページを見る。

アルバムは、変わっていなかった。空白のページがえんえんとつづき、新しい写真はない！

マイヤー家がパリを離《はな》れたという証拠《しょうこ》はない！

ルーシーは、口から感情がこぼれおちそうになったかのように、口をおさえた。

「心配ないって」と、ジャックが声をかけた。「とくに意味はないんだから。身のまわりの物は、あまり持っていけなかったんだろ。きっと、アルバムは置いていったんだ」

「そうよね。でも、どうなったか、たしかめたいな」

「家系図を調べたら、どうなったか、わかるんじゃないかしら」と、キャロラインがアドバイスした。

ルーシーは希望を見いだそうとして、うなずいた。「ソーン夫人がこのアルバムについて書きのこしていないか、記録保管所で確認することもできますよね」明るい口調でいおうとしたけれど、声に不安がにじんでいるのは、三人ともわかった。

ギャラリーへは、いつもの方法で出た。ドアのすきまにもぐりこみ、人の気配がなくなるのを待って、外に出る。ルーシーはふたりと手をつなぎ、魔法《まほう》の鍵《かぎ》を床《ゆか》に落とした。まるで何事もなかったかのように、三人は一瞬《いっしゅん》にして元のサイズでギャラリーの壁《かべ》のくぼみに立っていた。

美術館の正面で、ルーシーはポケットの中で携帯《けいたい》電話が振動《しんどう》するのを感じた。画面には、ミセス・マクビティーの名前が表示されている。

「もしもし？　あっ、はい。でも、なぜ……わかりました」と、ミセス・マクビティーとの電話を切った。「ねえ、ジャック、ミセス・マクビティーが家に来てくれって。いますぐにって。理由は教えてくれなかったけど」

ジャックが肩《かた》をすくめる。「いいよ」

三人で美術館の外の階段をおりながら、キャロラインが口をひらいた。「ふたりに質問があるんだけれど。ドーラ・ポメロイに鍵を盗《ぬす》まれたなら、あなたたち、どうやってミニサイズになったの？」

ジャックがあたりをうかがって、ポケットからかすかに光っている四角い金属片を取りだした。「これを使って。鍵と同じ効果があるんですよ。なんなのかは、わからないんですが」

「見せてくれる？」キャロラインはジャックの手のひらから金属片をつまもうとし、とちゅうで手を止めた。「さわったら、わたし、ちぢんじゃう？」

「ここでは、だいじょうぶですよ」と、ジャックが説明した。「ミニチュアルームの近くでないと、ちぢみません」

キャロラインは、金属片をつまんだ。「あら、あたたかいのね？」陽光をあびて光るようすを観察する。「ああ、これはあれよ。奴隷用《どれいよう》のトークン。タグね」

「えっ？」ルーシーがききかえす。

「南部の一部の地域で、奴隷が身につけさせられたタグよ。ほら、見て」と、キャロラインは金属片に触《ふ》れずに、ある部分を指さした。「チャ、という文字は、チャールストンね。サウスカロライナ州のチャールストン。隷、という文字はきっと奴隷よね。数字は奴隷につけられた番号か、タグが作られた年じゃないかしら。このタグは、首にかけられていたんだと思うわ」

「スゲー！」ジャックが、驚《おどろ》きの声をあげる。

「フィービーに出会ったのは、このせいよ！　これ、フィービーのものよ！」ルーシーは、そういいきった。

「奴隷用のトークンは、収集家にすごく人気があるの。奴隷を先祖に持つ家が持っている場合もあるわ。その家の聖書の中にはさんで、代々ひきついでいくことが多いわね。そうしょっちゅう目にする物じゃないわ。もしこのタグについて調べたければ、いい人を紹介《しょうかい》するわよ」

キャロラインはしばらくタグを見つめてから、ジャックにもどした。「ウソみたいだわ。魔法《まほう》を持っているのが、クリスティナの鍵《かぎ》だけじゃないなんて」つづいて、ルーシーとジャックを抱《だ》きしめて、あいさつをした。「今日は、本当にどうもありがとう。すばらしい体験だったわ」そして、タクシーを止めて飛びのった。

ルーシーとジャックは、奴隷用のタグだとわかった金属片をながめながら、歩道に立っていた。見た目はぼろぼろだが、大切なものだからこそ、魔法をさずけられたのにちがいない――。ふたりの知恵では、百年かかっても、奴隷が身につけていたものだなんて、想像もつかなかっただろうが。

クリスティナの鍵は公爵《こうしゃく》夫人という貴族階級の若い女性のものだが、このタグは社会的地位の最下層にいる奴隷のものだ。地位が低かった奴隷が、どうやって、このような魔法を手に入れられたのだろう？　なぜ、魔法を？　ルーシーの頭の中ではいろいろな疑問がうずまいていたが、まっさきにうかんだのはこの疑問だった。

「これ、どうやってビーズのバッグの中にたどりついたのかな？」

ジャックが首をふった。「やっと謎《なぞ》が解けたかと思ったら、また新たな謎の出現か！」

自宅の玄関《げんかん》ドアをあけたミセス・マクビティーは、満面に笑みをうかべていた。「ふたりとも、見てごらん！　これが、きのうの郵便物にまざっていてねえ。さっき、見たばかりだよ」と、郵政公社のロゴが入った一枚の紙をさしだした。長い文章だが、重要な部分をぬきだすと——。

当社の郵便サービスは世界一だと自負しておりますが、すべての手紙が配達されるとはかぎりません。住所が正確に記された手紙が見おとされることのないよう、当社の調査官が定期的に配達不能となった郵便物の内容を調査しております。ですが、非常にまれではあるのですが、あやまって配達不能とされた手紙が生じる場合がございます。今回お送りする手紙につきましては、正確な住所が明確に記されているため、なぜ配達不能と判断されたのか、なぜ何十年も放置されていたのか、説明しがたいところであります。いちじるしい配達遅延《ちえん》について、心よりおわびするとともに、つつしんで配達した次第《しだい》です。

「手紙って？」ルーシーはわけがわからず、たずねた。
ミセス・マクビティーが、一通の手紙を手わたす。
その手紙は、年月をへて黄ばんでいた。ていねいな文字で、ミセス・マクビティーの住所とともに、〈ミネルバ・マクビティー様方　ミス・ルーシー・スチュワート様〉と書いてある。

「古そうな手紙だな」と、ジャック。

消印は、なんと一九三七年だ！

「裏《うら》を見てごらん」

というミセス・マクビティーの言葉に、ルーシーは封筒《ふうとう》を裏返した。そこには、同じくていねいな文字で、パリのタッセ通りの住所と〈ルイーザ・マイヤー〉という名前が書いてあった！

「おまえさん宛《あ》ての手紙だよ、ルーシー。あけてごらん」と、ミセス・マクビティーはルーシーにペーパーナイフをわたした。ルーシーはそのナイフで封筒をあけ、ふたつに折られた手紙を取りだし、信じられない思いで手紙を読んだ。

一九三七年六月二十三日
親愛なるルーシーへ
きのうは家族に会いにきてくれて、とてもうれしかったです。もう会えないんじゃないかと、心配していました。アメリカに、無事にもどれますように。ルーシーが家に着くころには、この手紙が待っていると思います。
わたしたち一家は、これからノルマンディー汽船に乗るところです。四日後には、ニューヨークに到着《とうちゃく》します！　いつかベルリンの家にもどれるようになるまで、ブルックリンのいとこの家に行くとパパが決めました。荷物をすべて持っていくことはできませんが、フリーダはいっしょです。大冒険《だいぼうけん》になるわね、とママはいってます。兄さんは、はしゃいでいます。でも、じつをいうと、あなたとジャックに出会わなかったら、わたしは悲しんでいたと思います。あなたたちのような友だちができるかもしれない、ルーシーとジャックとは家を行き来できるかもしれないと思うと、ホームシックが軽くなります。

ニューヨークのブルックリン、ヒックス通り一二四番地のギンズバーグ宅宛《あ》てに、手紙をくださいね。

ルイーザ・マイヤーより

「信じられない！　なんで……」ルーシーは驚愕《きょうがく》のあまり、言葉につまってしまった。「七十年も郵便局に置きっぱなしだったなんて、そんなはずはないわ。なぜ、もっと前に見つけられなかったの？」

「そんなに長いあいだ、置きっぱなしだったんじゃないって。考えてみろよ」と、ジャックがいった。「きっと、とつぜん出てきたんだよ。おれたちがルーシーの家族と会ったあとに。この前の土曜日のあとに。だろ？」

「ソフィーの日記と同じってことね。ソフィーと出会って、フランス革命が起きるから危ないって警告したあとに、日記の空白が埋《う》まったのと同じね！」ルーシーは、全身に鳥肌《とりはだ》が立つのを感じた。

「そのとおり！　マジでスゲー！」

ルーシーは、手紙と封筒《ふうとう》を見つめた。「かわいそうなルイーザ……。あたしからの返事が、一通も届かないなんて！」

「そうだねえ、でも一家は無事だった。それが、一番大切なことなんだよ」と、ミセス・マクビティー。「おまえさんたちが、ルイーザ一家の命を救ったのさ」

ルーシーは、アルバムの写真のあと、ルイーザがどのような人生を送ったのだろうと考えながら、信じられない思いで、ルイーザからの手紙を何度か読みかえした。もっと知りたい！　それでもルイーザが無事だという証拠《しょうこ》を見られたのは、なんといっても大きかった。

ルーシーは、すべてうまくいったことに興奮《こうふん》し、ほっとしていた。ドーラ・ポメロイからソーン・ミニチュアルームを守ったし、ルイーザ一家をヨーロッパから離《はな》れるように説得できた。ジャックとふたりで、正しいことをしたのだ！

ルイーザからの手紙は、ミセス・マクビティー宅の来客用の部屋にある、木製の特別な箱にしまっておくことにした。万が一、ルーシーの家族が手紙を見つけたら、説明のしようがない。

では、クリスティナの鍵《かぎ》と奴隷《どれい》のトークンは？　どうすればいい？　ルーシーは、そのふたつを手のひらにならべて、ながめた。凝《こ》った鍵と、飾《かざ》り気のない金属片。どちらも、独特の輝《かがや》きがある。自分の物でもジャックの物でもないけれど、ルーシーはこのふたつが自分になにか伝えようとしている気がしてならなかった。まだなにか秘密をかくしもっているせいで、美しくきらめいているかのように――。

「ねえ、どうする？」ルーシーは木製の箱のふたをあけたまま、ジャックにたずねた。「あたしたちの手元に、ずっと置いておくわけにはいかないわよ」

ジャックが、にやりとする。「どこに返すか、考えようぜ。近いうちに。それで、オッケー？」

「オッケー！」ルーシーはそういうと、鍵とトークンを箱に入れ、ふたをしめた。

読者のみなさんへ――作者あとがき

このような本の場合、読者のみなさんは、どこまでがフィクションで、どこからがノンフィクションなのだろうかと、思われるかもしれませんね。それは、とてもよい質問です。前作『12分の1の冒険《ぼうけん》』と同じく、この作品に登場する人物はほぼ全員、わたしの創作《そうさく》です。ルーシー、ジャック、ミセス・マクビティー、キャロライン・ベル、ルイーザ、フィービーはもちろん、ドーラ・ポメロイも、想像上の人物です。けれど他の作家と同じように、わたしの作品の登場人物も、わたしの人生に関わったおおぜいの人たちのいろいろな部分を寄せあつめたものです。

登場人物のひとり、アメリア・エアハートは実在の人物で、冒険に満ちた一生を送ったアメリカの女性飛行家です。フランス人はアメリアをおおいに尊敬《そんけい》していて、最高の勲章《くんしょう》であるレジオンドヌール勲章を授与《じゅよ》しました。アメリアが大西洋横断飛行に成功したあとの、一九三二年のことです。アメリアは、大西洋をベガ号で横断しました。ジャックがフランスの露天商《ろてんしょう》からもらったのは、その模型《もけい》です。アメリアが消息をたつことになる世界一周飛行に出ていたのは、一九三七年の初夏――ルーシーとジャックが、ちょうどパリをおとずれた時期です。

E27〈一九三〇年代のフランスの書斎《しょさい》〉の外でのできごとは、史実にもとづいています。万国博覧会の記録写真がありますし、ユーチューブでフィルム映像を見ることもできます。一九三七年のヨーロッパは第二次世界大戦が勃発《ぼっぱつ》する寸前で、ルイーザ一家と同じように故郷《こきょう》や母国から追放された人びとがおおぜいいました。

フィービーは、南北戦争のはるか前に、サウスカロライナ州のチャールストンに住んでいた奴隷《どれい》、という設定です。〈南部の一部の地域で、奴隷が身につけさせられたタグ〉は、この時代にチャールストンで実際に使われていたものです。

ドーラ・ポメロイも架空《かくう》の人物ですが、ドーラという名前は、ギリシア神話に登場する人類最初の女性、パンドーラからつけたものです。ギリシア神話のパンドーラは神々からさまざまな才能を授けられたうえ、人間はけっして開けてはならないという、ある箱をわたされました。パンドーラはその箱を開け、さまざまな災厄《さいやく》を世界に解きはなってしまいました。

今回のストーリーの歴史的背景は、ソーン・ミニチュアルームに刺激《しげき》されて思いついたものです。歴史に興味を持ったり、歴史からなにかを思いついたりしたみなさんは、ぜひ、あらゆる歴史を学んで、はるか遠くの時代と場所にいる自分を想像してみてください。現実の世界に対する見方が、変わるかもしれませんよ。

マリアン・マローン

訳者あとがき

本作品は、『12分の1の冒険《ぼうけん》』の続編《ぞくへん》にあたります。冒険の舞台となるのは、前作同様、アメリカのシカゴ美術館に実際に展示されているソーン・ミニチュアルーム。十三世紀後半から一九三〇年代までのヨーロッパと、十七世紀から一九三〇年代までのアメリカのインテリアが精巧《せいこう》に作られた、まさに魔法《まほう》の空間です。ミニチュアという点をのぞけば、いまにも暮らせそうな部屋ばかりなのですから！

そして、主人公のルーシーとジャックにとってそこは、別の意味でも〝魔法〟の空間でした。ふたりは前作で手に入れた魔法の鍵《かぎ》の力を借りて、今回もソーン・ミニチュアルームの中へ、その外へと、大冒険をすることになるのです。

今回、ふたりの活躍《かつやく》の場となるのは、E27〈一九三〇年代のフランスの書斎《しょさい》〉と、A29〈サウスカロライナの舞踏室《ぶとうしつ》〉です。

当時の時代背景について、少し触《ふ》れておきましょう。

一九三〇年代のフランスは、第二次世界大戦（一九三九～一九四五年）直前の不穏《ふおん》な雰囲気《ふんいき》につつまれていました。ルーシーとジャックがタイムスリップした一九三七年のパリでは、五月から十一月まで万国博覧会が開催《かいさい》され、フランスやドイツ、イタリア、ソビエト連邦《れんぽう》、日本、アメリカなど世界四十四カ国が参加しました。「広い遊歩道をはさんで建つ異様なふたつの建物」と、本文でも表現されているとおり、当時はナチス率いるドイツと、共産主義国として台頭しつつあったソビエト連邦が、ヨーロッパを舞台に、権力闘争《とうそう》をくりひろげていました。当時の写真を見ると、エッフェル塔《とう》をはさんで、ソ連館とドイツ館が、たがいに威圧《いあつ》しあうかのようにそそり立っているのがわかります。こうして国際的な緊張《きんちょう》が高まっていった結果、閉会から二年もたたないうちに、第二次世界大戦が勃発《ぼっぱつ》することになったのです。

当時のドイツは、独裁者アドルフ・ヒトラーの支配のもと、血統的に優秀《ゆうしゅう》なドイツ民族こそが世界を支配する運命にあるという、ゆがんだ考えがひろまり、ユダヤ人は「血統を汚《けが》す」として弾圧《だんあつ》されました。ルイーザ一家のように、ユダヤ人だからという理由だけで仕事をうばわれた人が後をたたなかったのです。

ルイーザ一家は、ルーシーとジャックのけんめいな努力によって、アメリカへ、ニューヨークのブルックリンへと、親戚《しんせき》をたよって難を逃《のが》れることができました。その後、ルイーザがアメリカでどのような人生を送ったのか？　いつかベルリンの家にもどりたいという願いは、かなえられたのか？　ルイーザ一家の幸せを願わずにはいられません。

もうひとつの部屋、一八三〇年代半ばのアメリカ南部では、奴隷《どれい》制度がひろまっていました。ルーシーが、奴隷のフィービーの「もともとあたしは、お兄さんのマーティン様のものだったのに」という言葉に耳をうたがったように、黒人の奴隷は奴隷所有者の財産＝「もの」としてあつかわれ、自由をみとめられていませんでした。フィービーが「母ちゃんはお屋敷《やしき》で働いていて、あたしも来年はお屋敷に入るんです」といっているように、奴隷は「家内奴隷」と「畑奴隷」のふたつに大きくわかれ、家内奴隷は畑奴隷よりも生活の条件が良かったそうです。それがわかったうえで読むと、フィービーにとって「お屋敷に入る」というのは、母親と同じ職場になれるというだけでなく、ランクアップするという意味もあったわけですね。

その後、アメリカの南部では、フィービーのような黒人の労働力にささえられて、プランテーションとよばれる大規模な農園がいとなまれ、綿花をヨーロッパに輸出するようになります。いっぽう、南部とちがって奴隷制のない北部では、工業化が急速にすすみ、労働力が不足することになります。ヨーロッパ製の工業製品は、北部にとっては脅威《きょうい》でした。こうして南部と北部は、奴隷制と、ヨーロッパとの関係、貿易面で対立するようになり、ついに内乱に発展し、一八六一年から六五年まで続く南北戦争へと突入《とつにゅう》するのです。

今回もルーシーとジャックは魔法《まほう》の鍵《かぎ》でタイムスリップし、教科書でしか知らなかった「ナチ政権下のドイツ」と「アメリカ南部の奴隷制度《どれい》」を直接目《ま》の当たりにし、驚くこととなりました。

さらに、ルーシーが前作『12分の1の冒険《ぼうけん》』の最後で、ミセス・マクビティーからプレゼントされたビーズとラインストーンのハンドバッグが、意外な形でからんできます。

もうひとつ、見のがせないのが、インテリアデザイナーのドーラ・ポメロイの存在です。おしゃれで、洗練されていて、知的な女性のドーラに、ルーシーは気後れしつつ、強いあこがれを抱《いだ》き、心をひらいて、秘密を打ちあけます。ところがドーラには、ルーシーとジャックの知らない、もうひとつの顔があったのです。

そのドーラと対照的な女性として、医師のキャロライン・ベルが大きな役割をはたしてくれます。ルーシーとジャックにとって、キャロラインは心強い味方でした。なんといってもキャロラインは、ミニチュアルームの魔法を〝身をもって知っている〟のですから！　キャロラインの協力のもと、ルーシーとジャックがしかけた罠《わな》に、ハラハラドキドキした読者は、少なくないのではないでしょうか？

ルーシーとジャックの冒険は今後も続く予定です。ふたりが前作で手に入れた魔法の鍵と、今回手に入れたトークンが、次はどんな旅へとつながるのか？　いまから楽しみでなりません！

最後に、訳者をふたたびルーシーとジャックと引きあわせ、魅惑《みわく》のタイムスリップへとみちびいてくれた編集者の木村美津穂さんに、心よりお礼申しあげます。

二〇一二年十月　　橋本恵

【作者・訳者紹介】

マリアン・マローン Marianne Malone

米国生まれ。イリノイ大学卒。アーティスト、美術教師。
３人の子どもを持ち、長女が中学校へ入学した際に、長女の親友の母親と共同で
女子中学校を創立した。現在は夫と愛犬とともにイリノイ州アーバナに住んでいる。
『12分の１の冒険』がデビュー作で、本書は２作目。

橋本　恵 はしもと　めぐみ

東京生まれ。東京大学教養学部卒。翻訳家。
主な訳書に「ダレン・シャン」シリーズ、「デモナータ」シリーズ、
「クレプスリー伝説」（以上、小学館）、
「アルケミスト」シリーズ、「スパイガール」シリーズ（以上、理論社）、
「シヴァ　狼の恋人」シリーズ（ソフトバンククリエイティブ）など。

口絵：*Thorne Miniature Rooms,* シカゴ美術館蔵
Mrs. James Ward Thorne, American, 1882-1966,
E-6 : English Library of the Queen Anne Period, 1702-50, c. 1937, Miniature room, mixed media,
Interior: 13 × 21 × 21 1/8 in., Gift of Mrs. James Ward Thorne, 1941.1191
E-27: French Library of the Modern Period, 1930s, c. 1937, Miniature room, mixed media,
Interior: 16 1/8 × 24 3/8 × 19 1/2 in., Gift of Mrs. James Ward Thorne, 1941.1212
E-31: Japanese Traditional Interior, c. 1937, Miniature room, mixed media,
Interior: 10 1/2 × 23 3/4 × 15 1/2 in., Gift of Mrs. James Ward Thorne, 1962.456
A-29: South Carolina Ballroom, 1775-1835, c. 1940, Miniature room, mixed media,
Interior: 15 1/2 × 19 3/4 × 30 7/8 in., Gift of Mrs. James Ward Thorne, 1942.509

消えた鍵の謎　12分の１の冒険②
作…マリアン・マローン
訳…橋本恵
2012年11月30日　第１刷発行
2018年３月25日　第３刷発行

発行者…中村宏平
発行所…株式会社ほるぷ出版
〒101-0051　東京都千代田区神田神保町3-2-6
電話03-6261-6691／ファックス03-6261-6692
http://www.holp-pub.co.jp
印刷…株式会社シナノ
製本…株式会社ハッコー製本
NDC933／322P／197×140mm／ISBN978-4-593-53475-3